Die Wanze: Wanze Muldoon ist ein Käfer und von Beruf Privatdetektiv. Was Scharfsinn und Coolness betrifft, steht er den berühmten Kollegen Philip Marlowe und Dick Tracy in nichts nach. Aus Langeweile nimmt er einen eher uninteressanten Fall an: Ein Ohrenkneifer ist spurlos verschwunden. Muldoon kann den Fall lösen. Und stößt bei seinen Nachforschungen auf jede Menge Ungereimtheiten. Erst als ihm jemand steckt, dass es geheime Verbindungen zwischen den Ameisen und den Wespen gibt, weiß Wanze Muldoon, dass dem Garten und seinen Insekten große Gefahr droht.

Heiße Spur in Dixies Bar: Nichts ahnend sitzt Privatdetektiv Wanze Muldoon mit Wilma, der Grashüpferin, in Dixies Bar, als ein wahnsinnig gewordener Igel ins Lokal stürzt und sein Leben aushaucht. Zurück bleibt das verstörte Flohkind Netta, das sich an nichts erinnern kann. Ein schwerer Fall für Muldoon! Doch mit Coolness und Scharfsinn kommt der Detektiv den verbrecherischen Machenschaften des Kakerlaks Slade auf die Spur und erteilt einem Menschenjungen eine Lehre fürs Leben.

Paul Shipton, aufgewachsen in Manchester, hat mehrere Jahre als Englischlehrer und Lektor für Schulbücher gearbeitet. Heute lebt er in den USA. Schon immer wollte er eine knallharte Detektivgeschichte im Stil von Raymond Chandler mit einer Tiergeschichte kombinieren – das Ergebnis kann sich sehen lassen!
Im Fischer Taschenbuch Verlag sind beide Bücher auch einzeln lieferbar.

Unsere Adresse im Internet: www.fischerverlage.de

Paul Shipton

Die Wanze

Ein Insektenkrimi

Aus dem Englischen
von Andreas Steinhöfel

Heiße Spur in Dixies Bar

Ein neuer Fall für die Wanze

Aus dem Englischen
von Stephanie Menge

Mit Bildern
von Axel Scheffler

Fischer Taschenbuch Verlag

Veröffentlicht im Fischer Taschenbuch Verlag,
einem Unternehmen der S. Fischer Verlag GmbH,
Frankfurt am Main, Februar 2009

Die Wanze:
Die englische Originalausgabe erschien 1995
unter dem Titel ›Bug Muldoon‹
bei Oxford University Press, Oxford

Heiße Spur in Dixies Bar:
Die englische Originalausgabe erschien 2000
unter dem Titel ›Bug Muldoon and the killer in the rain‹
bei Oxford University Press

Druck und Bindung: CPI – Clausen & Bosse, Leck
Printed in Germany
ISBN 978-3-596-18174-2

Die Wanze

Kapitel 1

Die Sonne verzog sich angewidert hinter dem Horizont. Ich wusste genau, wie sie sich fühlte. Hinter mir lag ein langer Tag und er war noch nicht vorüber. Ich hatte das Gefühl, den ganzen Garten zehnmal hintereinander abgegrast zu haben. Meine Beine schmerzten – alle sechs –, und langsam hatte ich diesen Fall gründlich satt. Ich wollte mich nur noch unter den nächstbesten Stein verkriechen. Aber es gibt gewisse Dinge, die ein Insekt eben tun muss – besonders dann, wenn es dafür bezahlt wird.

Ich heiße Muldoon, Wanze Muldoon. Ich bin Schnüffler – Privatdetektiv, wenn ihr es genau wissen wollt. Nicht nur der beste Schnüffler im gesamten Garten, sondern auch der billigste. Jedenfalls der einzige Schnüffler im Garten, den man anheuern kann. Genauer gesagt, der Einzige, der noch lebt.

Ich bearbeitete den Fall eines vermissten Insekts. Was nichts Besonderes war, aber wer in meiner Branche arbeitet, kann nicht immer wählerisch sein. Jemand muss schließlich die Miete zusammenkratzen.

Heute Morgen hatte ich noch in meinem Büro gesessen und überlegt, was ich tun könnte. Ich hatte gerade eine größere Sache außerhalb des Gartens hinter mich gebracht, doch jetzt war ich zurück und hielt Ausschau nach einem neuen Job. Auch ein Käfer braucht Futter, nicht wahr? Das Geschäft lief so schlecht, dass ich sogar ernsthaft darüber nachzudenken begann, einen kleinen Frühjahrsputz zu starten. Eine Stunde später, als ich noch immer darüber nachdachte, sah ich ein paar mögliche Kunden – drei Ohrwürmer, die sich durch die Blumenbeete kämpften. Das machte mich neugierig. Ohrwürmer bekommt man an diesem Ende der Welt so gut wie nie zu sehen. Sie halten sich lieber im exklusiveren Viertel des Gartens auf, beim Haus, in der Nähe der Mülltonnen.

Eine Weile tigerten sie nervös um ein Grasbüschel herum, wo sie sich flüsternd unterhielten. Ich verlegte mich aufs Warten. Als sie endlich genug Mut gefasst hatten, kamen sie auf mein Büro zu, ein freies Fleckchen Erde unter dem Rosenbusch. Ihre schmalen braunen Körper schlüpften durch das Unkraut, das den Eingang zum Büro bildet. Der größte der drei legte los.

»Mister Muldoon?«, fragte er.

»Wanze. Einfach Wanze.« Es macht mich nervös, wenn Leute mich mit Mister ansprechen. »Was kann ich für euch tun, Jungs?«

Der Große stellte sich als Larry vor. Netter Name, dachte ich. Larry bestritt das Gespräch allein. Die beiden anderen nickten nur ab und zu bestätigend.

»Es geht um unseren Bruder Eddie«, sagte Larry. »Er ist … verloren gegangen.« Die beiden anderen nickten eifrig.

Darüber hätten sie sich nicht die Köpfe zerbrechen müssen – das klang ganz nach einer der Geschichten, die ich schon tausendmal gehört hatte. Ein vermisster Krabbler ist im Garten nun wirklich nicht die große Sache. Dennoch, die drei Ohrwürmer sahen aus, als erwarteten sie ein paar intelligente Fragen von mir. Und der Kunde ist König.

»Wann ist er verschwunden?«, fragte ich. Ich konnte genauso gut damit wie mit sonst was anfangen.

Larrys Fühler wackelten aufgeregt, während er sprach. Er gehörte eindeutig zu den Typen von der etwas nervöseren Sorte.

»Das letzte Mal sahen wir ihn vergangene Nacht ...«

»Und hat er etwas gesagt – etwas in der Richtung, dass er irgendwohin gehen wollte?«

Larry zögerte. Einer der beiden anderen nutzte die Gelegenheit und sprang ein.

»Er hat gesagt, er würde zur Wiese gehen!«, platzte er heraus.

Larry schüttelte den Kopf. »Eddie hat ständig davon geredet, dass er eines Tages zur Wiese gehen will. Aber es war nicht mehr als das – Gerede. Es hatte nichts zu bedeuten ... Eddie hat immer nur geredet, aber nie etwas unternommen.«

Ich nickte, auch wenn ich es besser wusste.

Wie viele unschuldige, junge Insekten hatte ich getroffen, die von einem besseren Leben jenseits des Gartens träumten – auf der Wiese am gegenüberliegenden Ufer des Großen Flusses? Sie glaubten, das Leben sei dort leichter. Sie glaubten, dort könnten sie ihre Tage ohne die ständige Angst verbringen, von einer Spinne, einem Vogel oder einfach vom nächstbesten Krabbler gefressen zu werden. Also, ich mag Märchen wirklich genauso gern wie jeder andere Käfer, aber eines wusste ich ganz sicher: Das Leben auf der Wiese war genauso hart wie in diesem Höllenpfuhl von Garten, den wir unser Zuhause nannten. Falls Eddie wirklich zur Wiese aufgebrochen war, gab es keine Garantie dafür, dass er es bis dorthin geschafft hatte. Allerdings war das kein Grund für mich, Kunden wieder wegzuschicken.

»Gut möglich, dass er in Richtung Wiese losgezogen ist. Könnte auch sein, dass er unterwegs aufgehalten wurde. Sollte das der Fall sein, kann ich ihn vielleicht finden«, sagte ich.

Ich versicherte ihnen, dass ich nach Eddie suchen oder zumindest versuchen würde, irgendwo ein paar Informationen über seinen Verbleib aufzutreiben. Ich nannte ihnen mein Tageshonorar – plus der üblichen Zulagen –, und das schien sie nicht weiter zu beeindrucken.

Bevor sie gingen, beugte Larry sich zu mir vor. »Da wäre noch eine Sache, Mister – äh, eine Sache noch, Wanze«, sagte er. Er sprach so leise, dass seine Brüder ihn nicht hören konnten.
»Eddie gibt sich mit ein paar ziemlich üblen Typen ab. Einige seiner Freunde sind Wespen. Dabei ist er im Grunde seines Herzens ein netter Kerl …«
»Ich werde tun, was ich kann, Larry«, sagte ich. »Wo erreiche ich euch, falls ich etwas herausfinde?«
Larry sah mir direkt in die Augen. »Wir haben da ein kleines Plätzchen bei den Mülltonnen. Dort halten wir uns auf.«
Und damit verschwanden sie im Gras, schossen davon wie drei bernsteinfarbene Torpedos.

Kapitel 2

Und so war ich den ganzen Tag durch den Garten gerödelt, um dahinterzukommen, was aus Eddie dem Ohrwurm geworden war.

Zunächst fragte ich mich in der Nähe der Terrasse durch. Niemand, mit dem ich sprach, konnte mir brauchbare Anhaltspunkte geben. Ich stolperte über ein paar junge Ohrwürmer, die mir erzählten, Eddie hätte sich für eine ziemlich coole Nummer gehalten – hätte ständig herumgetönt, dass er den Garten irgendwann verlassen würde.

In der Nähe der Mülltonnen unterhielt ich mich

mit einer dünnbeinigen Schnake. Sie erzählte mir, Eddie der Ohrwurm sei ein Krabbler, der Zoff und Ärger förmlich anzog, und dass sie hoffe, er habe gefunden, wonach er suchte. Mehr war nicht aus ihr herauszuholen, aber sie meinte, ich solle es bei Eddies Freunden, den Wespen, probieren.

Ich bedankte mich freundlich und beschloss, diesem Rat nicht zu folgen – wenn man es vermeiden kann, hält man sich hier im Garten von den Wespen besser fern. Es sei denn, man ist scharf darauf, zu Tode gestochen zu werden. Und das bin ich nicht im Geringsten.

Bisher hatte ich noch keine konkreten Hinweise, machte mir aber bereits ein Bild des vermissten Krabblers. Ich nahm an, dass Larry recht gehabt hatte – Brüderchen Eddie gehörte zu der Sorte Insekten, die es kaum abwarten konnte, aus dem Garten zu verschwinden.

Ich beschloss, die Ostseite des Gartens näher unter die Lupe zu nehmen. Das war die Richtung, in der die Wiese lag. Ich sprach jeden an, der mir über den Weg lief, doch niemand hatte Eddie gesehen. Würmer, Käfer, Fliegen – nichts zu wollen. Langsam hatte ich die Tracheen voll. Jemand *musste* ihn doch gesehen haben!

Ich weitete meine Suche nach Süden aus. Stunde um Stunde trottete ich durch das Gras, über Erde, über Beton und wieder durch das Gras. Während der Tag seinem Ende entgegenkroch, bekam ich langsam den Eindruck, dass etwas Seltsames im Garten vor sich ging. Ich hätte meine Fühler nicht darauf verwettet, aber irgendwie schien mir alles verändert, seit ich von meinem letzten Fall zurückgekehrt war. Da lag diese gewisse Spannung in der Luft – ungefähr so wie bei einem Gewitter, das man langsam aufziehen fühlt. Es roch nach Ärger. Alle Krabbler, mit denen ich sprach, kamen mir nervöser vor als sonst, schienen mehr auf der Hut.

Als ich einem Harlekinkäfer erzählte, dass ich auf der Suche nach einem vermissten Ohrwurm sei, antwortete er: »Na und? Wer wird heutzutage nicht vermisst?« Womit er davonkrabbelte und sich wieder um seinen eigenen Kram kümmerte.

So ging es den ganzen Tag. Nachdem ich mit Dutzenden von Insekten gesprochen hatte, war ich noch immer keinen Schritt weitergekommen. Nicht der leiseste Hinweis darauf, was aus Eddie dem Ohrwurm geworden war. Und dann traf ich Jake …

Er erspähte mich von oben, kam heruntergesummt und landete direkt vor mir auf einem kleinen Streifen Torf. Jake ist eine Stubenfliege. Außerdem ist er zuckerabhängig, seit er irgendwann einmal in einen Behälter voller Würfelzucker gefallen war. Jetzt konnte er nicht genug von dem Zeug kriegen. Und wenn er seinen Stoff nicht bekam, begann er zu zappeln und zu zucken. Weshalb eine Menge Krabbler ihn Zucker-Jake nennen. Ich persönlich halte solche Spitznamen für unhöflich.

»Wie sieht's aus, Zucker?«, fragte ich.

»Ga-ganz gut, W-wanze«, brachte Zucker-Jake heraus. Seine Facettenaugen huschten mal in diese, mal in jene Richtung. Er hatte Mühe, sich auf den Beinen zu halten. Ich schätzte, dass es eine Weile her sein musste, seit er den letzten Zucker gehabt hatte.

»Immer noch scharf auf Süßes?«, fragte ich ihn.

»I-i-immer noch.« Dann fügte er hinzu: »Hab dich lä-länger nicht gesehen, W-wanze.«

»Hatte auswärts zu tun«, antwortete ich. Okay und damit genug geplaudert. Zeit für den geschäftlichen Teil.

»Hey, Jake«, sagte ich. »Ich brauche ein paar Informationen.«

»Ein neuer Fa-fall, Wanze?«
Ich nickte. Ab und zu versorgte Jake mich mit Informationen, im Gegenzug tat ich ihm hin und wieder einen Gefallen. Es war ein Geschäft, von dem wir beide profitierten.
»Ich suche nach einem Ohrwurm namens Eddie. Junges Kerlchen – hat sich mit ein paar schrägen Typen abgegeben und in letzter Zeit überall rumgetönt, er würde zur Wiese abzischen ...«
Jake dachte einen Moment nach. »Ich hab gehört, da-da-dass heute Morgen ein O-Ohrwurm beim Kompo-po-posthaufen gesehen wurde, unten bei der, b-b-bei der ...«
Er brachte es nicht über sich, es auszusprechen. Wahrscheinlich glaubte er, das Wort allein würde ausreichen, ihm sieben Jahre Pech zu bringen. Ich half ihm auf die Sprünge.
»Bei der Spinne?«
Zucker-Jake nickte nervös.
»Hat er es überlebt?«
Schon als ich die Frage stellte, wusste ich, wie dumm sie war. Die Spinne, die unten beim Komposthaufen lebte, war riesig groß. Wenn man sich in ihre Nähe verirrte, musste man sich über seine Zukunft keine Gedanken mehr machen.

Damit war das Rätsel also gelöst – Eddie hatte der Spinne als kleine Zwischenmahlzeit gedient. Es würde nicht leicht sein, das Larry und den anderen Jungs beizubringen. Doch bevor ich das tat, musste ich wenigstens überprüfen, ob an der Geschichte etwas dran war. Nur um sicher zu sein.

Ich wandte mich ab, um zu gehen. »Danke für die Informationen, Jake«, sagte ich. »Zisch ab und such dir ’nen Bonbon.«

»H-hey, Wanze!«, rief Zucker-Jake mir nach. »Pa-pa-pass auf dich auf!«

»Keine Sorge, Jake. Ich hab nicht vor, als nächster Gang auf dem Menü zu erscheinen.«

Jake schüttelte den Kopf. »Ich meine nicht d-d-die … du weißt schon, wen. Ich meine überhaupt. Es geht irgendwas S-s-seltsames vor im Garten …«

Ich lächelte. »Mir kam es hier bis jetzt vor wie immer – lausig«, gab ich zurück. Obwohl es stimmte – ich hatte die merkwürdige Atmosphäre gespürt. Und wie hatte dieser Harlekinkäfer noch gesagt: Wer wird heutzutage nicht vermisst? Was sollte *das* bedeuten?

Normalerweise war Zucker-Jake ein zuverlässiger Informant. Jetzt sah er sich um, vergewis-

serte sich, dass niemand uns belauschte, und sagte: »Man erzählt sich, dass mit den A-ameisen was nicht stimmt.«
Das war mir neu. In der Regel blieben die Ameisen unter sich. Es weckte mein Interesse.
»Was sollte nicht stimmen?«, fragte ich.
»K-k-keine Ahnung«, sagte Jake. Ich kannte ihn gut genug, um zu wissen, dass er nicht log.
»A-aber es muss eine größere Sache sein.«
Ich dachte einen Moment darüber nach. »Danke für den Tipp, Jake. Pass auf dich auf, okay?«
Und dann war er verschwunden. Ich sah ihm nach, als er davonflog, bis er nicht mehr war als ein schwarzer Punkt über den Grasspitzen.
Ich marschierte in Richtung Süden.

Das Netz war gigantisch. Mit einer Seite war es an einer alten Ölkanne befestigt, mit der anderen an einem Rechen, der gegen den Komposthaufen gelehnt stand. Es besaß eine Art eigener Schönheit – das verblassende Licht der Sonne fing sich in seinen Fäden –, erschien aber nicht mehr ganz so schön, wenn man sich daran erinnerte, wofür es gedacht war. Ich fragte mich, wie viele Insekten in seinen kunstvollen Schlingen bereits den Tod gefunden hatten.

Ich hielt sicheren Abstand. Die Spinne saß bewegungslos am Rand des Netzes. Sie war unglaublich groß. Man hätte sie eher im Regenwald vermutet als hier, am Ende eines kleinen Hintergartens.
Im Zentrum des Netzes hing das, was von Eddie übrig war. Wenigstens vermutete ich, dass es das war, sicher konnte ich nicht sein. Der Körper war gänzlich von Spinnfäden umsponnen und bereits zur Hälfte gefressen worden. Kein schöner Anblick.
Eine leichte Brise kräuselte die Luft. Das Netz erzitterte, doch die Spinne verharrte reglos. Ich hatte das Gefühl, etwas sagen zu müssen.
»Tschüs dann, Eddie«, sagte ich, obwohl niemand hier war, der mich hören konnte. Dann wandte ich mich ab und machte mich auf den langen Weg zu den Mülltonnen.

Es war bereits kurz vor Anbruch der Nacht, als ich auf Larry und seine Brüder traf. Sie erwarteten mich in einem Spalt zwischen den Pflastersteinen. Ich konnte ihnen die Enttäuschung darüber ansehen, dass ich allein kam.
»Gibt's was Neues?«, fragte einer der jüngeren Brüder.

»Klar, Kleiner«, sagte ich. »Ich hab eine Stechmücke getroffen. Die sagt, sie hätte heute Morgen einen Ohrwurm gesehen, am Zaun auf der Ostseite. Wie es aussieht, passte ihre Beschreibung auf Eddie.«

»Was hat er da gemacht? Hat er etwas gesagt?«, mischte sich Brüderchen Nummer zwei ein.

»Na ja, so genau konnte sie sich nicht erinnern – ihr wisst schon, Stechmücken sind nicht gerade die Hellsten, nicht wahr? Irgendwas von wegen seinen Brüdern Lebewohl wünschen, ihnen sagen, dass es ihm gut geht und dass er sich auf sein neues Leben auf der Wiese freut.«

Die beiden kleineren Ohrwürmer wirkten angesichts dieser Nachricht erleichtert. Sie grinsten einander zu. Larry sah weniger überzeugt aus.

»Dann ... nehme ich an, dass wir dir einen Tageslohn schulden?«, sagte er argwöhnisch.

Ich schüttelte den Kopf. »Einmaliges Sonderangebot für die Suche nach einem vermissten Krabbler – hundert Prozent Rabatt. Sagen wir, ihr schuldet mir einen Gefallen, okay?«

Larry nickte. Ich ging und ließ die drei mit ihren Mutmaßungen darüber zurück, was Eddie wohl gerade tun mochte. Ich krabbelte davon und betrat den Rasen – es tat gut, wieder Gras um die

Beine zu spüren. Ich kann Pflastersteine nicht ausstehen.
Ich wusste nicht, warum ich Larry und die Jungs angelogen hatte. Es war eine aus dem Moment heraus getroffene Entscheidung gewesen. Vielleicht bin ich unter meinem schwarzen Panzer einfach ein Weichei.
Doch eines wusste ich genau – ich brauchte einen Drink.

Kapitel 3

In Dixies Bar herrschte der übliche Rummel. Der Laden brummte. Insekten und Krabbler aus dem ganzen Garten drängten sich zusammen, im Wunsch vereint, sich hier ein paar nette Stunden zu machen. Die verschiedensten Arten waren vertreten, und niemand fiel über den anderen her. Bei Dixie gibt es eine einfache Regel: *Was nicht auf der Speisekarte steht, wird auch nicht gefressen.*

Ich bahnte mir einen Weg durch die Menge. Vor der Bar drückte sich eine Horde junger Kakerlaken herum, die für diesen Abend das Wohn-

haus verlassen hatte. Eine Bohrassel versuchte, mit ihrer Panzerung eine gelangweilte Motte zu beeindrucken.
Ich nahm meinen Stammplatz ein und nickte Dixie zu. Er stand lässig am anderen Ende der Bar, nippte an einem Löwenzahnstängel und unterhielt sich mit einer Pferdebremse. Er schenkte mir ein müdes Fühlerwinken, als er mich bemerkte.
Dixie ist ein netter Kerl, aber irgendwie ein bisschen, na ja, ihr versteht schon – ein bisschen schmierig. Vor ein paar Jahren, als er in den Garten kam, eröffnete er die Bar unter ein paar überhängenden Rhabarberblättern. Damals tat ich ihm einen Gefallen, seitdem werde ich von Dixie als Sondergast behandelt.
Ich bestellte meinen Standarddrink bei der Marienkäfer-Serviererin – Nektar mit einem Stück Ligusterblatt – und lehnte mich bequem zurück, um der Show zuzusehen. Ein Weberknecht legte seinen üblichen Tanz aufs Parkett. Die Bienen in der Band summten eine ziemlich wilde Melodie, und der Tänzer war ein echter Feger. Seine acht Beine wirbelten so schnell umeinander, dass einem schon vom bloßen Zusehen schwindelig wurde, also ließ ich es bleiben.
Ich war in Dixies Bar gekommen, um zu verges-

sen, doch die Ereignisse dieses Tages schwirrten mir weiterhin durch den Kopf.

Der Fall hatte sich einfach genug angelassen: Vorwitziger junger Ohrwurm will die große weite Welt sehen; Spinne wartet auf ihr nachmittägliches Appetithäppchen. Ende der Geschichte – noch dazu einer altbekannten Geschichte.

Trotzdem gab es da einiges an der Sache, das mich störte. Etwas stimmte nicht. Es hielt sich am Rande meines Bewusstseins auf wie ein Juckreiz, den man nicht kratzen kann. Warum zum Beispiel war Eddie unten am Komposthaufen gewesen? Laut seinem älteren Bruder Larry hatte er stets nur davon geredet, zur Wiese gehen zu wollen. Doch die Wiese lag in der dem Komposthaufen genau entgegengesetzten Richtung. Was also hatte Eddie am anderen Ende des Gartens zu suchen gehabt? Wohin war er unterwegs gewesen? Warum hatte er das Spinnennetz nicht bemerkt?

Was? Wohin? Warum? Diese Gedanken schossen mir durch den Kopf wie Sommermücken. Eine Menge Fragen und keine Antworten. Und was war mit dem anderen Zeugs – Gerüchte um weitere verschwundene Krabbler, die gespannte Atmosphäre, die über dem Garten hing wie der

Rauch eines Herbstfeuers? Ich wurde das Gefühl nicht los, dass alles mit dem zusammenhing, wovon Jake mir berichtet hatte: Ärger bei den Ameisen.

Ich befahl mir, mich zu entspannen und nicht weiter darüber nachzudenken: Manche Dinge passieren einfach und es bringt nichts, sich darüber den Kopf zu zerbrechen.

Plötzlich schoben sich die Blätter am Eingang auseinander und zwei Ameisensoldaten marschierten in die Bar. Überraschtes Keuchen erfüllte den Raum – Ameisen zählen in Dixies Bar nicht zu den Stammgästen. In Bars halten sie sich für gewöhnlich nicht auf.

»Gentlemen, was für eine Ehre!«, log Dixie den beiden vorbeidackelnden Ameisen vor. Seine Stimme war noch schmieriger als gewöhnlich. Die Ameisen schenkten ihm keine Beachtung. Sie marschierten an der vordersten Sitzreihe vorbei und an der Bar entlang auf die Bühne zu. Ich konnte nicht erkennen, welchen Rang sie hatten. Wer kann das bei Ameisen schon auseinanderhalten? Sie schoben sich zwischen den übrigen Besuchern hindurch.

Ich bin mir nicht sicher, wann mir bewusst wurde, dass sie sich auf meinen Tisch zubewegten; jedenfalls blieben sie direkt vor mir stehen. Großartig, dachte ich, das perfekte Ende eines perfekten Tages!

»Wanze Muldoon«, sagte der Erste der beiden mit tonloser Stimme. Es war keine Frage.

Ich nippte langsam an meinem Drink und musterte die beiden kühl. »Wer will das wissen?«

»Sie werden uns begleiten«, sagte der zweite Soldat. Auch seine Stimme war flach und tonlos. Das waren keine Typen, mit denen man Späße machte.

Ich lächelte. »Bleibt locker, Jungs. Ihr tut gerade so, als hättet ihr Ameisen in den Klamotten«, witzelte ich. Keiner der beiden lachte. Das überraschte mich nicht. Ameisen sind nicht unbedingt wegen ihres Sinns für Humor bekannt.

Der ganze Schuppen versuchte angestrengt, unserer Unterhaltung zu lauschen. Die Musik war verstummt, der Weberknecht stand reglos auf der Bühne. Er wirkte verwirrt. Dixie warf ängstliche Blicke in unsere Richtung; Störungen wie diese waren schlecht für sein Geschäft.

»Versuch es noch einmal«, sagte die erste Ameise zu ihrem Kumpel. »Ich glaube, er versteht nicht.«

Die zweite Ameise zirpte noch einmal los. »Sie

werden uns begleiten«, wiederholte sie. »Und zwar SOFORT.«

Ich nickte. Vom Körpergewicht her konnte ich es leicht mit beiden auf einmal aufnehmen, aber ich wusste, dass mir keine Wahl blieb. Ameisen marschieren niemals nur paarweise durch die Gegend. Draußen wartete vermutlich ein ganzes Bataillon, vielleicht noch mehr. Das ist das Problem mit Ameisen – es gibt so viele von ihnen.

Ich leerte mein Glas und folgte ihnen. Als ich an Dixie vorbeiging, zeigte ich auf den Stepptänzer auf der Bühne. »Gute Nummer, Dixie. Halte dir den Hüpfer warm.«

»Klar, Wanze«, sagte Dixie. »Man sieht sich.« In Wirklichkeit dachte er, dass er Wanze Muldoon nie wieder sehen würde. Na ja, wenigstens klang er so, als ob ihm das aufrichtig leid tue.

Wir traten hinaus in die kühle Nachtluft. Der Mond stand hoch oben am Himmel – selbstzufrieden und kalt wirkte er, als ginge ihn das, was hier unten geschah, nichts an. Manchmal sehe ich zum Mond hinauf und frage mich, was er wohl von uns, die wir hier unten durch Schlamm und Dreck kriechen, halten mag.

Ich hatte recht gehabt – ein kleiner Trupp Ameisen in Kampfformation wartete unter den Rha-

barberblättern, die den Eingang zu Dixies Bar bildeten. Ich schätzte ihre Anzahl auf etwa vierzig. Die erste der beiden Ameisen, denen ich nach draußen gefolgt war, drehte sich zu mir um. »Wir haben nur wenig Zeit. Folgen Sie mir.«
Er marschierte durch die Wiese davon. Ich folgte ihm und hatte meinerseits das ganze Bataillon im Gefolge. Was auch immer hier los war, umgeben von so vielen Ameisen bestand zur Flucht keine Möglichkeit.
»Hey, Alter!«, rief ich der Ameise zu, die den Trupp anführte. »Ihr seid mir zahlenmäßig überlegen.«
Er gab keine Antwort. »Sie kennen meinen Namen«, fuhr ich fort, »aber wie Sie heißen, weiß ich nicht.«
Die Ameise sah stur geradeaus. »Ich bin befehlshabender Kommandant, Dritte Division, Schwadron Beta.«
»Chic«, sagte ich. »Aber wie heißen Sie? Wie werden Sie von Ihren Leuten genannt?«
»X437-TKP«, antwortete die Ameise. Ich hätte es besser wissen müssen – nur den Oberbonzen der Ameisenkolonie wurde die Ehre zuteil, einen richtigen Namen zu besitzen. Alle anderen mussten sich mit Nummern zufrieden geben.

»Cooler Name. Nennen Ihre Kumpel Sie X-4?«
Keine Antwort.
»Für mich sehen Sie eher wie ein ›Frank‹ aus«, sagte ich.
Wieder keine Antwort. Ich gab den Versuch auf, freundlich zu sein.
Wir kamen am Rand des Rasens an. Im Gras fiel das Laufen leichter und wir legten einen Schritt zu. Ich spürte Hunderte von Augen, die mich, hinter Grashalmen versteckt, beobachteten, obwohl ich selbst niemanden sah. Die meisten Krabbler ziehen es vor, sich zu verkrümeln, wenn ein Trupp Ameisen durch die Gegend wandert.
Dazu hatten sie auch allen guten Grund. Niemand legt sich mit den Ameisen an. Sie bilden die größte Streitmacht im Staate des Gartens – sie sind sogar noch mächtiger als die Wespen. Ihr Wort ist Befehl. Was ich gar nicht allzu übel finde. Wenigstens halten die Ameisen auf diese Weise den Frieden in diesem heruntergekommenen Garten einigermaßen aufrecht.
Das Nest der Ameisen befindet sich in der Mitte der Wiese. Niemand weiß etwas Genaues über sie und niemand *will* Genaueres über sie wissen.
Ich konnte nicht anders, als an das zu denken, was Zucker-Jake, die Stubenfliege, zu mir gesagt

hatte: »Nimm dich in Acht. Irgendwas stimmt nicht mit den Ameisen.«

Die Ameise, die mir vorausmarschierte – der glänzende Unterhaltungskünstler –, blieb abrupt stehen. Jede einzelne Ameise hinter mir blieb im selben Moment ebenfalls stehen. Ziemlich gruselig, wie sie das alle gleichzeitig taten. Ameisen kommunizieren untereinander, indem sie sich chemische Signale geben. Was bedeutet, dass sie alle zur gleichen Zeit reagieren können. Das ist beinahe so, als könnten sie gegenseitig ihre Gedanken lesen.

Wir standen vor einem der Eingänge ins Nest. Das Loch sah eigentlich ganz harmlos aus, doch ich wusste, dass es in ein Netzwerk von Tunneln führte, in dem man sich für Tage verlaufen konnte. Ich war nicht besonders scharf darauf, das auszuprobieren.

»Ich gehe vor, Sie folgen mir«, sagte X437-TKP. »Jeder Fluchtversuch ist zwecklos.«

Er stapfte auf den Eingang zu, der hinab in die Tiefen des Nestes führte.

»Alles klar, Frank.«

Ich versuchte, locker zu klingen, doch langsam wurde mir ein wenig mulmig zumute …

Kapitel 4

Ich folgte der Ameise, die ich ›Frank‹ genannt hatte, in den Tunnel. Es war eine enge Angelegenheit – ich bin größer als eine Ameise –, und ich spürte, wie die Seiten meines Panzers gegen die Erde an den Wänden rieben. Die übrigen Ameisen hefteten sich mir an die Fersen.

Ich konnte nichts sehen. Wenn wir abbiegen mussten, rief die mir vorausgehende Ameise »Links!«, oder »Rechts!«. Anfangs versuchte ich noch, mir die Reihenfolge der einzelnen Abbiegungen zu behalten, doch es gab so viele von ihnen, dass sich nach einer Weile in meinem

Kopf alles verwischte. Ich wusste, dass wir uns im Hauptgang aufhielten – unzählige kleinere Tunnel, durch die nur eine Ameise passte, zweigten davon ab.

Nach einer Ewigkeit blinden Umherirrens durch die Tunnel kamen wir in einer großen Kammer an. Die Beleuchtung war schwach, doch ich konnte mich umsehen. Nur war ich mir nicht ganz sicher, ob ich das, was ich da sah, auch mochte.

Mehrere Reihen von Ameisen säumten die Wände. Es war eine Streitmacht, bei der man sich vorsehen musste – der Elitetrupp des Nests. Sie sahen Furcht einflößend aus, die Schwadron, die mich in Dixies Bar abgeholt hatte, wirkte gegen sie wie ein Häufchen mickriger Blattläuse. Ein paar andere, wichtig aussehende Ameisen standen herum, doch inmitten des Raums befand sich diejenige, die zu sehen ich hierher gebracht worden war … die Ameisenkönigin.

Ich hatte gerüchteweise von ihr gehört, doch wie jeder, den ich kannte, hatte ich die Königin nie zuvor mit eigenen Augen gesehen. Sie war gigantisch – sieben- oder achtmal größer als eine gewöhnliche Ameise, mit aufgeblähtem Hinterleib, und sie sah nicht besonders beweglich aus.

Was kaum überraschte: Sie war vor Jahren zuletzt draußen gewesen, als sie das Nest, in dem sie geboren worden war, zum Hochzeitsflug verlassen hatte. Nach diesem kurzen Ausflug ins Grüne war sie gelandet und hatte ihre Kolonie gegründet. Seitdem hatte sie sich nicht von der Stelle gerührt, war nur gewachsen und hatte viele kleine Ameisen in die Welt gesetzt. *Jede Menge* kleiner Ameisen.

Meine Eskorte schob mich nach vorn und verkündete: »Wanze Muldoon, Madam.«

Die Königin beäugte mich kühl. »Das also ist der berüchtigte Privatdetektiv Muldoon ... Verraten Sie mir etwas: Sie sind ein Käfer, keine Wanze. Warum werden Sie Wanze genannt?«

»Das ist eine lange Geschichte, meine Gute. Vielleicht sollte ich sie Ihnen ein andermal darlegen ...«

Eine der Ameisen aus der Königlichen Garde schnappte drohend ihre Kieferscheren zusammen – *meine Gute* schien nicht die passende Anrede für eine Königin zu sein.

»Dann lassen Sie mich Ihnen eine andere Frage stellen, Mister Muldoon«, sagte Ihre Majestät. »Was glauben Sie, wie viele Ameisen sich in diesem Bau aufhalten?«

Ich mag solche Spielchen nicht besonders, aber es schien mir eine gute Idee, den Launen der alten Tante nachzugeben. »Acht … zehntausend?«, versuchte ich.

»Falsch«, erwiderte die Königin. Ihre Stimme sank um eine Oktave. »Wir sind *Eins*, Mister Muldoon. Wie viele einzelne Ameisen Sie hier auch sehen mögen, das Nest ist Eins – ein einziger lebender Organismus. Jede Ameise lebt, um dem Nest zu dienen. Ohne das Nest sind wir nichts. Mit ihm sind wir ein Ganzes.«

Ich zuckte die Achseln. »Na gut, dann habe ich mich eben um zehntausend verschätzt. Worauf wollen Sie hinaus?«

»Ich will darauf hinaus, Mister Muldoon, dass mir zugetragen wurde …«, sie suchte nach dem passenden Ausdruck, »… nun, dass es hier im Nest zu einer unglücklichen Entwicklung gekommen ist.«

Sie machte eine dramatische Pause. Ich wartete.

»Einige von uns haben es vorgezogen, die Regeln des Nests nicht mehr zu befolgen. Sie sind zu … *Individualisten* geworden.« Sie stieß das Wort hervor, als bereite allein dessen Erwähnung ihr körperliche Übelkeit.

Meine Miene verzog sich zu einem Grinsen. Ich

hatte nie gehört, dass eine normale Ameise auch nur andeutungsweise über so etwas wie eine eigene Persönlichkeit verfügte. Das gehörte zum Allgemeinwissen – Ameisen arbeiteten ausschließlich für das Wohlergehen der gesamten Kolonie. Die Vorstellung eigener Interessen – die Vorstellung eines *Selbst* – war ihnen fremd. Oder war es gewesen, bis jetzt. Was ich nicht unbedingt für die schlechteste Entwicklung hielt.
»Na und? Was ist daran so schlimm, wenn ein paar Ameisen ab und zu an sich selbst denken?«, sagte ich. »Warum lassen Sie ihnen nicht das Vergnügen? Das Leben ist viel zu kurz, um sich keinen Spaß zu gönnen …«
Ich spürte, wie eine Welle der Abneigung über den Raum hinweglief, ließ mich aber nicht aufhalten. »Was ist falsch daran, einmal sein eigenes Ding durchziehen zu wollen? Sie werden zugeben, dass es in einem Nest unmöglich ist, allein zu sein. Für eine heranwachsende Ameise kann das doch nicht gut sein.«
»Im Nest kann man nicht EINSAM sein«, korrigierte mich die Königin. »Ich befürchte, Mister Muldoon, dass Sie mich nicht richtig verstehen. Ein solches Verhalten stellt eine Bedrohung für die gesamte Basis unserer Existenz dar, und

ES MUSS IM KEIM ERSTICKT WERDEN …«
Ihre Stimme hallte von den Wänden der Kammer wider.
»Okay«, sagte ich. »Aber was hat das Ganze mit mir zu tun?«
»Wir wünschen Ihre Hilfe bei der Identifizierung der Abtrünnigen«, antwortete sie. »Selbstverständlich werden Sie für Ihre Dienste entlohnt werden.«
»Moment mal«, sagte ich. »Verstehe ich das richtig? Sie befehligen die mit Abstand größte Armee des gesamten Gartens – Tausende und Abertausende von Ameisen, die jeden Ihrer Befehle bis aufs i-Tüpfelchen befolgen und die diese ›Abtrünnigen‹ spielend ausfindig machen können … Aber Sie möchten, dass ein abgehalfterter Privatdetektiv das übernimmt?«
»Richtig, Mister Muldoon. Mir steht eine große Streitmacht zur Verfügung. Und dennoch … war es unseren Truppen bisher nicht möglich, die Verbrecher aufzuspüren. Habe ich nicht recht, Kommandant Krag?«
Sie bedachte einen der neben ihr sitzenden Ameisensoldaten mit einem lodernden Blick.
Ich nahm an, dass es sich bei ihm um den Chef der Inneren Sicherheit oder so etwas handeln

musste. Er schien ein ziemlich hohes Tier zu sein, wenn er einen eigenen Namen hatte. Krag nickte und sah mich düster an.
»Die Zeit ist reif für eine neue Vorgehensweise«, sagte die Königin. »Die Zeit ist reif, einen Freiberufler wie Sie zu beauftragen, Mister Muldoon.«
»Und wenn ich den Fall nicht annehmen möchte?«
Sie wandte sich erneut an den Chef für Innere Sicherheit. »Kommandant Krag?«
»Wenn er nicht kooperieren will«, sagte Krag mit flacher Stimme und ohne mich eines Blickes zu würdigen, »wird zumindest sein Körper einen Zweck erfüllen – als Futter für die Larven.«
»Das wäre bedauernswert«, sagte die Königin. »Nahrung ist leicht zu finden. Fähigkeiten wie die Ihren sind schwerer zu beschaffen.«
Was für eine Wahl, dachte ich – entweder einen Auftrag der Ameisenkönigin anzunehmen oder bei lebendigem Leib gefressen zu werden. Die Entscheidung fiel mir nicht leicht, aber ich gehorchte meinem Instinkt. »Okay«, sagte ich. »Ich übernehme den Fall.«
Außerdem mochte ich die alte Tante irgendwie. Im Garten war sie eine lebende Legende – die große Mutter des Ameisennests. Dass im Garten

seit Jahren Frieden herrschte, war hauptsächlich der Ameisenkönigin und der Art, wie sie das Nest verwaltete, zu verdanken. Abgesehen davon war ich fasziniert. Individualistische Ameisen? So etwas musste man gesehen haben.

»Sehr gut«, sagte die Königin. »Kommandant Krag wird Sie auf den derzeitigen Stand der Ermittlungen bringen. Und, Mister Muldoon? Enttäuschen Sie uns nicht …«

Ich wurde in eine Seitenkammer geführt. Krag folgte mir, ebenso einige andere Soldaten, die alle nicht aussahen, als sei mit ihnen gut Kirschen essen. Sobald wir in der Kammer waren, schob Krag mir sein kleines Gesicht entgegen.

»Ich kann Sie nicht ausstehen, Muldoon!«, schnarrte er.

»Mann«, sagte ich, »soll das heißen, dass die Hochzeit abgesagt wird?«

»Wir müssen davon ausgehen, dass die Königin weiß, was sie tut«, fuhr Krag fort. »Aber ich empfinde es als schwere Beleidigung für unser glorreiches Ameisenheer, dass ein popeliger Käfer unsere Arbeit erledigen soll.«

»Hör mal, Alter, ich hab mich um diesen Job nicht gerade gerissen, okay? Ich hab nur etwas dagegen, gefressen zu werden …«

»Klappe!«, schnappte Krag. »Sie werden alles in Ihrer Macht Stehende tun, um die Individualisten aufzuspüren, damit wir dieses Krebsgeschwür aus dem Nest entfernen können. Sobald Sie über Informationen verfügen – EGAL WELCHE –, werden Sie mich davon unterrichten. Verstanden? Selbst wenn Sie nichts entdecken, werden Sie mich in genau zwei Tagen davon in Kenntnis setzen. Habe ich mich deutlich genug ausgedrückt?«
Er trat noch näher an mich heran, so nah, dass ich ihn riechen konnte. »Es besteht Grund zu der Annahme, dass es sich beim Anführer dieser verdammten Individualisten um eine Ameise mit einer auffälligen Zeichnung handelt – auf ihrem Kopf befindet sich ein weißer Fleck. Finden Sie diese Ameise, dann lassen wir Ihnen vielleicht Ihr Leben … Noch irgendwelche Fragen?«
»Nur eine«, sagte ich. »Haben Sie Samstagabend schon was vor?«

Die Ameise, die ich Frank nannte, brachte mich zurück zur Oberfläche. Während ich ihr folgte, versuchte ich ihr ein paar mehr Informationen zu entlocken.

»Jetzt verrat mir mal, was an ein paar Individualisten im Nest so schlimm sein soll.«
X437-TKP – Frank – blieb stehen. Hätte ich es nicht besser gewusst, ich hätte geschworen, Gefühl in seiner Stimme zu hören.
»Der einzige Zweck des Daseins einer Ameise ist es, dem Nest zu dienen. Jeder von uns ist nur winziger Teil eines größeren Ganzen. Eine Ameise mit Individualität macht nicht mehr Sinn als ein Auge oder ein Bein, dass unter Verzicht auf den Rest des Körpers leben will.«
»Wünschst du dir nie, für dich selbst zu denken?«, fragte ich. »Deine eigenen Entscheidungen zu treffen?«
Die Ameise schüttelte den Kopf. »Sich für etwas zu entscheiden ist unnötig. Es gibt nur eine Entscheidung – Befehle zu befolgen und dem Nest zu dienen.«
Ich muss zugeben, so wie er es verpackte, klang es eigentlich ganz nett: Nicht an sich selbst denken zu müssen, sich in dem Bewusstsein aufgehoben fühlen, dass Tausende von Ameisen im Nest deine Gedanken teilen. Es klang nach *Sicherheit.* Sicherheit war etwas, das ich nicht besonders gut kannte.
Wir waren am Eingang angekommen.

»Die Sache ist nur die – manchmal muss man eigene Entscheidungen treffen, ob man will oder nicht«, sagte ich.
Den Ameisensoldaten interessierten meine Weisheiten nicht. Er hatte sich bereits abgewandt und machte sich zurück auf den Weg nach unten, in die Einzigkeit des Nestes.
»War nett, mit dir zu plaudern, Frankie«, rief ich.

Kapitel 5

Am nächsten Morgen begann ich den Tag auf gänzlich ungewohnte Art: Ich stand früh auf, noch vor den ersten Sonnenstrahlen. Das gefiel mir nicht besonders, aber ich hatte entschieden, diesen Fall zu lösen. (Ich mochte meinen Körper und wollte nicht, dass er aufgefressen wird. Was das angeht, bin ich etwas eigensinnig.)
Bevor ich am Abend zuvor das Ameisennest verlassen hatte, hatte Kommandant Krag mir mitgeteilt, was seine Truppen bisher herausgefunden hatten – dass geheime Treffen der Individualisten nahe des Hauses stattfanden. Er sagte,

es sei seinen Truppen weder gelungen, die Gruppe der Abtrünnigen zu infiltrieren, noch herauszufinden, wo genau sie ihre Treffen abhielt. Das Letzte, was er sagte, war: »Wir werden Sie im Auge behalten, Muldoon. Wir werden Sie beobachten …«

Jetzt blickte ich mich um, um die Lage zu peilen. Der Garten lag friedlich im Licht der frühen Dämmerung. Ich ließ mich davon nicht irreführen – Äußerlichkeiten können täuschen.

Gerade in den frühen Morgenstunden muss man aufpassen: Die Vögel sind dann ein wenig naschsüchtig und sie mögen zum Frühstück nichts lieber als einen fetten, saftigen Käfer.

Ich beschloss, zunächst nach Zucker-Jake, der Stubenfliege, zu suchen. Vielleicht war er auf ein paar Informationen gestoßen. Da ich keine andere Spur hatte, war es einen Versuch wert. Ich zog los, als die Sonne gerade müde über den Horizont blinzelte.

Als ich mir einen Weg durch das Gestrüpp bahnte, stieß ich auf etwas Seltsames. Es war ein großer Klumpen klebriger, rosafarbener Masse. Ich untersuchte ihn mit meinen Fühlern – Zucker! Der Klumpen war ein Kaugummi, den irgendein nachlässiger Mensch ausgespuckt hatte. Ich machte mir nichts aus Zucker, aber ich schätzte, Zucker-Jake würde für einen kleinen Schuss davon dankbar sein – er könnte seinem Gedächtnis auf die Sprünge helfen –, also hob ich den Kaugummi auf und nahm ihn mit.

Ein paar Minuten später erklang eine eilfertige Stimme von einem Löwenzahnblatt: »Hey, Wanze!«

Ich seufzte. »Was gibt's, Kleiner?«

Billy war eine Raupe. Er war ein nettes Kerlchen, aber für meine Begriffe ein wenig zu enthusiastisch. Besonders zu dieser frühen Stunde.

»Was haste da, Wanze?« Seine Stimme war so laut, dass ich Kopfschmerzen davon bekam.

»Kaugummi«, sagte ich. »Ich mache 'ne Sammlung auf.«

Ich bewegte mich weiter, aber Billy war noch nicht fertig.

»Arbeitest du an einem neuen Fall, Wanze?«, rief er. Sein fetter grüner Körper bebte aufgeregt.

»Klar, Kleiner.«

»Kann ich mitkommen?«, bat er, und all die struppigen Härchen an seinem runden Körper stellten sich auf.

»Tut mir leid, Billy, aber ich arbeite solo, wie du weißt.«

Es gelang ihm nicht, seine Enttäuschung zu verbergen. »Aber wie soll jemals ein Privatdetektiv aus mir werden, wenn du mir nicht erlaubst, dich zu begleiten? Ich muss doch all die Tricks und Kniffe lernen, Wanze.«

Ich blieb stehen. »Kleiner, ich hab dir das schon tausendmal erklärt. Aus dir wird *nie* ein Detektiv werden. Dir steht etwas Besseres bevor, du wirst nicht dein Leben lang eine Raupe bleiben. Eines Tages wirst du dich in einen Schmetterling verwandeln und dann kannst du aus diesem miesen Dreckloch von Garten abzischen. Verstehst du?«

Billy zog einen Schmollmund. »Ich will aber kein Schmetterling werden. Ich will Privatdetektiv werden, so wie du, Wanze!«

Ich lachte. »Tut mir leid, Kleiner. Die Natur hat nun mal andere Dinge mit dir vor.«

Ich wollte eben weitergehen, als ein Schatten über mich fiel, gefolgt von einem Luftstoß. Der raue Schrei verriet mir alles. Es war ein Vogel – eine Elster – und sie hatte uns entdeckt!

An dieser Stelle einige Worte über Bombardierkäfer: Wenn sie angegriffen werden, versprühen sie einen Strahl stinkender Chemikalien, der alles und jeden verjagt – Spinnen, andere Krabbler, selbst Vögel. Niemand macht ungestraft einen Bombardierkäfer an.

Unglücklicherweise bin ich *kein* Bombardierkäfer. Wir steckten in ernsten Schwierigkeiten.

Die Elster landete genau zwischen mir und Billy. Sie stieß ein triumphierendes Krächzen aus, ihre Knopfaugen huschten zwischen uns hin und her. Sie konnte nicht entscheiden, wer von uns beiden appetitlicher aussah.

Billy versteinerte vor Angst. Ich musste etwas tun, also nahm ich dem Piepmatz die Entscheidung ab. Den Kaugummi fest umklammert, stolperte ich nach vorn. Die Elster hackte nach mir. Der tödliche Schnabel traf den Erdboden. Ein paar Zentimeter weiter links und er hätte mich aufgespießt.

Ich änderte die Richtung, bewegte mich im Zickzack zurück. Die Elster stieß einen rauen, irritierten Schrei aus und ließ ihren Schnabel erneut nach unten sausen. Wieder traf sie daneben, doch der Abstand hatte sich verringert. Sie wurde zielsicherer.

Jetzt war ich am Zug. Ich blieb stocksteif stehen und hob den Kaugummi hoch über meinen Panzer. Die Elster bereitete den Todesstoß vor. Ihr riesenhafter Körper löschte das Sonnenlicht aus.

Sie hackte zu. Im letzten Moment ließ ich den Kaugummi fallen und schmiss mich nach links. Der Schnabel der Elster versank geradewegs in dem klebrigen Klumpen.
Sie riss den Kopf zurück, um einen Schrei auszustoßen, nur war ihr das nicht möglich. Der Schnabel war von der klebrigen Masse fest umschlossen. Der Vogel schüttelte seinen Kopf wild von Seite zu Seite, um den Kaugummi loszuwerden, hatte aber kein Glück: Der rosafarbene Klumpen hielt. Die Elster bedachte mich mit einem Blick frustrierter Wut, dann flog sie in Richtung der Bäume davon.
»Wow!«, keuchte Billy. »Das war obercool!«
»Du lässt dich zu leicht beeindrucken, Kleiner«, sagte ich, aber Billy war bereits dabei, das Erlebnis nachzuspielen: »Nimm das, du Drecksvogel! Friss Gummi! Niemand frisst den Privatdetektiv Wanze Muldoon … oder seinen Partner Raupen-Billy …«
Ich schüttelte den Kopf und machte mich auf den Weg.

Eine Stunde später saß ich mit Zucker-Jake zusammen. Die Sonne brannte inzwischen wie ein Backofen, ein kaum nennenswerter Luftzug brachte nur wenig Erleichterung. Einer dieser glühend heißen Tage lag vor uns.

»Ich hatte ein Geschenk für dich«, erklärte ich der Fliege, »ein Stück Kaugummi. Aber ich musste es jemandem geben, der es besser brauchen konnte als du.«

Jake zuckte traurig die Achseln und rieb seine Vorderbeine auf diese eklig fliegentypische Art aneinander. Ich riss mich zusammen, um nicht zu erschauern.

»Ma-ma-macht nichts, Wanze«, sagte er. »Hab auf der Te-Terrasse schon ein Stück Scho-schokolade gefunden.« Es musste stimmen; er zitterte weniger heftig als gewöhnlich. »Wo-wo-rüber wolltest du mit mi-mir sprechen?«

Wir hielten uns unter den Blättern eines Rhododendrons auf. Sie spendeten Schatten, doch das war nicht der Grund, warum wir uns diesen Ort ausgesucht hatten. Hier war ein gutes Versteck: Ich wollte nicht, dass jemand unsere Unterhaltung belauschte. Trotzdem hielt ich die Augen offen.

»Was du gestern gesagt hast – dass bei den Ameisen etwas nicht stimmt ... na ja, du hattest recht.«

Ich ließ die Ereignisse des gestrigen Abends vor

ihm Revue passieren. Was ich ihm erzählte, ließ Jake seinem Spitznamen wirklich gerecht werden. Ich fragte ihn, ob er inzwischen noch mehr herausgefunden hatte. Er schüttelte den Kopf.

»Ni-nicht so richtig«, sagte er. »Aber ich hab gege-gehört, dass jemand herumrennt u-und eine Menge Fragen stellt. Eine Grashüpferin, drüben im Westen. Die ist neu hier, vielleicht w-w-weiß die was.«

»Grashüpferin, hm?«, sagte ich. »Na ja, im Moment würde ich vor niemandem zurückschrecken.«

Kapitel 6

In der Regel habe ich mit Grashüpfern nicht viel zu tun. In meiner Branche macht es sich bezahlt, sich möglichst bedeckt zu halten. Grashüpfer wissen überhaupt nicht, wie man das anstellt.
Sie sind das Nachrichtensystem des Gartens. Sie hören, was rundherum los ist, und das geben sie an jeden weiter – und damit meine ich wirklich *jeden*. Manchmal drehen sie ein bisschen an den Geschichten herum – sie nennen das *die Nachrichten aufpeppen*. Ich nenne es lügen.
Doch Jake hatte gesagt, die neue Grashüpferin im Garten sei anders. Er sagte, sie würde die Dinge

so darstellen, wie sie wirklich waren; dass sie wüsste, wann sie den Mund aufreißen konnte und wann sie ihn zu halten hatte. Klang nach keinem der Grashüpfer, die mir bisher begegnet waren. Ich entschied, mir mein eigenes Bild zu machen.

Ich brauchte nicht lange, um die Grashüpferin zu finden. Sie hockte im Schatten des Gartentisches. Sie sagte kein Wort. Ich nahm das als gutes Zeichen. Ihre Augen schätzten mich ein, als ich auf sie zuging.

»Suchen Sie nach etwas Bestimmtem, Freundchen?« Ihre Stimme war rauchig. Es klang, als denke sie, irgendetwas Komisches wäre im Busch. Vielleicht war es das.

»Ich heiße Muldoon«, sagte ich. »Wanze Muldoon. Ich bin Privatdetektiv.«

Sie nickte, wenn auch nicht allzu begeistert. Ihre zarten Fühler schwangen sacht im Wind. »Ich bin Wilma. Was wollen Sie, Wanze Muldoon?«

»Ein Freund sagte mir, Sie könnten mir vielleicht bei der Lösung eines Falls behilflich sein, an dem ich gerade arbeite.«

»Kommt drauf an«, erwiderte sie ruhig.

»Auf was?«

»Auf Ihren Freund und auf den Fall.« Sie war eindeutig eine coole Nummer.

»Der Freund ist eine Stubenfliege namens Zucker-Jake. Sagt Ihnen der Name etwas?«
»Ist mir nicht unbekannt.«
»Bei dem Fall geht es um eine größere Sache – es hat etwas mit den Ameisen zu tun.«
Ihr amüsiert-ruhiger Tonfall veränderte sich, als habe man einen Schalter umgelegt. Sie sprang mit ihren großen Grashüpferbeinen nach vorn.
»Was ist mit den Ameisen?«, fragte sie drängend.
Ich schätzte, dass sie eine gute Story witterte.
Ich lächelte. »War nicht eigentlich ich gekommen, um Ihnen Fragen zu stellen?«
Jetzt starrte Wilma mir direkt ins Gesicht. Das ließ mich kalt. Ihre Stimme hatte sich zu einem eindringlichen Flüstern gesenkt.
»Pass mal auf, Freundchen – vielleicht weiß ich etwas, aber Informationen gibt es von mir nicht geschenkt.«
Diese Grashüpferin gefiel mir. Sie versuchte es auf die harte Tour. So wie ich.
»Was schlagen Sie vor?«, fragte ich.
»Einen Informationsaustausch!«, rief sie. »Sie erzählen mir, was Sie wissen, ich ziehe nach.«
Das machte mich misstrauisch. »Warum sind Sie so an den Ameisen interessiert?«
»Weil ich Reporterin bin. Weil ich im Nachrich-

tengeschäft arbeite. Weil ich eine gute Story riechen kann, Mann! Wir könnten zusammenarbeiten.«

Ich ließ mir das durch den Kopf gehen. Gewöhnlich arbeite ich alleine. Allerdings war an diesem Fall bisher alles ungewöhnlich – warum also nicht auch das? Ganz zu schweigen davon, dass ich bisher ohne Anhaltspunkte dastand. Wenn Wilma mir nicht aus der Patsche half, war ich aufgeschmissen.

»Ich mache Ihnen einen Vorschlag«, sagte ich. »Wir tauschen ein paar Informationen aus und dann sehen wir weiter.«

Wilma fing an. Einige ihrer neuen Informanten hatten berichtet, dass bei den Ameisen merkwürdige Dinge vorgingen. Sie hatten Gerüchte gehört, denen zufolge heute ein geheimes Treffen stattfinden sollte. Wilma sagte, sie warte auf eine Bestätigung dieses Gerüchtes, bevor sie etwas unternahm.

Ich sah ihr in die Augen. »Sie sehen nicht wie eine Grashüpferin aus, die lange auf irgendetwas wartet.«

Wilma lächelte. »Das tue ich auch nur, wenn meine Quellen … nicht besonders zuverlässig sind.«

»Wer sind Ihre Quellen?«
»Zwei Regenwürmer. Sie heißen Dex und Dax. Treiben sich drüben beim Gemüsebeet herum.«
Jetzt füllte ich die Lücken aus. Ich erzählte ihr alles über meinen Besuch im Ameisennest und über den Auftrag, den ich von der Königin erhalten hatte.
»Individualistische Ameisen?«, keuchte Wilma. »Ich hatte ja keine Ahnung!«
Als ich fertig war, sagte sie: »Wie geht es jetzt weiter?« Sie versuchte immer noch, beherrscht zu klingen, aber ich wusste, dass sie aufgebracht war.
»Ich werde Ihren Freunden Dex und Dax einen kleinen Besuch abstatten«, verkündete ich.
»Moment mal!«, sagte Wilma. »Ich komme mit. Sie werden mich brauchen – ist nicht ganz einfach, sich mit Dex und Dax zu unterhalten. Ich kenne die beiden. Sie sind ein bisschen … komisch.«
Ich lächelte und dachte dabei: Wer ist das nicht? Doch alles, was ich sagte, war: »Nach Ihnen, Lady.«

Beim Gemüsebeet musste Wilma ein paar Mal laut rufen, bevor die Würmer auftauchten.

Erst schob sich eine rosige Schnauze aus dem schwarzen Erdreich. Dann schlängelte sich der Rest des geringelten Körpers an die Oberfläche. Kurz darauf kroch ein zweiter Wurm aus der Erde. Er sah dem Ersten zum Verwechseln ähnlich.

»Also, also …«, begann der erste Wurm.

»… also«, führte der zweite Wurm zu Ende.

»Wenn das nicht …«

»… unsere alte Freundin …«

»… Wilma die Reporterin ist.«

Das war ihre Art, zu sprechen. Sie wechselten einander ab, um einen Satz zwischen sich zu beenden.

»Und …«

»… wer …«

»… ist …«

»… dein Freund?«

»Hmm?«

Wilma sprang mit ihren langen grünen Beinen nach vorne. »Tag Dax, Dex. Das ist Wanze Muldoon – er hilft mir bei einer Story.«

Zwei glatte Gesichter wandten sich mir zu.

»Hal-«

»-lo«, sagten sie.

»Hört mal, Leute«, sagte Wilma ruhig, »erinnert

ihr euch an dieses Treffen, von dem ihr mir erzählt habt? Was genau wisst ihr darüber?«
»Was …«
»… wir wissen?«, fragten die Würmer.
»Was wüssten …«
»… wir *nicht*?«
»Aber das …«
»… wird eine …«
»… Kleinigkeit kosten.«
Wilma blieb ruhig. Keine Ahnung, wie sie das anstellte. Diesen beiden Knallköpfen zuzuhören machte einen selber ganz verrückt. »Geht in Ordnung«, sagte sie. »Also, was wisst ihr?«
»Es war letzten …«, begann Dex.
»… Dienstag«, sagte Dax.
»Mittwoch!«, verbesserte Dex.
»Dienstag!«
»Mittwoch!«
»Du hast doch keine Ahnung!«
Die beiden Würmer gingen in Kampfstellung.
»Verdammt mehr als du!«
»Sagt wer?«
»Sage ich!«
»Du und wessen Schlägertrupps?«
»Ich brauch keine Schlägertrupps.«

»Ohne mich wärst du schon längst Vogelfutter.«
»Ach, wirklich?«
»Allerdings!«
Ihr Streit wurde immer lauter. Sie beachteten uns gar nicht mehr.
Wilma seufzte tief und wandte sich mir zu. »So läuft das immer. Früher oder später kriegen sie sich regelmäßig in die Wolle.«
Ich zuckte die Achseln. »Warum trennen sie sich nicht?« Die Würmer schrien einander immer noch an.
»Können sie nicht«, sagte Wilma. »Früher waren sie ein und dieselbe Person – ein Wurm –, aber sie wurden von einem Spaten in zwei Teile zerhackt, als der Mann aus dem Haus im Garten arbeitete. Beide Hälften überlebten, und so wurden aus ihnen Dex und Dax. Sie sind ein und dieselbe Person, verstehen Sie?«
»Das ist doch nicht möglich, oder? Ein Wurm hat doch nur einen Kopf.«
Wilma zuckte die Achseln. »Vielleicht ist es nicht möglich, aber versuchen Sie mal, das den beiden zu erklären. Abgesehen davon würden die nicht im Traum daran denken, sich zu trennen, auch wenn sie sich gegenseitig in den Wahnsinn treiben.«

»Klingt nach einer ziemlich kranken Beziehung«, sagte ich.
»Ist es auch. Aber wie würde es Ihnen gefallen, in doppelter Ausführung zu existieren? Wie würden Sie mit sich selbst klarkommen?«
Plötzlich verstummte das Geschrei. Die beiden Würmer sahen einander an, und als sie wieder sprachen, lag in ihren Stimmen der leicht weinerliche Tonfall von zuvor.
»Das …«
»… ist …«
»… dumm …«
»… nicht …«
»… wahr?«
Sie schlängelten und schlierten einander entgegen. Ich sah zur Seite. Endlich wandten sie uns wieder ihre Aufmerksamkeit zu.
»Also, dieses Treffen der Ameisen …«, half Wilma ihnen auf die Sprünge.
Sie erzählten es uns.

Kapitel 7

Am späten Nachmittag machten Wilma und ich uns auf den Weg zum Haus. Ich krabbelte mit gleichmäßigen Schritten; Wilma sprang nebenher. Wir nahmen einen Umweg, um niemandem zu begegnen und Misstrauen zu erwecken, und erreichten ohne Zwischenfall den Rand des Rasens. Dann betraten wir die Terrasse.

Zu unserer Rechten erhoben sich die Abfalltonnen – ich dachte kurz an Larry den Ohrwurm und seine Brüder –, doch wir hielten uns links, wo ein Abflussrohr an der Hauswand herablief, in dessen Nähe das Treffen angeblich stattfinden sollte. Auf halbem Weg stießen wir auf eine Kakerlake, die uns argwöhnisch musterte, uns aber nicht ansprach, als wir sie passierten. Kakerlaken haben diese kleine Eigenart; sie mögen es nicht, wenn andere Krabbler dem Haus zu nahe kommen.

Schließlich kamen wir am Treffpunkt an. Noch war niemand zu sehen. Ich ließ den Blick schweifen – der Ort war gut gewählt. Dieser Teil der Terrasse war durch einen Hortensienbusch vor Einblicken aus dem Garten geschützt. Zudem verliefen zwischen den Pflastersteinen tiefe Spalten – gerade breit genug für eine Ameise, um sich hindurchzuzwängen.

Ich schaute nach Westen. Die Sonne hatte die Nase schon wieder voll und bereitete sich auf den Abstieg vor. Höchste Zeit für uns, ein Versteck zu finden, um das Treffen belauschen zu können.

»Wie wäre es damit?« Wilma zeigte auf das Abflussrohr. Wenn wir dort hineinkrabbelten, würde sich uns ein guter Überblick bieten, doch ich schüttelte den Kopf, nein. Schließlich wollten wir nicht durch eine plötzlich über uns hereinbrechende Regenflut aus dem Rohr gespült werden.

Ich wusste, wohin wir gehen konnten. Wir kletterten an der Backsteinfassade des Hauses empor, bis wir das unterste Fenstersims erreicht hatten. Hier konnten wir uns über den Rand beugen und alles beobachten, was unter uns vorging. Die Ameisen würden uns nie entdecken. Es war der perfekte Aussichtspunkt.
Jetzt mussten wir nur noch warten.
Um uns die Zeit zu verkürzen, erzählte mir Wilma, warum sie in den Garten gekommen war. »In meinem letzten Garten war einfach nichts los. Wenn du als Grashüpfer eine gute Story finden willst, musst du ständig auf Achse sein.«
»Und ist dieser Garten hier anders?«, fragte ich.
Wilma sah mir direkt in die Augen. »Er hat seine Möglichkeiten«, sagte sie.
Dann war es an ihr, mich auszufragen, und die Frage, die sie stellte, war die, die ich früher oder später von jedem zu hören kriege:
»Verraten Sie mir etwas? Warum nennen Sie sich Wanze, obwohl Sie ein Käfer sind?«
Ich zuckte die Achseln. »Ist eine lange Geschichte. Vielleicht erzähle ich sie Ihnen ein andermal …«
Während wir uns miteinander bekannt machten,

behielt ich die unter uns liegende Terrasse im Auge. Die Sonne sank langsam tiefer.
Als ich gerade dachte, Dex und Dax hätten sich vertan, tauchte die erste Ameise auf. Sie huschte eilig über die Pflastersteine und positionierte sich beim Abflussrohr. Eine weitere Ameise folgte ihr, dann noch eine, alle kamen aus verschiedenen Richtungen. Einige von ihnen krochen aus den Ritzen zwischen den Steinen hervor. Bald waren etwa dreißig von ihnen um das Abflussrohr versammelt, ein unruhig umherkrabbelndes Durcheinander.
Zwei von ihnen stellten sich abseits der anderen auf. Sie waren die Wachtposten. Ihre Blicke suchten die Terrasse ab, aber sie sahen kein einziges Mal am Mauerwerk des Hauses empor.
Die übrigen Ameisen bildeten einen Kreis. Eine von ihnen sprach. Ich beugte mich über den Rand des Simses und lauschte angestrengt.
»Vielleicht sollten wir jetzt anfangen«, sagte die Ameise mit einer Stimme, der die übliche Monotonie, mit der Ameisen zu sprechen pflegen, völlig abging. Diese Stimme war durchdringend und voller Gefühl.
Alle Ameisen begannen einen gemeinsamen Sprechgesang:

»Selbst statt Andere.
Einer statt Viele.
Freiheit statt Regeln.
Spaß statt Pflicht.«

Dann ergriff die Ameise, die das Treffen eröffnet hatte, das Wort. »In Übereinstimmung mit den Regeln des Individualisten-Clubs wird sich uns jetzt jedes Individuum *namentlich* vorstellen, um seine Einzigartigkeit mit uns zu teilen. Und, ähem …« Sie räusperte sich. »Ich werde den Anfang machen. Mein Name ist Leopold und ich werde ein von mir selbst verfasstes Gedicht vortragen.«

Ich tauschte einen Blick mit Wilma. *Ameisen, die Gedichte verfassten? Ameisen, die Leopold hießen?*

Leopold fiel in einen Singsang.

»Hier ist, so weit mein Auge reicht,
Niemand, der mir an Schönheit gleicht.
So lasset mich mein Glück bekunden:
Mich und mein Selbst hab ich gefunden.«

Ich stöhnte auf. Mit Gedichten habe ich nicht viel am Hut, sie sind eher etwas für Bienen. Wilmas Blick nach zu urteilen, ließ das Ganze auch sie ziemlich kalt.

Die anderen Ameisen waren allerdings weniger kritisch. Sie murmelten ihre Anerkennung und wedelten zustimmend mit den Fühlern.

Eine weitere Ameise ergriff das Wort. »Mein Name ist Fran und ich möchte einen Jazztanz vorführen, der den Einbruch des Winters darstellt.« Langsam begann sie um ihre eigene Achse zu rotieren und hob dabei immer ein Beinpaar gleichzeitig, während sie ihre Körpersegmente zu einem unhörbaren Rhythmus bewegte.

Und so weiter … Jede Ameise stellte sich mit Namen vor – Nummern gab es hier keine – und führte dann etwas vor, das ihre Einzigartigkeit betonte. Eine von ihnen jonglierte mit Stöckchen, die ihr immer wieder zu Boden fielen. Eine andere sprang einfach nur auf und ab und rief dabei: »Seht mich an! Seht mich an!«

Ich bin ein entschiedener Anhänger von Individualität. Aber das bedeutet nicht, dass ich eine langweilige Talentshow von Amateuren bis zum Ende durchstehen muss. Ich hatte herausgefunden, was ich wissen wollte – wo die Individualisten sich trafen und was sie hier veranstalteten. Ich wollte Wilma gerade andeuten, dass wir genug gesehen hatten, als etwas mich stocken ließ. Eine weitere Ameise kam über das Pflaster geschossen, um sich dem Treffen anzuschließen. Sie nickte den beiden Wachen zu, die sie erkannten, und gesellte sich zum Rest der Gruppe. Als sie näher kam, bemerkte ich die auffällige weiße Musterung auf ihrem Kopf. Das war die Ameise, nach der Ausschau zu halten Krag mir aufgetragen hatte.

Die Neue mischte sich unter die anderen und rief mit aufgeregter Stimme: »Mal herhören! Ich habe euch etwas Wichtiges mitzuteilen!«

Ganz offensichtlich verstieß sie damit gegen eine der Vereinsregeln, denn sofort hob ein Durcheinander von Unmutsbekundungen an.

»Du kennst die Regeln, Clarissa«, sagte die Ameise, die sich als Leopold vorgestellt hatte. »Bevor wir zu anderen Dingen kommen, musst du zunächst dein neues Selbst mit uns teilen.«

»Aber –«

»Das sind die Regeln.«

»Aber –«

Die anderen blieben hart. »Keine Ausnahmen.«

Ich grinste und flüsterte Wilma zu: »Alte Gewohnheiten sind schwer abzulegen. So viel zu *Freiheit statt Regeln*.«

Unter uns stieß die Ameise mit dem Namen Clarissa einen Seufzer aus. Es war klar, dass sie den anderen nicht mitteilen konnte, was sie zu sagen hatte, solange sie deren Aufforderung nicht nachgekommen war. Sie seufzte noch einmal und sagte dann, sie würde ein Lied singen. Ich stöhnte innerlich auf und rechnete mit dem Schlimmsten. Doch was dann der Kehle dieser winzigen Ameise entströmte, war von solcher Schönheit, dass es mich beinahe zu Tränen rührte. Ihre Stimme war voll und klar und von tiefer Melancholie. Das Lied erzählte von verlorener Liebe, und der klagende Refrain wurde von der Luft getragen wie Sommernebel.

Ich hörte noch immer zu, gefangen von dieser goldenen Stimme, als plötzlich die Hölle losbrach. Clarissas Gesang brach unvermittelt ab. Unter den Ameisen kam es zu nervösem Gemurmel.

Ein tiefes, entferntes Brummen wurde lauter und immer lauter.

»Was ist das?«, flüsterte Wilma. »Bienen?«

Ich schüttelte den Kopf. »Wespen.«

Sofort stoben die Ameisen in alle Richtungen auseinander. Einige verschwanden zwischen den Ritzen der Pflastersteine, andere hasteten über die Terrasse. Die Wespen waren noch außer Sichtweite, doch das Brummen wurde lauter. Wir hatten keine Zeit zu verlieren.

»Schnell!«, rief ich Wilma zu. »Wir müssen ihnen nach. Sie folgen Leopold, ich hänge mich an Clarissa.«

Und damit begannen wir, an der Mauer herabzuklettern.

Kapitel 8

Im Laufschritt kam ich auf festem Boden an und heftete mich Clarissa an die Fersen. Sie stürmte im Zickzack über die Terrasse, ihr Ziel war der Rasen. Von den Wespen war noch nichts zu sehen.

Clarissa bemerkte nicht, dass sie verfolgt wurde. Jeder Krabbler kann einen anderen Krabbler verfolgen – aber sich an jemanden dranzuhängen, ohne von ihm bemerkt zu werden, ist eine Kunst. Glücklicherweise ist es eine Kunst, in der ich selbst Experten noch Unterricht erteilen könnte. Auf der Terrasse hielt ich Abstand, indem ich Blumentöpfe und Gartenwerkzeuge als Deckung benutzte. Sobald sie beim Rasen angekommen war, wurde die Sache leichter: Ich konnte den Sicherheitsabstand wahren und sie trotzdem im Auge behalten. Es war ein Kinderspiel.

Als Clarissa sich der Strauchrabatte näherte, machte ich meinen Zug. Ich legte einen Zahn zu, überholte sie von links und blieb mitten auf dem Pfad stehen.

Ich stand ihr im Weg. Sie würdigte mich keines Blickes. Den Kopf gesenkt, marschierte sie in typischer Ameisenmanier einfach weiter, direkt auf mich zu. Ich rief:

»Schöner Tag …«

Clarissa marschierte weiter.

»… für ein kleines Lied«, endete ich.

Clarissa verlangsamte ihren Schritt, dann blieb sie stehen. Ich packte die Gelegenheit beim Schopf.

»Was macht eine einzelne Ameise so allein hier draußen?«, fragte ich.

»Futtertransport«, antwortete Clarissa. Alle kraftvolle Klarheit war aus ihrer Stimme gewichen. Dies hier war die übliche monotone Sprechweise. Ich war enttäuscht.

»Und wie heißen Sie?«, fragte ich.
Und wieder die leblose Stimme: »Ich bin Arbeiterin Y-SVR 966K.«
Nachdenklich spannte ich meine Flügeldecken an, dann sagte ich: »Klingt nett ... Clarissa passt allerdings viel besser zu Ihnen.«
Das Spiel war aus und sie wusste es. Sie brauchte einige Sekunden, bevor sie sich gefasst hatte, dann sagte sie mit gefühlsbeladener Stimme: »Hören Sie, ich weiß nicht, was Sie von mir wollen, Mister –«
»Wanze.«
»Ich weiß nicht, was Sie von mir wollen, Wanze, aber in manche Dinge sollte man sich besser nicht einmischen.«
Ich schüttelte bedächtig den Kopf. »Tut mir leid, Clarissa. Aber sich einzumischen ist mein Job. Vielleicht sollten Sie mir einfach erzählen, was es über Ihren kleinen geheimen Verein zu wissen gibt.«
»Den Individualisten-Club?«, fragte sie. »Geht es darum? Haben Sie denn von nichts eine Ahnung? Wissen Sie nicht –«
Sie hielt inne und blickte sich nervös um. Im ersten Moment begriff ich nicht, was los war, doch dann hörte ich es auch. Ein entferntes

Summen, leise noch, aber von zunehmender Lautstärke. Das Summen einer Wespe.
»Ich muss gehen«, stieß Clarissa verängstigt hervor. »Ich muss –«
»Können wir uns später treffen?«, fragte ich. »Es ist wichtig.«
Die Angst trieb Clarissas Stimme eine Note höher, als das Summen der Wespe unbeirrt näher kam.
»Na gut, gut«, sagte sie, wohl eher, um sich endlich davonmachen zu können. »In einer Stunde bei der Statue am Teich …«
Damit bahnte sie sich einen Weg ins Dickicht und verschwand. Und gerade noch rechtzeitig. Sekunden später tauchte die Wespe auf. Bedrohlich hing sie über mir in der Luft. Ihr Stachel sah tödlich aus, und in diesem Fall täuschte der Eindruck nicht. Wespen sind mit Abstand die gemeinsten Krabbler des Gartens. Ich habe Wespen gekannt, die aus purem Spaß an der Freude stechen. Deshalb lautet die simpelste aller Regeln: Lass dich nicht mit den Wespen ein.
»Du da! Irgendwelche Ameisen gesehen?«, fragte mich die Wespe mit barscher, seltsam schleppender Stimme.
»Klar – ich hab eine Menge Ameisen gesehen«,

gab ich zurück. »Aber nicht hier und nicht innerhalb der letzten halben Stunde.«

»Eine Ameise mit weißer Zeichnung auf dem Kopf?«

»Fehlanzeige. Aber wenn ich sie sehen sollte, werden Sie die Erste sein, der ich es erzähle.«

Die Wespe ließ sich herabsinken, ihr Summen wurde lauter. Ich nahm an, dass sie mich einzuschüchtern versuchte. Ich gab mein Bestes, um unbeeindruckt zu wirken, und ich musste meine Sache gut machen, denn die Wespe murmelte: »Schlaues Kerlchen«, und damit flog sie davon, um ihre Suche anderswo aufzunehmen.

Wenn das mal keine interessante Entwicklung ist, dachte ich, als die schwarzgelbe Wespe abschwirrte. *Was haben die Wespen mit dieser Sache zu tun?* Vermutlich würde ich das in einer Stunde herausfinden, wenn ich Clarissa traf.

Ich verbrachte die Stunde damit, mir den Fall durch den Kopf gehen zu lassen. Es war einfach genug gewesen, die abtrünnigen Ameisen zu finden, ihren – wie hatten sie ihn genannt? – Individualisten-Club. Ich hatte bereits genug Informationen gesammelt, um damit zurück zum Nest zu gehen, Krag und der Königin Bericht zu erstatten und mein Honorar einzu-

streichen. Bis Sonnenuntergang könnte ich es gerade noch zu Dixies Bar schaffen.
Trotzdem wurde ich das Gefühl nicht los, dass irgendwas nicht stimmte. Hier ging es um mehr als um den Individualisten-Club. Warum hatte Krag mich auf eine ganz bestimmte Ameise angesetzt? Warum war eine Wespe so scharf darauf gewesen, eben diese Ameise aufzuspüren? Jedermann wusste, dass die Wespen und die Ameisen die größten Streitmächte des Gartens stellten. Sie konnten einander nicht ausstehen, aber seit Jahren bestand zwischen ihnen ein halbwegs stabiler Waffenstillstand. Also, was war hier los?
Die Sache war mir ein Rätsel. Doch eines war sicher: Clarissa, die Ameise mit der goldenen Stimme, kannte einige Antworten.
Ich kam etwas früher am verabredeten Ort an, dem Teich an der Nordwestseite des Gartens. Unmittelbar davor steht eine Statue, das Abbild eines Menschen – ich schätze, der Besitzer des Hauses hat sie aufgestellt, um seinem Zierrasen mehr Klasse zu verleihen.
Vom Standpunkt eines Käfers aus betrachtet, hat man von der Statue aus eine gute Aussicht. Wenn man auf ihren Kopf klettert, kann man den ganzen Garten überblicken.

Heute allerdings lungerte ich um den Fuß des Sockels herum und wartete auf Clarissa. Der Zeitpunkt unserer Verabredung kam und ging. Fünf Minuten verstrichen, zehn, und keine Spur von Clarissa. Ich wurde unruhig. Vielleicht hatte sie nicht wirklich vorgehabt zu kommen? Vielleicht hatte sie mich einfach nur abwimmeln wollen.
Doch dann ertönte hinter mir ein lautes Geräusch. Ich wandte mich um, um Clarissa zu begrüßen, nur war von ihr nichts zu sehen. Ich sah gar nichts. Noch während ich mich umdrehte, erhielt ich einen Schlag auf den Kopf, und meine Welt versank in Dunkelheit, so schwarz wie eine mondlose Nacht.

Als ich wieder zu mir kam, fand ich mich nicht in der bequemsten aller Lagen wieder. Zum einen war oben und unten vertauscht, ich lag auf dem Rücken, meine sechs Beine ruderten hilflos in der Luft. Zum anderen trieb ich auf Wasser. Der Teich. Ich war in den Teich geworfen und für tot gehalten worden.
Na gut, dann trieb ich eben hilflos auf dem Rücken liegend über den Teich. Ich hatte Schlimmeres erlebt, es bestand kein Grund zur Sorge.

Doch dann spürte ich die Druckwelle einer Bewegung, als etwas im Wasser unter mir daherschwamm – etwas Großes –, und *jetzt* begann ich, mir Sorgen zu machen.

An dieser Stelle einige Worte über den Gemeinen Schnellschwimmer: Er ist ein unglaublich kräftiger und ausdauernder Schwimmer, eher im Wasser zu Hause als auf trockenem Land.

Unglücklicherweise bin ich *kein* Gemeiner Schnellschwimmer. Ich steckte in ernsten Schwierigkeiten.

Kapitel 9

Normalerweise halte ich mich vom Teich fern – für Wasser habe ich ungefähr so viel übrig wie eine Fliege für Taranteln –, doch selbst ich hatte die Geschichten über den Karpfen gehört. Man munkelte von diesem Fisch, dass er riesig sei und als widerlicher Tyrann über den Teich herrschte. Er fraß kleinere Fische, er fraß Fliegen und Käfer, die auf der Wasseroberfläche landeten … nach allem, was ich wusste, gab es eigentlich nichts, was er nicht fraß.

Ich verdrehte den Kopf und sah hinab in das trübe Wasser. In der tintigen Schwärze war nichts zu sehen. Doch dann füllte etwas die Schwärze aus. Es war der Karpfen! Er schwamm am Grund des Teichs entlang. Sein fetter Körper war golden und weiß gefleckt. Er sah hungrig aus.

Bisher hatte er mich noch nicht bemerkt, doch das war nur eine Frage der Zeit. Ich hatte das Gefühl, als leuchteten Neonbuchstaben auf meinem Panzer: ABENDESSEN – KOMM UND HOL MICH! Es war kein Gefühl, das ich sonderlich mochte. Irgendwann muss jeder von der Bühne abtreten, aber nie hatte ich daran gedacht, einmal als Fischfutter zu enden.

Ich versuchte, mich in Brustlage zu bringen, um wenigstens in Sicherheit schwimmen zu können. Vergeblich. Meine Beine wirbelten lediglich durch dünne Luft.

Ich sah zurück ins Wasser. Wieder war nichts zu sehen. *Wohin war er verschwunden? Vielleicht sah er mich nicht?* Plötzlich kam der Karpfen in mein Blickfeld und er schoss direkt auf mich zu. Seine dummen Fischaugen fixierten mich und sein ledriges Fischmaul war aufgerissen, bereit zum Fressen. Ich würde endgültig die Platte putzen – aus die Maus! Ich hab nie großartig darüber nachgedacht, was nach dem Tod kommen mag, doch als dieser Karpfen mir entgegenjagte, flackerte die Frage in mir auf. Ich wappnete mich für das Ende.

Doch das Ende blieb aus. Ich fühlte, wie sich ein Gewicht von oben auf mich herabsenkte, und plötzlich war der Karpfen ein Stück weiter entfernt. Ich hob den Kopf, um zu sehen, was geschah. Es war Zucker-Jake, die Stubenfliege! Er war auf mir gelandet, und jetzt flog er los, als ginge es ums nackte Überleben. Was es ja auch tat. Seine Flügel drehten sirrend durch. Er war nicht stark genug, mich aus dem Wasser zu heben, also schob er mich über die Wasseroberfläche, als wäre ich ein Boot und er selbst der Motor.

Ich blickte zurück ins Wasser des Teichs. Der Karpfen hatte nicht vor, sich um sein Abendessen bringen lassen. Er legte an Geschwindigkeit zu, mit entschlossen rudernder Schwanzflosse. Jetzt war er wieder nahe. Ich hatte einen wunderbaren Ausblick auf seine Gaumenplatten, die gnadenlos gepflegt aussahen.

»Schnell!«, schrie ich Jake zu. »Du musst die Richtung wechseln!«

Jake beschrieb eine haarscharfe Rechtskurve, gefolgt von einem Linksschlenker. Ich hab keine

Ahnung, ob es Zufall oder Können war, doch es war das perfekte Manöver. Er schoss im Zickzack über den Teich hinweg und drehte einen Slalom um ein paar Seerosenblätter. Er machte es genau richtig, und mit Erleichterung sah ich, wie der Karpfen immer weiter zurückfiel, bis seine hässliche Visage endlich in den Tiefen des Wassers verschwand. Es wurde auch höchste Zeit – Jake wurde langsamer. Das Sirren klang müde.

Schließlich schob Jake mich auf den Teichrand zu. Wir klotzten direkt dagegen, und die Wucht des Aufpralls schleuderte mich in die Bauchlage. Ich taumelte über einen der Pflastersteine, die den Teich einrahmen. Es tat gut, wieder auf den Beinen zu stehen, und noch besser, wieder trockenes Land unter den Füßen zu haben.

Ich sah Jake an. Die Stubenfliege keuchte heftig und zitterte wie Espenlaub. Er sah aus, als könne er selbst nicht glauben, was er eben vollbracht hatte. Niemand hätte Zucker-Jake je für einen Helden gehalten, Jake am allerwenigsten von allen.

»Jake, mein Freund«, lächelte ich. »Ich schulde dir einen lebenslangen Vorrat an Rohrzucker.«

Jake schüttelte sich nur und zitterte.

Als ich trocken war, begaben Jake und ich uns auf den Weg zum Gartentisch, bei dem ich Wilma das erste Mal getroffen hatte.
Die Nacht war angebrochen. Die Dunkelheit lag still und schwer, eine Wolkendecke hing tief am Himmel und versperrte die Sicht auf den Mond. Ich hatte nichts dagegen – für einen seiner einäugigen, anklagenden Blicke war ich nicht in Stimmung.
Ich hätte nur gern gewusst, ob Wilma heute Abend mehr Glück gehabt hatte als ich.
Ich hätte mir keine Gedanken machen müssen. Als wir ankamen, dachte ich zunächst, sie sei allein. Sie sah mich ruhig an und sagte: »Ich hatte mich schon gefragt, was aus Ihnen geworden ist. Ich dachte, Sie hielten vielleicht ein kleines Nickerchen.«
Ich lächelte und dachte: *Irgendwie ist doch jeder ein kleiner Pausenclown.*
»Wer ist Ihr Freund?«, fragte Wilma.
»Das ist Jake – die Fliege, von der ich Ihnen erzählt habe. Er hat mich gerade davor gerettet, als Fischfutter zu enden.«
Jake grinste und wackelte nervös mit dem Kopf. Wenn er neue Krabbler kennenlernte, war er immer etwas aufgeregt. Wilma musterte ihn kühl,

nickte ihm zu und widmete ihre Aufmerksamkeit dann wieder mir.
»Sie haben es also nicht geschafft, mit der Ameise, die Sie verfolgt haben, zu sprechen?«
»Doch, habe ich – gerade lange genug, um ein Treffen mit ihr zu vereinbaren. Aber sie tauchte nicht auf. Dafür bekam ich eins auf die Rübe und tauchte unter. Als ich aufwachte, übte ich im Gartenteich Rückenschwimmen.«
Wilma ließ ihre dunklen Augen tanzen. Ich hätte es ihr gerne gleichgetan, kannte aber die Melodie nicht.
»Ging es bei Ihnen auch daneben?«, fragte ich.
»Ganz im Gegenteil«, antwortete Wilma. Ihre Stimme war ganz leicht, unter der Oberfläche perlte ein Lachen wie die Strömung eines Flusses. »Darf ich Ihnen meinen neuen Freund vorstellen … Leopold.«
Aus dem Schatten hinter Wilma krabbelte langsam eine Ameise hervor. Es war die Ameise, die an dem Treffen teilgenommen hatte – diejenige, die das Gedicht vorgetragen hatte. Die Angst saß ihr im Nacken, sie wirkte nervös. (Okay, gut, ich sage es: Sie sah aus, als hätte sie Ameisen im Hintern. Zufrieden?) Ihr ruheloser Blick huschte zwischen uns dreien hin und her.

»Während Sie Ihre abendliche Schwimmrunde absolviert haben«, gurrte Wilma, »habe ich Leopold hierher gebracht, damit er uns einige Fragen beantwortet.«
Ich schüttelte ungläubig den Kopf. Wilma war eine knallharte Reporterin. Donnerwetter.
Ich schob mich vor die kleine Ameise namens Leopold. »Okay, Kumpel – dann erzähl uns mal, was es über den Individualisten-Club zu wissen gibt.«
Er stieß einen Seufzer aus, als wolle er fragen, wo er beginnen solle. Als er endlich sprach, lag ein Beben in seiner Stimme.
»Also, eigentlich sind wir ganz harmlos«, begann er. »Wir treffen uns zweimal in der Woche und sind einfach wir selbst, und jeder …«
»Drückt seine Einzigartigkeit aus?«, half ich ihm auf die Sprünge. »Indem er zum Beispiel Tänzchen aufführt oder Gedichte vorträgt?«
Leopold nickte. »Künstlerisches Schaffen ist der größtmögliche Ausdruck von Individualität.« Er seufzte. »Wir haben es satt, dass alles nur dem Wohlergehen des Nests dienen soll. Ab und zu möchten wir etwas für uns selbst tun …«
Er klang weinerlich, doch ich erkannte, worum es ihm ging.

»Ich habe gerade erst angefangen, mich selbst zu entdecken«, sagte die Ameise. »Herauszufinden, dass ich eigene Wünsche und Bedürfnisse habe. Das Nest ist mir gleichgültig, die Königin bedeutet mir nichts. Jetzt kümmere ich mich erst mal nur um einen – um mich.«
Wilma schaltete sich ein. »Das ist noch nicht alles. Erzählen Sie ihm von dem Spray.«
Leopold gab ein verächtliches kleines Geräusch von sich, als sei dies der weniger wichtige Teil der Geschichte. »Vor einigen Wochen war meine Schwadron nahe der Chrysanthemen auf Futtersuche. Während wir dort waren, kam der Mann aus dem Haus und besprühte die Pflanzen mit Chemikalien. Ein Teil des Sprays ging auf uns nieder.«
Ich verstand nicht. »Na und?«
»Nun ja ... Ein paar Tage später begannen diejenigen Ameisen, die dabei gewesen waren, damit ... sie fingen damit an, die Vorstellung von einer Gemeinschaft infrage zu stellen. Wir begannen, über uns selbst nachzudenken, über unsere Wünsche und Bedürfnisse. Wir begannen, von uns selbst als eigenständigen Wesen zu denken. Wenig später gründeten wir den Club.«
Ich stieß ein kurzes, hartes Lachen aus.

»Wa-was ist daran so witzig, Wanze?«, fragte Jake.
»Eigentlich gar nichts«, antwortete ich. »Nur dass diese ganze Individualisten-Bewegung nicht mehr ist als die Nebenwirkung eines Pflanzenschutzmittels der Menschen. Eine allergische Reaktion auf einen Unkrautvernichter!«
Leopold schien meine Erklärung nicht zu gefallen. Er zog es vor, die Bewegung als ›Behauptung individueller Rechte gegenüber kollektiver Unterdrückung‹ zu betrachten. Ich zuckte die Achseln – sollte er glauben, was er wollte. Mir gingen wichtigere Dinge durch den Kopf.
»Gut, und jetzt will ich wissen, worum es sonst noch geht. Du kannst bei der Schwadron Wespen anfangen, die nach deiner Freundin Clarissa gesucht hat ...«
»Darüber weiß ich nichts, ich –«
»Versuch nicht, mir was vorzumachen, Leo, sonst könnte es sein, dass du nie wieder ein Gedicht schreibst!« Ich verkniff mir zu sagen, dass das vielleicht gar keine so schlechte Idee war. »Also, was ist los?«
Leopold schüttelte den Kopf. »Ich habe keine Ahnung, wirklich nicht.« Er hielt inne. »Aber ich bin sicher, dass Clarissa etwas weiß. Sie war

seit Tagen nicht im Nest gewesen und hatte vor irgendetwas Angst.«

»Du hast aber nicht herausgefunden, wovor?«

»Unserer Vereinigung geht es darum, ihren Mitgliedern die Freiheit zu geben, die eigenen Gefühle zu entdecken. Ich spürte, dass etwas nicht stimmte, aber ich wollte Clarissa nicht nachspionieren ...« Seine Stimme hatte einen verzweifelten Unterton angenommen. Ich war noch nicht überzeugt.

»Obwohl du wusstest, dass sie vielleicht in Schwierigkeiten steckte?«

»Ja, das wusste ich, aber ...« Leopolds Stimme sank zu einem Flüstern herab. »Vor ein paar Tagen hat sie versucht, mit mir zu reden, aber ich wollte nicht zuhören ... Ich hatte Angst davor, in etwas hineingezogen zu werden. Inzwischen habe ich so viel zu verlieren. Ich hatte Angst *um mich* ... Können Sie das verstehen?« Beschämt senkte er den Kopf.

Ich nickte. Wenn ich eines in diesem Garten gelernt habe, dann, dass man nach Helden lange suchen muss. Ich konnte Leopold nicht zum Vorwurf machen, dass er ein Feigling war, auch wenn ich der Meinung war, dass er schreckliche Gedichte schrieb. Er hatte sich erst kürzlich als

Individuum entdeckt – von ihm zu fordern, das aufs Spiel zu setzen, war zu viel.
Doch eines wurde mir langsam klar. Etwas Seltsames ging im Garten vor, etwas, das weit mehr umfasste als eine Vereinigung individualistischer Ameisen. Die Wespen waren in die Sache verwickelt, so viel schien sicher. Aber auf welche Weise?
Ich betrachtete den korrupten, von tausend Gefahren erfüllten Garten. Irgendwo dort draußen gab es einen Krabbler, der die Antwort wusste – Clarissa, die Ameise mit der goldenen Stimme. Die Frage war bloß – wo steckte sie?

Kapitel 10

Am nächsten Morgen musste ich Krag im Ameisennest Bericht erstatten. Ich ließ Wilma und Jake zurück, um nach Clarissa zu suchen. Leopold gaben wir den Rat, auf Tauchstation zu gehen. Er erhob keine Einwände.

Sobald ich den Eingang des Nests erreicht hatte, stellte sich mir ein Wachsoldat entgegen.

»Halt«, sagte er tonlos. »Nennen Sie Ihren Namen und den Grund für Ihre Anwesenheit.« Aus seiner Stimme sprach keine Feindseligkeit, aber es war ganz klar, dass ohne seine Erlaubnis niemand an ihm vorbeikam.

»Wanze Muldoon. Ich bin mit Krag verabredet.«
»Zu welchem Zweck?«
»Bestimmt nicht, um ein Schwätzchen mit ihm zu halten. Nun lass mich schon durch – keine Sorge, er wird mich schon empfangen.«
Falls der Wachsoldat irritiert war, ließ er es sich nicht anmerken.
»Folgen Sie mir«, gab er monoton von sich. Er wandte sich um und verschwand den Tunnel hinunter. Ich folgte ihm. Es war weniger dunkel als bei meinem ersten Besuch – düster zwar, aber nicht pechschwarz –, und diesmal fiel es mir leichter, mir die labyrinthischen Verzweigungen und Abbiegungen einzuprägen.
Auf dem Weg nach unten passierten wir eine Ameise nach der anderen und ich ertappte mich dabei, wie ich in jedes der ausdruckslosen Gesichter starrte und dachte: *Und die hier? Gehört sie zu den Individualisten? Oder die da, wie sieht es mit der aus?*
Wir gingen um eine Ecke, vorbei an einer Kammer voller Ameisenlarven. Arbeiterinnen versorgten sie mit Futter und Honig. Ich sah mich im Haupttunnel um, den wir jetzt betreten hatten – ein breiter Gang, in dessen Wände mehrere Türen eingelassen waren. Wenn ich mich

recht entsann, befanden sich die hoheitlichen Gemächer der Ameisenkönigin uns voraus zur Rechten. Die Seitenkammer, in der Krag mich unterwiesen hatte, musste hinter der dritten Tür zu meiner Linken liegen.
»Warten Sie hier«, sagte der Wachsoldat und er krabbelte auf Krags Kammer zu, um mich anzukündigen.
Während ich wartete, lief eine Ameise an mir vorbei. Sie transportierte einen Tropfen Honigtau, die klebrige Flüssigkeit, die den Blattläusen des Gartens von den Ameisen abgezapft wird.
Sie huschte an mir vorbei, an den hoheitlichen Gemächern entlang, um dann in einem Tunnel zu verschwinden, der den Kammern der Königin direkt gegenüberlag. Sie würdigte mich keines Blickes.
Die Wache kam zurück. »Krag wird Sie jetzt empfangen.«
Als ich die Kammer betrat, blaffte Krag gerade einer Reihe von Soldaten Befehle entgegen. Er wandte sich mir zu und zog eine Grimasse. »Also, Wanze, was haben Sie herausgefunden? Sie werden mir alles mitteilen, was Sie wissen, und zwar SOFORT ... Haben Sie die Ameise mit der weißen Zeichnung entdeckt?«

In meiner Branche lernt man, seinem Instinkt zu vertrauen – er kann einem das Leben retten –, und in diesem Moment riet mir mein Instinkt nur eines: *Schön vorsichtig ... Verrate ihm nicht alles, noch nicht.* Es war ein Gefühl in meinem Bauch, das den Weg zum Kopf noch nicht gefunden hatte. Ich brauchte Zeit, um über alles nachzudenken. Bis es so weit war, warnte mich etwas davor, Krag von Clarissa oder von dem Treffen, dessen Zeuge ich gewesen war, zu erzählen.

Was ich sagte, war: »Also, ich verfolge da eine Reihe von Hinweisen, aber bis jetzt nichts Konkretes. Ich brauche ein paar Tage mehr Zeit ...«

»Jämmerlich!«, hustete Krag. »Ich wusste es. Wie soll ein einfacher *Käfer* Erfolg haben, wenn die geballte Streitmacht des glorreichen Ameisenheeres versagt?«

Ich zuckte die Achseln. »Vielleicht war die Königin der Meinung, ich könne den Fall mit mehr ... Feingefühl lösen«, schlug ich vor. »Etwas, das, wie mir aufgefallen ist, nicht gerade zu Ihren Stärken zählt.«

Krag schob seinen kleinen Ameisenkopf direkt vor mein Gesicht. Er bebte vor Zorn.

»Typen wie Sie sind eine Schande für alle Insekten«, spuckte er. »Hätte ich nicht anders lautende Befehle der Königin, wären Sie jetzt bereits tot!«
Ich lächelte. Wenn ich Krag weit genug aus der Reserve lockte, so überlegte ich, würde er vielleicht einen Hinweis fallen lassen. Außerdem machte mir die Sache Spaß, sodass ich beschloss, ihn ein wenig weiter zu piesacken.
»Und was macht die Ameisen zu so etwas Besonderem?«
Krags Stimme hob sich. »Was weißt du schon über uns, Käfer? Das Nest stellt die größte Streitmacht im Garten dar, und doch haben wir erst einen Bruchteil dessen erreicht, was uns möglich ist. Noch hat unser Schicksal sich nicht erfüllt.«
»Ach ja? Und welches Schicksal sollte das sein?«
»Haben Sie je von den Treiberameisen Südamerikas gehört? Die verbringen ihr Leben nicht in einem gemütlichen Nest. Die sind immer unterwegs, schlagen mal hier, mal dort ihre Zelte auf, ständig getrieben von der Suche nach Nahrung. Was immer ihren Pfad kreuzt, hat zwei Möglichkeiten: Geh zur Seite oder stirb. Sie kennen keine Gnade.«
»Klingt, als würde Ihnen das gefallen«, warf ich ein.

Krag wollte etwas erwidern, hielt sich dann aber zurück, als wäre ihm bewusst geworden, dass er bereits zu viel gesagt hatte.

»Meine Aufgabe lautet, der Königin und dem Wohl des Nests zu dienen«, sagte er schließlich. »Was bedeutet, dass diese verfluchten Individualisten gefunden werden müssen.« Er wandte sich ab. »Verziehen Sie sich, Wanze. Und wenn Sie das nächste Mal hier aufkreuzen, um Bericht zu erstatten, haben Sie hoffentlich mehr vorzuweisen ... wenn Ihnen etwas an Ihrer Gesundheit liegt.«

Ich drehte mich um und folgte dem Wachsoldaten langsam zurück zur Oberfläche. Wie zuvor wackelte er mir voraus, ohne sich umzudrehen oder auch nur einen Ton von sich zu geben. Während ich ihm folgte, wurde ich das Gefühl nicht los, dass hier etwas nicht stimmte.

Plötzlich traf es mich mit der Wucht eines Zusammenstoßes mit einer zwei Tonnen schweren Hummel: Die Ameise, die mir aufgefallen war, während ich auf Krag gewartet hatte – sie hatte Honigtau transportiert. Jeder wusste, dass die Ameisenkönigin eine Vorliebe für dieses süße Zeug hatte – eine so ausgeprägte Vorliebe, dass keiner anderen Ameise der Kolonie gestattet

war, davon zu kosten. Warum also hatte diese Ameise den Honigtau nicht zur Kammer der Königin gebracht? *Das* war es, was mich die ganze Zeit gestört hatte.
Vielleicht lag ich falsch. Möglicherweise war da irgendwo einfach eine Kammer, in der die Ameisen den Honigtau für die Königin einlagerten. Doch mein Instinkt sagte mir etwas anderes. Mein Instinkt sagte mir, dass hier mehr im Spiel war.
So unauffällig und leise wie möglich machte ich kehrt und lief zurück. Es würde eine Weile dauern, bis der Wache auffiel, dass ich ihr nicht mehr folgte. Doch ich spielte ein gefährliches Spiel. Wenn eine der anderen Ameisen mich sah und Alarm schlug, war ich geliefert.
Der Hauptgang lag verlassen, als ich dort ankam. Ich atmete erleichtert aus und schlug mich in den Tunnel, in den ich die Ameise mit dem Honigtau hatte verschwinden sehen. Es war eine enge Angelegenheit, ich kam gerade so durch. Sollte der Tunnel nur einen Bruchteil schmaler werden, würde ich darin stecken bleiben. Ich stapfte in die vor mir liegende Dunkelheit.
Plötzlich näherten sich Schritte. Blitzschnell sah ich mich um – kein Ausweg. Ich begann, an den

Seitenwänden des Ganges zu kratzen. Zuerst blieben sie hart und unnachgiebig, doch dann traf ich auf weiche Erde, die unter dem Druck zerbröckelte. Ich drückte mich nach vorn und fand mich in einem weiteren Tunnel wieder. Ein Geheimtunnel, der meinem Blick verborgen gewesen war!

Ich hetzte voran. Wenig später stieß ich auf eine kleine Ausbuchtung, hinter der sich der Tunnel gabelte. Welcher Weg war der richtige? Ich senkte meine Fühler und ließ sie den Boden absuchen. Endlich witterten sie eine entfernte, klebrig süße Ahnung von Honigtau. Die Spur führte in den schräg abfallenden Tunnel zu meiner Rechten.

Ich stürmte ihn hinunter. Nach einigen Kurven und Abbiegungen erweiterte sich der Gang und mir voraus erklangen Stimmen. Ich drückte mich nach vorn und lugte um die nächste Ecke. In der Kammer, die sich dort auftat, befanden sich zwei Ameisen normaler Größe – einschließlich derjenigen, die ich zuvor gesehen hatte –, doch was meine Aufmerksamkeit erregte, war die dritte im Bunde. Es war eine Königin, doch nicht *die* Königin, versteht ihr? Diese hier war jünger und ein gutes Stück kleiner. Eine der beiden anderen Ameisen putzte die junge, flügellose Königin, die andere fütterte sie mit dem Honigtau.

Ich schob mich ein winziges Stück weiter nach vorn. Schlechte Idee – ich trat dabei ein wenig Erde los. Der entstandene Lärm war gering, doch in meinen Ohren klang er wie Donner.

»Was war das?«, zischte die junge Königin. Ihr Kopf zuckte zur Seite, doch ich konnte mich gerade noch rechtzeitig zurückziehen. Ich wirbelte herum und schoss zurück in den Tunnel. Hinter mir ertönte ihr wilder Schrei.

Ich bahnte mir einen Weg durch den verschütteten Eingang des Geheimtunnels und rannte weiter. Vom Hauptgang aus hetzte ich in den Tunnel, der nach oben zum Eingang des Nests führte.

Während ich mich der Oberfläche näherte, kam mir eine Formation anderer Ameisen entgegen. Sie beäugten mich in stillem Misstrauen, stellten sich mir aber nicht in den Weg. Ich rannte und rannte.

Endlich leuchtete mir Tageslicht entgegen. Ich hatte es fast geschafft.

Plötzlich schob sich das Gesicht des Wachsoldaten in mein Blickfeld. Er musste oben angekommen sein und dann bemerkt haben, dass ich ihm nicht länger folgte. Also war er zurückmarschiert, um herauszufinden, wo ich steckte.

»Wo sind Sie gewesen?«, wollte er wissen.

Mir war klar, dass ich ihm keinen Anlass dazu geben durfte, Krag zu holen. Der Kommandant wartete nur auf eine passende Gelegenheit, mich ein für alle Mal loszuwerden. Ich keuchte ein wenig heftiger als nötig und stieß so erschöpft wie möglich hervor: »Puhhh, du bist einfach zu schnell, Mann! Ich hab noch gerufen, dass du langsamer machen sollst, aber anscheinend hast du mich nicht gehört ...«

Ich bin vielleicht nicht der beste Schauspieler der Welt, doch der Wächter kaufte mir den liebenswürdigen Volltrottel ab. Er sagte nur: »Folgen Sie mir.«

Wir krabbelten den Tunnel hinauf, dem Eingang entgegen.

Es tat gut, endlich wieder Sonne auf dem Panzer zu spüren, über Erde und Gras zu laufen, sich nicht in der Dunkelheit des Ameisennests herumdrücken zu müssen. Doch während ich marschierte, türmten sich Fragen vor mir auf. Was war hier los? Warum hielt sich eine zweite

Königin im Nest versteckt? Jedes Nest hat immer und ausschließlich nur eine Königin. Natürlich wurde immer mal wieder eine neue Königin geboren, aber die würde ausfliegen, um ihre eigene Kolonie zu gründen. Doch die Königin, die ich gesehen hatte, hatte ihre Flügel bereits abgeworfen.

Da war noch etwas, das mich störte. Wo war die Verbindung zu den Wespen?

Es gab nur eine Möglichkeit, das herauszufinden. Es wurde Zeit für ein kleines Schwätzchen mit einer Wespe ...

Kapitel 11

Vielleicht denkt ihr, dass zwischen einer Biene und einer Wespe kein großer Unterschied besteht. Schließlich sind beide mehr oder weniger gelb und schwarz, beide düsen durch den Garten und beide können stechen. Es gibt aber, so viel nur zu eurer Information, einen ganz gewaltigen Unterschied. Die meisten Bienen sind, auf ihre zerstreute Art, recht freundlich. Wespen hingegen ... Wespen sind etwas anderes. Eine Wespe wird zustechen, sobald sich ihr die erstbeste Gelegenheit dazu bietet. Wespen sind gemeingefährlich.

Es gibt einen weiteren Unterschied. Bienen sind so ausgestattet, dass sie mit einem Saugrüssel Nektar aus Blüten trinken. Sie schlurfen ihn auf und brummeln dann gemütlich in Richtung Bienenstock, die Körper beladen mit Pollen. Bei Wespen hingegen ist alles auf Beißen und Kauen ausgelegt. Sie fressen andere Insekten, Früchte und so ein Zeugs. Nektar mögen sie allerdings ebenfalls. Sie betrachten ihn als besondere Delikatesse. Es war diese Tatsache, die ich im Hinterkopf hatte, als ich mich für das Schwätzchen mit einer Wespe rüstete.

Ich wählte eine Pflanze aus, baute meine Falle auf und wartete.

Und wartete …

In meiner Branche gewöhnt man sich ans Warten. Es gehört einfach dazu. In der Zwischenzeit beobachtete ich den Mann aus dem Haus, der sich im Garten aufhielt und dieses Ding über das Gras schob, das man Rasenmäher nennt. Während ich ihn mir so ansah, bestürmten mich dieselben Fragen wie immer: *Was geht in diesem großen Säugetiergehirn vor? Denkt es nur* halbwegs *ähnlich, wie wir Insekten denken? Wer bist du, Mensch? Worüber denkst du nach, wem schenkst du deine Gefühle? Schaust du mich jemals*

an und überlegst dabei, was Wanze Muldoon gerade durch den Kopf geht?
Mir wollten keine Antworten einfallen. Ich wartete weiter.
Es dauerte lange, bis endlich eine Wespe auftauchte. Zuerst hörte ich ihr Summen – ein tiefes, zorniges Geräusch, das sich gerade eben noch vom Brummen des Rasenmähers unterscheiden ließ. Das Summen der Wespe klang nach Ärger. Allerdings war, wenn es heute um Ärger gehen sollte, ich derjenige, der ihn machen würde.
Das Summen verstummte. Ich lugte unter meinem Blätterversteck hervor, vorsichtig und ohne meinen Kopf sehen zu lassen. Die Wespe war auf einer etwa dreißig Zentimeter entfernten Blume gelandet. Sie begann, sich ihren Weg ins Blüteninnere zu arbeiten, um an den Nektar zu gelangen. Ich hörte ihr gieriges Schlürfen.
Wenige Sekunden später erhob sich die Wespe wieder in die Luft. Ihr Summen erfüllte meine Ohren. *Komm schon*, versuchte ich ihr zu befehlen, *komm zum Blümchen – hier gibt's lecker Nektar – komm hier rüber!*
Das Glück war auf meiner Seite. Die Wespe hielt sich einen Augenblick länger in der Schwebe, dann wurde ihr Summen lauter, als sie die Blume

direkt über mir ansteuerte – die Blume, die ich sorgfältig präpariert hatte. Ich sah nach oben und nahm den schwarzgelben Körper durch die Blütenblätter hindurch wahr. Ich wartete, bis die Wespe sich direkt im Pflanzenkelch befand, dann riss ich an dem biegsamen Weinstrang, den ich um die Blüte gelegt hatte. Die Blütenblätter schlossen sich.

Die Wespe war gefangen.

Ich befestigte den Strang und gab ihr etwas Zeit, sich über ihre Lage klar zu werden. Ihr Summen wurde zorniger und zorniger, während sie versuchte, sich zu befreien. Auf angenehm seltsame Art empfand ich dieses Geräusch als entspannend.

Schließlich kletterte ich am Stängel empor und sprach in die Richtung, in der sich ihr Kopf befand.

»Gemütlich genug da drin?«, fragte ich. Was solche Dinge angeht, bin ich höflich.

»Wer ist da?«, brüllte die Wespe. »Wie kannst du es wagen! Lass mich raus!« Sie brüllte noch mehr. Den genauen Wortlaut möchte ich an dieser Stelle nicht wiederholen.

Als sie fertig war, fragte ich: »Was weißt du über eine Geheimorganisation der Ameisen?«

Auch diese Antwort möchte ich nicht wiederholen.
Ich lächelte. »Hoffentlich benutzt du solche Ausdrücke nicht bei dir zu Hause, im Wespenstock«, sagte ich. »Okay, versuchen wir's mal damit: Warum hat eine ganze Schwadron Wespen nach einer Ameise namens Clarissa gesucht? Eine Ameise mit einer weißen Zeichnung auf dem Kopf?«
Dieselbe Antwort.
So kam ich nicht weiter. Ich beschloss, sie sich eine Weile abregen zu lassen, und machte einen Spaziergang. Einen schönen, langen Spaziergang. Vielleicht würde sie sich danach als etwas gesprächiger erweisen.
Ich ging zurück zu meinem Büro, um nachzusehen, ob Wilma oder Jake dort irgendwelche Nachrichten hinterlassen hatten. Doch als ich das Büro wieder verließ, wurde ich das Gefühl nicht los, dass etwas anders war als zuvor. Dann machte es Klick: Normalerweise kann ich kaum die Nase aus dem Büro stecken, ohne dass Billy, die Raupe, mir auf den Wecker geht. Doch heute war da kein begeisterter »Hey, Wanze!«-Schrei. Da war gar nichts.
Ängstlich sah ich mich um, in der Hoffnung, die

Elster möge nicht zurückgekehrt sein, um ihr Frühstück zu beenden, das ich tags zuvor so unhöflich unterbrochen hatte.

Dann sah ich es. Billy war nicht tot, doch er *war* für immer gegangen. Sein Leben als Raupe war vorüber.

Kopfüber hing er vom Stamm einer Pflanze drüben im Brennnesselbusch herab. Für die Welt war er tot, denn er war ins Stadium der Verpuppung eingetreten. Wochenlang würde er so dort hängen, während sein Körper sich neu zusammensetzte. Dann würde er als ein neues Wesen in den Sonnenschein hinausfliegen – als Schmetterling. Man muss sich das mal vorstellen: Du gehst als Raupe schlafen und erwachst als Schmetterling! Wie kann ein Geschöpf innerhalb ein und derselben Lebensspanne zwei verschiedene Wesen sein? Ich kapier das nicht.

Nach der Metamorphose hat ein Insekt an sein vorheriges Leben natürlich keinerlei Erinnerung. Ich selbst weiß gar nichts mehr über mein Dasein als Larve. Und Billy würde sich nicht mehr an seine Existenz als Raupe erinnern, an seine wilde Hoffnung, eines Tages Privatdetektiv zu werden. Er würde sich auch an mich nicht mehr erinnern.

Mein letzter Blick auf Billy erfüllte mich mit schrecklicher Beklommenheit. Dieser stinkende Garten war für kleine Kerle wie Billy bereits gefährlich genug. Und nichts würde besser werden – der Fall, an dem ich arbeitete, war eine verdammt große Sache. Etwas durch und durch Übles spielte sich im Garten ab – etwas, das das Leben für kleine Kerle wie Billy noch gefährlicher machen würde –, und es ging dabei um weit mehr als um ein Grüppchen individualistischer Ameisen.

Ich wusste, dass es meine Aufgabe war herauszubekommen, was hier vor sich ging. Es wurde Zeit für ein paar Antworten. Es wurde Zeit, mir die Wespe wieder vorzuknöpfen.

Als ich zur Pflanzenfalle zurückkam, waren einige Stunden vergangen und die Wespe fühlte sich für eine Unterhaltung besser aufgelegt. Schon komisch, was ein wenig Freiheitsberaubung und Futterentzug ausrichten können.

Ich ließ den ganz harten Kerl aus meiner Stimme klingen. »Also, nochmal das Ganze. Warum wart ihr hinter der Ameise namens Clarissa her?«

»Ameisen haben keine Namen«, schnarrte die Wespe im Innern der Falle verächtlich.

»Richtig«, stimmte ich zu. »Aber Wespen gehen

auch nicht in Pflanzenfallen, und wo steckst du gerade, Alte?«

Darauf wusste sie keine Antwort. Ich fragte erneut nach Clarissa, und um ihrem Gedächtnis auf die Sprünge zu helfen, versetzte ich ihr einen kleinen Knuff in die Seite.

Nach der zwanzigsten Fragerunde wurde sie endlich weich. »Wir haben nach ihr gesucht, weil sie ihre Nase in Sachen gesteckt hat, die sie nichts angehen, und weil sie etwas gehört hat, das sie nicht hören durfte. Sie wusste von dem Plan …«

Das klang gar nicht gut. »Von welchem Plan?«

Langes Schweigen. Als sie weitersprach, erfolgte das mit einer solchen Arroganz, dass man annehmen konnte, *sie* leite das Verhör und *ich* sei der Gefangene. Das war die Antwort der Wespe: »Der Plan, der Dreckskäfer wie dich aus dem Garten hinwegfegen wird. Das bist du doch, oder? Ein Dreckskäfer. Deine Tage sind gezählt, Freundchen, kapiert? Die neue Allianz zwischen Wespen und Ameisen wird alles vernichten, was sich ihr in den Weg stellt. Der Garten steht an der Schwelle zu einer neuen Epoche …«

Es war eine nette Rede, aber ich konnte mir nicht verkneifen, sie zu unterbrechen. »Die

Ameisenkönigin wird das niemals mitmachen.« Jeder wusste, dass die Königin mit den Wespen nichts am Hut hatte. Ich konnte nicht glauben, dass sie eine Allianz mit ihnen eingehen würde. Die Wespe in der Falle musste versuchen zu bluffen.

Doch was sie dann sagte, jagte mir kalte Schauer den Panzer hinunter. »Vielleicht sind die Tage der Königin ebenfalls gezählt«, stieß sie hämisch aus.

Ich wollte gerade fragen, wie das gemeint war, als das Glück mich verließ. Eine Schwadron Wespen schwirrte in mein Blickfeld. Es waren fünf von ihnen, die in Angriffsformation dicht über das Gras hinwegflogen, und sie hatten mich entdeckt. Sie sahen überhaupt nicht aus, als hätten sie Lust auf ein Schwätzchen, und sie kamen direkt auf mich zu …

Ich steckte wieder genau da, wo ich mich bestens auskannte – in großen, großen Schwierigkeiten.

Kapitel 12

Wie die meisten Käfer, so kann auch ich fliegen, wenn auch nicht besonders gut. Mit den großen Flugkünstlern unter den Insekten, wie Fliegen und Bienen, kann ich es nicht aufnehmen. Ich ziehe es vor, mit allen sechs Beinen auf dem Boden zu bleiben. Allerdings hatte ich nicht die geringste Chance, der Schwadron Wespen zu Fuß zu entkommen.

Ich nahm Anlauf, öffnete meine Flügel und erhob mich in die Luft. Die Wespen änderten ihre Formation für die Verfolgung. Ich hielt mich dicht über dem Rasen, im Zickzackkurs

flog ich nach links und rechts. Was sie nicht abzuschütteln vermochte. Im Gegenteil, sie holten langsam, aber sicher auf.
Ich stieg nach oben, getragen von den warmen Luftströmen der Sommersonne, dann ging ich zurück in den Sinkflug. Wieder nichts. Die Wespen waren weitaus gewandtere Flieger, als ich es war. Sie mussten sich nicht einmal anstrengen, während ich in zunehmender Verzweiflung mit den Flügeln schlug. Und während all dessen erklang hinter mir das drohende Brummen, das mit jeder Sekunde näher kam.
Ich drehte nach links ab und flog den Schatten eines Apfelbaums an, in der Hoffnung, sie dort abhängen zu können. Ich umschwirrte und umkreiselte Blätter und Zweige, schoss zwischen ihnen hinein und hinaus. Als ich glaubte, außer Sichtweite zu sein, ließ ich mich zu Boden plumpsen. Vielleicht könnte ich mich eine Weile verstecken? Ein paar Äpfel lagen unter dem Baum. Einer von ihnen war mehr als reif – er war bereits am vergammeln. *Perfekt.*
Ich krabbelte darauf zu und bahnte mir einen Weg durch die verschrumpelte braune Schale. Der Apfel schien mir ein gutes Versteck zu sein, auch wenn er nicht besonders gut roch. Ich

arbeitete mich ins Innere des matschigen Fruchtfleisches vor und lauschte dabei den über mir kreisenden Wespen. Sie klangen verwirrt, sie wussten nicht, wo ich abgeblieben war. Was mir nur recht war. Ich stieß einen erleichterten Seufzer aus.

Das hätte ich besser bleiben lassen sollen. Etwas schob mir aus der feuchten Dunkelheit des Apfels seinen kleinen Kopf entgegen und rief: »Hey! Das ist mein Apfel! Zisch ab und such dir selber einen!«

Es war eine Made. Sie musste sich gerade gut gelaunt durch den Apfel gefressen haben, als ich hereinplatzte.

»Hör zu«, flüsterte ich. »Ich bleibe nicht länger als ein paar Minuten. Ich werde nichts essen. Ich mag Äpfel nicht einmal.«

»Kann sein«, bellte die Made, »aber such dir trotzdem deinen eigenen Apfel, um da drin abzuhängen, Freundchen.«

Für eine so kleine Made hatte sie ein beeindruckend lautes Organ. Ich hörte, wie das Summen der Wespen sich näherte.

»Nicht so laut, Kleiner«, zischte ich.

»Nicht so laut, ja?«, röhrte die Made. »Jetzt sag ich dir mal was, Mister Nicht-so-Laut. Das ist mein Apfel, in dem bin ich so laut, wie es mir passt.« Damit brach sie in einen ohrenbetäubenden Gesang aus. »LA, LA, LA ... LA, LA, LA ... Laut genug für dich? ... LA, LA, LA ...«

Ich wollte gerade ausholen und dem kleinen Schreihals eine verpassen – nichts wirklich Ernstes natürlich –, doch bevor ich dazu kam, krümmte er sich nach vorn und streckte den Kopf zur Apfelschale hinaus. »LA, LA, LA«, krähte er weiter, »EINDRINGLING IM APFEL, LA, LA, LA!«

Ich hörte eine der Wespen ausrufen: »Da unten!«

Mist aber auch! Ich verzog mich aus dem Apfel, schüttelte das an mir klebende Fruchtfleisch ab und sah nach oben. Die Wespen schossen mir im Sturzflug entgegen wie eine schwarzgelbe Wolke.

Ich entfaltete meine Flügel und hob erneut ab. Langsam ermüdete ich. Mein Körper ist zu schwer für meine kleinen Flügel, die inzwischen die Belastung deutlich spürten. Die Geschwindigkeit verringern konnte ich jedoch nicht – nicht mit den Wespen so dicht auf den Fersen.

Jetzt näherte ich mich dem Teich – der Heimstatt des alten Karpfens, der mich gestern als

Abendessen eingeplant hatte. Als ich über das Wasser flog, konnte ich unter mir die goldene Masse von Fisch erkennen. Die ersten Puzzleteile eines Plans schoben sich in meinem Kopf ineinander.

Es wurde Zeit, etwas gegen die Wespen zu unternehmen.

Ich flog dicht über die Oberfläche des Teiches, dann drosselte ich abrupt meine Geschwindigkeit. Eine der Wespen löste sich aus der Schwadron und ließ sich geradewegs nach unten fallen. Ihr Plan, so nahm ich an, war es wohl, von oben auf mich herabzustoßen, mich mitten aus der Luft zu pflücken und davonzutragen.

Ich flog weiterhin so langsam wie möglich, als unternehme ich eine kleine nachmittägliche Spritztour – die Wespe kam rasend schnell näher, hatte mich fast erreicht, noch zwei Sekunden, noch eine … Im letzten Moment wich ich zur Seite aus. Ich fühlte, wie die Wespe mich streifte, bevor sie wie eine Pistolenkugel nach unten und ins Wasser schoss. Das Letzte, was ich hörte, war ein überraschtes »Hä?«, bevor sie eintauchte. PLOP!

Ich nahm mir nicht die Zeit nachzusehen, ob der Karpfen die Wespe wirklich erwischt hatte. Mit

Höchstgeschwindigkeit düste ich davon. *Eine weg, vier im Sinn.* Doch ich wusste, dass sie auf einen solch simplen Trick nicht noch einmal hereinfallen würden. Was konnte ich tun?
Dann kam mir die Erleuchtung. Der Mann aus dem Haus schob immer noch den Rasenmäher über das Gras. Ich wusste, was ich zu tun hatte. Es war Wahnsinn, aber es war meine einzige Chance.
Ich beschrieb eine Rechtskurve und flog direkt auf den Mann zu. Die Wespen waren inzwischen so dicht aufgerückt, dass sie mich beinahe an den Hinterbeinen packen konnten. Beinahe, aber noch nicht ganz. Die Luft erzitterte unter dem Getöse ihres wütenden Summens, in meinem Kopf war nur noch Platz für den Gedanken an ihre tödlichen Stacheln.
Ich änderte die Flugrichtung. Jetzt befand ich mich auf Kollisionskurs mit dem Mann. Unvermittelt tauchte ich tief ab, jetzt nahm ich Kurs auf den Rasenmäher. Die Wespen folgten mir dicht auf dem Fuß. Mein gesamtes Blickfeld wurde jetzt von dem drohend aufragenden, metallenen Gehäuse des Rasenmähers eingenommen. Ich raste durch einen Sturm aus gemähtem Gras, dann weiter geradeaus – gera-

deaus, den wirbelnden Klingen des Rasenmähers entgegen.
Ich schoss durch eine Lücke zwischen den beiden Klingen, veränderte meinen Neigungswinkel um einen Bruchteil und schoss durch die nächste sich öffnende Lücke zur Rückseite des Rasenmähers hinaus. Es war ein unglaublich präzises Flugmanöver.
Als ich mich erneut dem Himmel entgegenschwang, konnte ich der Versuchung nicht widerstehen, mich umzusehen. Alle vier Wespen waren mir durch den Rasenmäher gefolgt. Nur zwei von ihnen waren auf der anderen Seite herausgekommen. Die beiden anderen waren entweder nicht wendig genug gewesen oder hatten einfach nicht das Glück gehabt, der Zerstückelung durch die Klingen zu entkommen.
Damit waren drei von ihnen ausgeschaltet, doch zwei waren immer noch übrig, und ich näherte mich der totalen Erschöpfung. Viel weiter würde ich es nicht schaffen, und meine zwei Verfolger klangen angriffslustiger und wütender als je zuvor.
Ich wurde langsamer. Ich wollte mich zwingen, nicht aufzugeben, schneller zu fliegen, doch es hatte keinen Zweck. Es kam, wie es kommen

musste. Ich wurde zu beiden Seiten von je einem Paar Beine ergriffen. Das Spiel war aus, Flucht unmöglich. Die Wespen hatten mich erwischt. Ich ließ die Flügel hängen und nahm mir vor, die kleine Luftreise zu genießen, während sie mich zu ihrem Stock transportierten. Ein einziger Gedanke dröhnte in meinem Kopf: *Es muss bessere Mittel und Wege geben, sein Geld zu verdienen …*

Kapitel 13

Der Garten unterteilt sich in zwei große Bereiche. Die ans Haus anschließende Hälfte wird von dem Mann gehegt und gepflegt – der Rasen, der Teich, das Vogelbad, die Blumenbeete – alles schön ordentlich. Doch im hinteren Teil des Gartens regiert die Wildnis. Hier machen Gestrüpp und Unkraut, was sie wollen. Der Mann aus dem Haus gibt sich damit gar nicht ab, er hält lediglich den am Teich entlangführenden kleinen Pfad sauber, damit er den Schuppen erreichen kann. Neben dem Schuppen liegt der Komposthaufen, der Herrschaftsbereich der

großen Spinne. Ein Holzzaun markiert die rückwärtige Grenze des Gartens. Der Zaun verläuft in einer schnurgeraden Linie, ausgenommen die Stelle, an der ein riesiger Baum von hinten gegen ihn drückt und ihn nach vorne ausbeult.
Der Wespenstock befindet sich im Wurzelwerk dieses Baumes. Er war das Ziel der zwei Wespen, die mich mit sich schleppten. Sie landeten am Fuß des Baumes und zwängten mich in den abschüssigen Eingang zu ihrem unterirdischen Nest.
Als sie mich in die Öffnung drückten, schnarrte eine der beiden: »Du bist also der Typ, dem wir den ganzen Ärger zu verdanken haben.«
»Man tut, was man kann«, antwortete ich.
»Wir dachten, das kleine Bad im Teich hätte deinen Arbeitseifer etwas gebremst«, sagte die andere. »Pech, dass es nicht so war. Pech für dich, genauer gesagt.«
Das waren also die Wespen, die mich hinterrücks überfallen hatten, während ich auf Clarissa gewartet hatte. Und die mich anschließend, kieloben und für tot geglaubt, im Teich zurückgelassen hatten.
»Ich lasse mich eben nicht so schnell unterkriegen«, antwortete ich.

Ich wurde in den Stock hinabgestoßen. Der Weg führte uns an einer Reihe sechseckiger Zellkammern nach der anderen vorbei. Einige davon waren mit Futter gefüllt. Andere dienten einem höheren Zweck – sie beherbergten die von der Wespenkönigin gelegten Eier. Ich dachte daran, wie klein und unschuldig diese Eier doch aussahen – und wie schwer vorstellbar es war, dass eines Tages Wespen daraus werden sollten.
Während wir tiefer und tiefer stiegen, spürte ich die feindseligen Blicke Hunderter von Wespenaugen, die mich abtasteten. Ein Wespenstock gleicht in vielerlei Hinsicht einem Ameisennest. Jeder hat hier seine feste Aufgabe. Einige Wespen kümmern sich um die Königin, andere füttern die Jungen; einige entsorgen Abfälle, wieder andere schwärmen zur Nahrungssuche aus. Auf der anderen Seite gibt es große Unterschiede: Im Gegensatz zu Ameisen neigen Wespen zu Temperamentsausbrüchen, die sich durchaus auch gegeneinander richten. Ein Gefühl für das Nest als Einheit existiert nicht. Der Wespenstock machte den Eindruck, als warte er auf einen bevorstehenden Kampf.
»Wohin gehen wir?«, fragte ich eine der beiden Wespen, die mich voranstießen.

»Du marschierst schnurstracks in Richtung ewige Jagdgründe«, antwortete sie. »Aber vorher bringen wir dich in die hoheitlichen Gemächer. Unsere Königin will dich sehen, bevor du stirbst.«

Ich erwiderte nichts, doch meine Gedanken überschlugen sich. Wenn man mich vor die Königin schleifte, blieb mir wenigstens eine letzte Chance. Meine einzige Hoffnung bestand darin, die Wespenkönigin davon zu überzeugen, dass ich mich nicht in die Angelegenheiten ihres Volkes eingemischt hatte.

Es gab da nur ein kleines Problem: Gerüchten zufolge sollte die Königin der Wespen verrückter sein als eine ganze Matratze voller Flöhe. Die Ameisenkönigin war berechenbar, doch die Wespenkönigin war berüchtigt für ihre plötzlichen Stimmungswechsel. In diesem Moment mochte sie noch mit dir kichern und plaudern. Im nächsten Moment würde sie ihren Wachen befehlen, dich zu Tode zu stechen. Der Tod, so hieß es, sei nicht fern, wenn die Wespenkönigin nahe war.

Wir kamen am Eingang zu den königlichen Kammern an und ich wurde hineingestoßen. Der Raum war ein Meer von Gelb und Schwarz,

Wespen drängten sich dicht an dicht, doch die herausragende Präsenz war die Wespenkönigin. Ein kurzer Blick in ihre irrlichternden Augen sagte mir alles, was ich wissen musste. Sie lebte in jenem weit entfernten Land namens *Irrsinn*.

»Was haben wir denn hier für ein wildes junges Kerlchen?«, gurgelte die Königin der Wespen.

»Den Käfer«, antwortete einer ihrer Gehilfen. »Der Kerl, der überall rumgeschnüffelt hat.«

Die Augen der Königin tanzten wie Glühwürmchen im Geschwindigkeitsrausch.

»Böser, böser, böser kleiner Käfer«, krähte sie gut gelaunt. Ich lächelte so zuvorkommend, wie ich es unter diesen Umständen vermochte, und lauschte dabei dem Schrecken erregenden Summen und Brummen des Wespennestes. Es musste verblassen gegen das Summen und Brummen im fiebernden Hirn der Königin.

»Und wie heißt du, o bösester aller Käfer?«, sang die Wespenkönigin.

»Wanze Muldoon, Gnädigste.« Ich schätzte, dies war nicht der Augenblick für freche Antworten.

»Und warum nennt man dich Wanze, Mister Kille-Kalle-Käferchen?«

»Das ist eine längere Geschichte, Eure Majestät. Vielleicht sollte ich sie Ihnen ein andermal …«

Schlechte Antwort. Der fröhliche Ausdruck auf dem Gesicht der Königin verschwand, als habe eine Wolke sich vor die Sonne geschoben. Ihr Antlitz verzog sich zu einer widerlichen Grimasse.

»Du sagst es mir *jetzt* oder du wirst sterben!«, kreischte sie.

Ich blieb ruhig. »Die Sache ist die, Eure Majestät – es ist ziemlich intim.« Ich deutete auf all die Wespen, die uns umringten. »Ich bin zu schüchtern. Wenn wir beide unter uns wären, wäre das natürlich etwas anderes ...«

Diese Antwort schien der Königin zu gefallen. Sie kicherte heftig und ausgiebig, ein hohes, hysterisches Geräusch, das mit normalem Gelächter nichts mehr zu tun hatte.

Als das wahnwitzige Kichern der Königin nachließ, beugte sich einer ihrer Gehilfen vor und sagte: »Er weiß von dem Plan, Majestät. Er muss ... beseitigt werden.«

»Aber ich mag ihn«, seufzte die Königin beleidigt. »Ich mag dich, Wanze Muldoon. Es tut mir richtig leid, dass ich dich zum Tode verurteilen muss.«

»Warten Sie«, rief ich. »Und wenn ich verspreche, niemandem etwas zu erzählen? Dann könn-

ten Sie mich doch laufen lassen, oder?« An etwas anderes konnte ich im Moment nicht denken. Zu meinem Erstaunen ging sie darauf ein.
»Wirklich?«, fragte die Königin. »Großes, feierliches Ehrenwort?«
Ich versuchte, mir all die Versprechen und Ehrenworte ins Gedächtnis zu rufen, die ich junge Larven je hatte aufsagen hören. Das Beste, was ich zustande brachte, war:

»Sollt ich den Käferschwur vergessen,
Mag mich sogleich ein Vogel fressen.
Und glaubt Ihr meinen Schwur mir nicht,
Wünscht, dass man mich zu Tode sticht.«

»Bravo!«, gurgelte die Wespenkönigin. »Schön gesagt! Gut genug für mich, sollte ich meinen ...«
Ich konnte mein Glück kaum fassen. Wie es aussah, war ich dem Tod gerade nochmal von der Schippe gesprungen.
Doch dann erklang eine vertraute Stimme vom anderen Ende der Kammer. »Ich befürchte, dem Wort eines *Käfers* kann man nicht trauen, Majestät.« Ich kannte diese Stimme, und als ich sie hörte, rutschte mir das Herz in die Füße.

Es war Krag! Der Kommandant der Ameisenarmee befand sich in Begleitung von zwei seiner Elitesoldaten. Ich wirbelte herum und sah ihn an. Zwischen den ihn umgebenden Wespen wirkte er winzig, doch er bewegte sich mit der für ihn typischen Arroganz.

»Sie sind also der Verräter unter den Ameisen«, sagte ich. »Ich hätte es wissen müssen.«

»Ich bin kein Verräter«, spuckte Krag. »Was ich getan habe, tat ich zum Wohle des Nests. Wenn dazu die Beseitigung der Ameisenkönigin erforderlich ist, lässt sich das nicht ändern. Die Tage des Friedens sind vorüber! Die Tage der Läusemelkerei und der Nahrungssuche sind vorüber! Ein neues, goldenes Zeitalter bricht an. Wenn unsere alte Königin erst abgesetzt ist, wird die Große Allianz der Ameisen und Wespen marschieren und alles erobern, was ihr in den Weg kommt. Wer sich uns nicht beugt, wird vernichtet …«

»Wie bei den Treiberameisen in Südamerika?«, fragte ich. »Sie sind ja wahnsinnig.«

Krag wandte sich der Wespenkönigin zu.

»Lasst Euch vom Gesäusel dieses Käfers nicht einwickeln, Majestät. Er ist ein Feind der Allianz und er muss sterben.«

»Wie du meinst, Kraggelchen«, erwiderte die Wespenkönigin kokett.
»Warten Sie!«, rief ich. »Ich kann Ihnen immer noch von Nutzen sein! Ich kann Clarissa für Sie finden!«
Krag schüttelte den Kopf und schenkte mir ein gar nicht wohlwollendes Lächeln. »Wäre Ihnen das etwas früher gelungen, wäre die Welt für Sie vielleicht noch in Ordnung. Vielleicht hätten wir Sie sogar am Leben gelassen. Aber Sie mussten Ihre neugierige Nase in Sachen stecken, die Sie nichts angehen.«
»Ich kann sie immer noch finden!«, sagte ich. »Ich habe bereits mit ihr gesprochen. Und ich hätte mehr herausgefunden, wenn Ihre Wespenfreunde nicht beschlossen hätten, mir Schwimmunterricht zu erteilen.«
»Das war ein kleines Missverständnis«, sagte Krag. »Den beiden war nicht bewusst, dass Sie in meinem Auftrag handelten. Was weitere Dienste Ihrerseits angeht, muss ich Ihnen bedauerlicherweise mitteilen, dass dafür kein Bedarf besteht. Ihre Zeit ist abgelaufen.«
Ein paar Wespen betraten den Raum. Zwischen ihnen eingekeilt war die Ameise, die als Clarissa bekannt war. Klein und verletzlich wirkte sie

zwischen diesen schwarzgelben, brutalen Kerlen. Ihre Augen huschten nervös über die königliche Kammer.

»Sie hielt sich beim Zaun versteckt«, erklärte eine der Wespen.

»Wunderbar!«, verkündete die Königin. »Damit wäre es dann wohl an der Zeit!«

»Zeit für was?«, wollte ich wissen, obwohl ich das ungute Gefühl hatte, dass mir die Antwort nicht gefallen würde.

»Zeit für euch beide zu sterben«, antwortete die Königin in bester Laune. »Wachen – bringt die zwei zur Spinne!«

Kapitel 14

Ich wurde von zwei grobschlächtigen Wespen ergriffen, die mich aus dem Stock zerrten. Sobald wir aus dem Eingang getreten waren, schwangen sie sich, mich in ihrer Mitte, in die Luft. Ich bemerkte eine weitere Wespe, die neben uns herflog und Clarissa trug.

Es war ein kurzer Flug. Wir sanken nach rechts ab und sausten dicht über den Komposthaufen, dann wurde ich unvermittelt losgelassen. Mir bleib keine Zeit, die Flügel zu entfalten; ich fiel wie ein Stein.

Etwas Weiches bremste meinen Sturz – etwas

Weiches und Tödliches. Es war das Netz der großen Spinne. Ich klebte sofort darin fest. Im nächsten Moment landete Clarissa an meiner Seite. Das Netz erzitterte. Clarissa stieß einen entsetzten Schrei aus, als ihr bewusst wurde, wo wir uns befanden. Sie zappelte verzweifelt, um sich zu befreien.

»Es hat keinen Zweck«, sagte ich. »Aus so einem Netz gibt es ohne fremde Hilfe kein Entkommen.«

Schließlich ließ sie das Zappeln sein. Wir waren beide Gefangene, und es war nur eine Frage der Zeit, bis die Spinne aufkreuzte. Clarissa wandte mir den Kopf zu.

»Wie ... wie, sagten Sie noch, war Ihr Name?«, fragte sie.

»Wanze Muldoon«, antwortete ich. »Ich bin Privatdetektiv. Unter anderen Umständen würde ich sagen, dass es mir ein Vergnügen ist, Sie wiederzusehen ...«

»Und was haben Sie mit dieser ganzen Sache zu tun?«

»Moment mal«, sagte ich. »Diese Frage sollte wohl ich stellen – was haben *Sie* mit dieser Sache zu tun?«

Clarissa blinzelte heftig. Sie schwieg, doch es war

offensichtlich, dass sie nach Worten suchte. Schließlich strömte es aus ihr heraus.

»Es war so schrecklich!«, rief die Ameise. »Bis vor ein paar Wochen war ich eine ganz normale Arbeiterin. Dem Nest zu dienen bedeutete mir alles. Doch plötzlich empfand ich … neue Gefühle. Als wäre das Nest nicht genug. Und dann waren da die anderen, denen es genauso erging, und wir –«

»Über den Individualisten-Club weiß ich Bescheid«, unterbrach ich sie. »Erzählen Sie mir von Krag.«

Und so berichtete mir Clarissa, was geschehen war.

»Ich war unterwegs zu einem Treffen des Clubs. Ich nahm einen Umweg, um nicht entdeckt zu werden, abseits der bekannten Ameisenstraßen. Aber als ich an der Garagenwand entlangkrabbelte, bemerkte ich etwas Seltsames. Ich schlich näher heran und versteckte mich hinter einem Haufen Unkraut. Da war Kommandant Krag und er unterhielt sich mit ein paar Wespen. Sie lachten und sprachen von einer neuen Ordnung, die dem Attentat auf die alte Ameisenkönigin folgen würde. Das war das Wort, das sie benutzten – Attentat. Ich konnte es nicht glauben!

Krag wollte wissen, ob man der Wespenkönigin trauen kann – sie ist für ihre Unberechenbarkeit bekannt –, aber die Wespen lachten nur und sagten, sie könnten die Königin dazu bringen zu tun, was sie wollten.
Ich wollte mich davonstehlen, wurde aber bemerkt. Krag drehte sich um und sah mich. Jemand schrie ›Packt sie euch!‹, und schon flogen die Wespen auf mich zu. Neben mir befand sich ein Riss im Beton, in den krabbelte ich und lief davon. Unter den Ameisen gab es niemanden, den ich informieren konnte – ich hatte das Gesetz gebrochen, weil ich zum Treffen der Individualisten ging. Also versuchte ich, mit jemandem vom Club zu reden –«
»Leopold?«, fragte ich.
»Genau! Doch der meinte, bei unserer Vereinigung handele es sich schließlich um Individualisten, also solle ich das Problem als mein *persönliches* Problem betrachten. Ich glaube, er hatte einfach Angst.«
»Ich schätze, da haben Sie recht«, stimmte ich ihr zu.
»Jedenfalls hielt ich mich in den folgenden Tagen vom Nest fern. In der Zwischenzeit bekam die Ameisenkönigin Wind von unserer Gruppe.

Sie war wütend. Als Krag davon erfuhr, folgerte er, dass ich eines der Mitglieder der Individualisten sein musste und dass ich zu einem Treffen unterwegs gewesen war, als er mich gesehen hatte. Er meldete sich freiwillig, um die Individualisten aufzuspüren. In Wirklichkeit wollte er nur mich finden – und mich zum Schweigen bringen.

Er setzte alle verfügbaren Truppen auf mich an, hatte aber kein Glück. Die Königin wurde unzufrieden und beschloss, den Fall einem Außenstehenden anzuvertrauen. An dieser Stelle kamen Sie ins Spiel. Von Krags wahren Absichten hatte sie natürlich keine Ahnung.

Krag war gar nicht glücklich darüber, dass Sie mit der Sache betraut wurden. Doch er dachte, wenn Sie mich fänden, würde ihm das eine Menge Arbeit ersparen. Sollten Sie dabei etwas über seine Verbindung zu den Wespen herausfinden, könnte er Sie jederzeit beseitigen lassen.«

Ich nickte. »Zu schade, dass er nicht daran dachte, seinen Wespenfreunden mitzuteilen, dass ich den Fall übernommen hatte – die hätten mich sowieso fast umgebracht, drüben am Teich.«

»Weil sie zu dem Zeitpunkt noch dachten, Sie würden sich ohne Grund einmischen«, sagte Clarissa und bestätigte damit, was Krag mir im Wespenstock erzählt hatte. Sie fuhr fort: »Jedenfalls war ich seitdem in Deckung gegangen und habe versucht zu überleben. Das war ... sehr einsam. Es ist hart für eine Ameise, allein zu sein, selbst für eine individualistische Ameise.«
Ich versuchte mich an das zu erinnern, was die Königin der Ameisen über den Unterschied zwischen Alleinsein und Einsamkeit gesagt hatte. Es wollte mir nicht mehr einfallen.
»Eine Frage noch«, wollte ich wissen. »Wann soll das Attentat stattfinden? Wann wird die Ameisenkönigin sterben?«
»Am Mittag des Tages vor dem nächsten Vollmond. Wann ist das?«, fragte sie.
Ich seufzte. »Heute.« Ich blickte in den Himmel. Dem Stand der Sonne nach zu urteilen war der Mittag sehr nahe.
Das also war die Geschichte, dachte ich. In Wirklichkeit war es nie um die Individualisten gegangen. Krag hatte Clarissa lediglich finden wollen, damit sein verräterischer Plan zur Beseitigung der Königin nicht aufflog. Bei der jungen Königin, die ich im Ameisennest entdeckt hatte,

musste es sich um den Ersatz für die alte handeln. Sie würde alles tun, was Krag von ihr verlangte. Dann würden Ameisen und Wespen gemeinsam ausrücken, dazu bereit, alles und jeden zu zerstören, der sich ihnen in den Weg stellte. Der Garten war dem Untergang geweiht, und es gab nichts, was ich dagegen tun konnte. Ich war Spinnenfutter.

Eine plötzliche Bewegung riss mich aus meinen Gedanken. Etwas Dünnes, Braunes schob sich unter einer leeren Konservenbüchse hervor, die einige Schritt weit entfernt lag. War das ein Bein der Spinne? Clarissa und ich beobachteten den Vorgang in stiller Angst.

Doch was zum Vorschein kam, war keine Spinne. Es war ein Ohrwurm, und obwohl ich ihn nie zuvor gesehen hatte, erkannte ich ihn anhand der Beschreibung, die ich erhalten hatte.

»Hallo, Eddie«, sagte ich.

Kapitel 15

Eddie der Ohrwurm war fassungslos. Er wagte sich etwas weiter aus der Konservenbüchse.

»Woher … woher kennen Sie meinen Namen?«, fragte er.

»Ich bin Privatdetektiv. Deine Brüder haben mich angeheuert, um nach dir zu suchen. Ich habe schlechte Arbeit geleistet. Ich dachte, du wärst als Spinnenfutter geendet.«

Als ich das Wort *Spinne* aussprach, erschauerte Eddie angewidert.

»Was haben Sie meinen Brüdern gesagt?«, fragte er.

»Dass du losgezogen bist, um dein Glück auf der Wiese zu machen.«
»Das war nett von Ihnen«, sagte Eddie. »Ich wette, das hat ihnen gefallen.«
»Klar hat es das. Also, wie wäre es damit, wenn du uns aus diesem Netz heraushilfst, Eddie?«
Der Kopf des Ohrwurms zuckte ruckartig von Seite zu Seite. Ich hatte es offensichtlich mit einem Insekt am Rande des Nervenzusammenbruchs zu tun. Er vermied es, mir in die Augen zu sehen.
»Das geht nicht«, sagte er. »Ich darf mich nicht einmischen. Das ist die Regel. Ich sehe nicht hin, wenn etwas im Netz passiert – darf es nicht. All die Krabbler, die aufgefressen werden …«
Ich erkannte meine Chance.
»Aber das Zuhören kannst du nicht vermeiden, oder?«
Eddie nickte. »Die Schreie machen mich ganz fertig! Ich kann sie nicht ertragen. Erst betteln die Krabbler um Gnade. Die Spinne lacht sie nur aus. Dann beginnt sie zu fressen – dieses Saugen, die entsetzlichen Schlürfgeräusche und dann die Schreie …! Seit ich hier bin, hat sie einige Dutzend aufgefressen.«
Mit angsterfülltem, gehetztem Blick sah er zu

mir auf. »Sie frisst nicht nur, weil sie Hunger hat – es macht ihr richtig Spaß.«

»Was hast du dann hier verloren?«, fragte ich.

Eddies Stimme war weich, voller Reue. »Früher hielt ich mich für die ganz große Nummer. Ich hing mit einer Bande von Wespen rum, erledigte dieses und jenes für sie. Eines Tages sagten sie dann, sie hätten einen größeren Job für mich. Sie sagten, zwischen Wespen und Ameisen würde sich etwas anbahnen … ein Plan. Ich fragte nicht weiter. Alles, was ich zu tun hatte, war, die Ohren aufzusperren und ihnen Bescheid zu geben, wenn irgendwelche Krabbler wegen des Plans misstrauisch wurden.«

»Und was geschah mit den Krabblern, die Verdacht schöpften?«

»Sie verschwanden. Die Wespen erzählten mir, sie würden in einen anderen Garten geschafft. Von diesem Ort hier habe ich nichts gewusst, ich war –«

»Was ging schief?« Ich wollte ihn zur Eile anspornen. Es gefiel mir nicht besonders, in diesem Netz zu kleben.

»Ein paar Krabbler von der Terrasse wurden misstrauisch«, sagte Eddie, »weil ich immer irgendwie in der Nähe war, wenn die Wespen jemanden fortschafften. Die Wespen meinten, ich würde den Plan gefährden, also brachten sie mich hierher und befahlen mir, auf Tauchstation zu gehen, bis sie mir neue Instruktionen erteilten. Sie sagten, die Spinne würde mich in Ruhe lassen, weil sie mit genug Futter versorgt würde. Sie hatten recht. Die Wespen liefern die Krabbler an, und die Spinne erledigt den Rest.«

Die Wespen benutzten also die Spinne dazu, jeden loszuwerden, der ihrem glorreichen Plan auf die Schliche kam. Ich musste zugeben, dass das kein schlechtes System war.

Jetzt hob Clarissa die Stimme. »Du musst uns helfen«, rief sie.

»Das ... das kann ich nicht«, sagte Eddie verzweifelt. »Die Wespen haben mir versprochen, sich nach Beginn der Neuen Ordnung um mich zu kümmern.« Es klang, als glaube er selbst nicht mehr an das, was er da erzählte. »Ich muss mich nur eine Weile bedeckt halten.«

Ich wagte einen Schuss ins Blaue. »Glaubst du im Ernst, die Spinne würde sich damit zufrieden geben, als angeheuerter Killer zu arbeiten? Denkst du nicht, dass sie viel mehr will als das?«

Eddie zitterte so sehr, dass er kaum sprechen

konnte. »Ich … ich hab davon gehört, dass die Spinne irgendein neues Abkommen mit den Wespen geschlossen hat. Sie will gemeinsam mit Ameisen und Wespen regieren. Und wenn schon! Ich halte mich einfach bedeckt …«

Ich wusste, dass eine Spinne wie diese sich nicht mit einem Teil der Herrschaft über den Garten zufrieden geben würde. Sie würde die Ameisen und Wespen die Dreckarbeit für sich erledigen lassen und dann würde sie den Laden übernehmen.

»Nur auf Tauchstation bleiben …«, blubberte Eddie.

»Und dabei zuhören, wenn weitere Krabbler gefressen werden?«, wollte ich wissen. Dann sprach ich die magischen Worte aus. »Verrate mir eins, Eddie – was passiert, wenn der Nächste, der hier oben landet, dein Bruder Larry ist? Was wirst du dann tun, hm?«

Die Frage hing in der Luft wie eine Gewitterwolke. Eddie wand sich unter quälenden Zweifeln. »Selbst wenn ich helfen wollte«, sagte er, »könnte ich es nicht. Ich würde doch selbst am Netz kleben bleiben.«

»Nicht, wenn du einen der Glassplitter dort benutzt«, sagte ich. Ich nickte in Richtung einiger

Scherben, die über den Boden verstreut lagen. Eddie starrte sie an, ohne sich zu bewegen.

»BITTE«, flehte Clarissa, und ihre Stimme bebte vor Furcht und Verzweiflung. Selbst ich war davon gerührt.

Eddie musste es ebenso ergehen. Langsam kroch er aus seiner Blechbüchse, ergriff einen der Glassplitter und näherte sich dem Netz.

»Ich muss verrückt geworden sein«, murmelte er, doch seine Augen verrieten, dass es die erste geistig gesunde Tat war, die er seit einer Ewigkeit vollbrachte. Er beugte sich vor und begann, vorsichtig die klebrigen Stränge des Netzes zu zerschneiden, von denen Clarissa festgehalten wurde. Es war eine knifflige Angelegenheit, doch nach ein paar Minuten war die Ameise befreit.

Jetzt wandte Eddie sich mir zu. Er zerschnitt den ersten Strang und sagte dabei etwas, doch ich hörte nicht, was. Ich war zu sehr damit beschäftigt, das anzustarren, was auf der anderen Seite des Komposthaufens aufgetaucht war. Die Spinne! Sie sah größer aus als je zuvor. Sie sah aus wie der Tod auf acht Beinen, und obwohl sie uns noch nicht gesehen hatte, schlug sie unsere Richtung ein.

»Beeil dich!«, zischte ich. Zwei meiner Beine waren frei, die anderen vier steckten noch fest. Eddie spürte meine Angst. Er blickte sich um und gefror zu Eis.

»Mach weiter!«, schrie ich. In Eddie kam neue Bewegung, er säbelte an den Strängen und murmelte dabei ein ständiges »O nein, o nein, o nein …«

Die Spinne hatte uns gesehen. Sie begann zu laufen. Ihre spindeldürren Beine verschmolzen zu einer einzigen Bewegung.

»Schneller!«, schrie ich.

»O nein, o nein, o nein …«

Vier Beine befreit, nur noch zwei – Clarissa krabbelte davon, so schnell ihre sechs Füße sie tragen konnten – die Spinne hatte den Gipfel des Komposthaufens erklommen und schoss auf der anderen Seite herab – »o nein, o nein, o nein«, jammerte Eddie, doch er ließ mich nicht im Stich.

Das Glas blitzte auf, ein weiteres Bein war frei – die Spinne war so nahe, dass ich ihr in die Augen sehen konnte –, ich versuchte Eddie durch reine Willensanstrengung dazu zu bringen, den letzten Strang zu zerschneiden, doch er ließ das Glas fallen!

Jetzt war die Spinne so nahe, dass ich ihren hungrigen Rachen sehen konnte, die Haare auf ihren langen Beinen! Eddie griff nach der Scherbe – die Spinne hetzte geradewegs auf ihn zu –, der letzte Strang zerriss mit einem vernehmbaren Schnappen, und ich war frei, fiel stolpernd nach vorn – die Spinne hatte uns nahezu erreicht –, ich stürmte vorwärts – die Spinne fiel über Eddie her, der den Glassplitter beiseite warf.

»Lauf!«, schrie Eddie der Ohrwurm zwischen den mahlenden Kiefern der Spinne. Und dann rief er seine letzten Worte: »Sag meinen Brüdern, dass … dass es mir leid tut!«

Ich rannte, um Clarissa einzuholen. Ich drehte mich nicht um und ich versuchte nicht hinzuhören, als die Spinne zu fressen begann.

Kapitel 16

Die Sonne näherte sich unaufhaltsam ihrem Zenit. Uns blieb nicht viel Zeit. Ein einziges Mal hielten wir inne, versteckt hinter einem Büschel Unkraut, als eine Schwadron Wespen in V-Formation über uns hinwegflog. Die Wespen waren auf dem Weg zurück zu ihrem Stock.

Danach kamen Clarissa und ich schnell voran, zehn Minuten später hatten wir den Gartentisch erreicht, wo Wilma, Jake und Leopold uns besorgt erwarteten.

»Wanze!«, rief Wilma. Es klang, als sei sie erfreut, mich zu sehen, was mich mit einem gewissen Wohlbehagen erfüllte. »Wir dachten, du wärst tot! Wo bist du gewesen?«

»Überall und nirgends«, sagte ich. Ich stellte Clarissa vor und musste eine geschlagene Minute darauf verwenden zu erklären, was vorgefallen war.

Leopold sah Clarissa schuldbewusst an. »Entschuldige, dass ich nicht zuhören wollte«, sagte er. »Ich war ein solcher Feigling. Es tut mir leid.«

»Spar dir deine Entschuldigungen für später«, schnappte ich. »Im Moment ist dafür keine Zeit. Das Schicksal des Gartens liegt in unserer Hand.«

»Das kann nicht Ihr Ernst sein«, sagte Leopold ungläubig. »Wir sind nur zu fünft. Was sollen wir gegen ein Heer von Tausenden ausrichten?«

»Das stimmt«, fiel Wilma ein. »Wir sollten uns keine allzu großen Hoffnungen machen.«

Ich musterte die um mich versammelten Krabbler mit einem langen Blick – eine zuckerabhängige Stubenfliege, eine tatendurstige Grashüpferin und zwei Ameisen mit künstlerischen Ambitionen. Leopold hatte sicherlich recht – unsere Chancen standen schlecht. Vielleicht sollten wir uns in einen neuen Garten verkrümeln, solange uns noch Zeit dazu blieb. Es war nicht einmal so, dass ich diesen verkommenen Garten vermissen würde. Doch dann fiel mir Billy ein, der kleine Kerl, und ich wusste, mir blieb keine Wahl.

Eine wackelige Stimme erhob sich. »Ich stehe zu Wa-Wanze«, sagte Zucker-Jake. »Wir mü-mü-müssen es wenigstens v-versuchen.« Er krabbelte zu mir und baute sich neben mir auf.

»Er hat recht«, sagte Clarissa. »Krag und die Wespen werden uns sowieso nicht davonkommen lassen.«

Wilma zuckte die Achseln. »Ach, was soll's? Es ist einfach eine zu gute Story, selbst wenn ich nicht am Leben bleibe, um sie erzählen zu können. Ich bin dabei.« Sie machte einen Hüpfer nach vorn.

Alle Augen ruhten auf Leopold. »Das ist doch Selbstmord!«, rief er. »Ich ... ich will nicht sterben.«

Wer will das schon?, dachte ich. Doch dann trat Clarissa einen Schritt vor. Ihre Stimme bebte.

»Hör zu, Leopold. Wir haben gerade erst die Freiheit gefunden, wir selbst zu sein. Aber das heißt nicht, dass wir die Freiheit haben, egoistisch zu handeln. Ein Individuum zu sein bedeutet nicht, ohne andere leben zu können. Man braucht auch Freunde, und das bedeutet, dass man Verantwortung übernimmt. Manchmal muss man seine eigenen Interessen hintanstellen und für seine Freunde kämpfen. Selbst wenn das bedeutet, sein eigenes Leben dafür zu riskieren ...«

Es war eine ziemlich sentimentale Rede, doch ich spürte, dass sie von Herzen kam.

Und sie erfüllte ihren Zweck. Leopold senkte beschämt den Kopf. »Na gut ... ich bin dabei«, murmelte er endlich. »Aber ich werde nichts Gefährliches tun, okay? Absolut nichts!«

»Okay«, willigte ich ein. »Also – wir werden so vorgehen: Krag und seine Truppen verüben den Anschlag auf die Ameisenkönigin um Punkt zwölf Uhr. Die meisten Ameisen sind zu dieser Zeit auf Nahrungssuche. Wenn sie den Alarm hören, werden sie zurückeilen, um die Königin zu verteidigen. Das wird der Moment sein, in dem die Wespen einen Luftangriff starten, um ihnen den Rückweg zum Nest abzuschneiden.« Ich nickte Jake und Wilma zu. »An dieser Stelle kommt ihr zwei ins Spiel.«

»Wa-was sollen wir tun, Wanze?«, fragte Jake.

Wilma hatte es bereits erraten. »Bis zwölf Uhr bleibt uns noch etwas Zeit. Wir werden mit so vielen Krabblern wie möglich sprechen. Wenn wir alle zusammentrommeln können – und damit meine ich wirklich ALLE –, können wir es vielleicht mit den Wespen aufnehmen.« Und ihr Lächeln verriet mir, dass sie ihr Bestes geben würde, selbst wenn unser Plan so viel Aussicht auf Erfolg hatte wie ein Schneeball in der Hölle.

»Und wo sind wir zu dieser Zeit?«, fragte Clarissa.

Ich sah sic und Leopold an.

»Ganz einfach«, sagte ich. »Unten im Nest.«

Kapitel 17

Natürlich war es nicht so leicht, ins Nest zu gelangen. Ich konnte nicht einfach dort hineinspazieren und um eine Audienz bei der Königin bitten. Keine drei Sekunden, und eine Wache würde mich aufhalten.
Also drehten mich Clarissa und Leopold, als wir uns in der Nähe des Eingangs zum Ameisennest befanden, auf den Rücken. Ich zog die Beine an und verhielt mich so ruhig wie möglich. Wer mich sah, musste mich für tot halten.
»Du machst das gut«, sagte Clarissa aufmunternd. »Du siehst wirklich sehr tot aus.«

»Danke.«
»Denk daran«, riet mir Leopold, der sich als Experte in Sachen öffentlicher Auftritte betrachtete, »dass du das Totsein tief in dir fühlen musst!«
Die beiden Ameisen bugsierten mich auf den Eingang zu. Clarissa schob von hinten, vorne zog Leopold. Ameisen vermögen ein Vielfaches ihres Eigengewichts zu tragen, mich zu schieben machte den beiden also keine allzu großen Schwierigkeiten. Ich gab mein Bestes, mich ganz entspannt und tot zu fühlen.
Kurz darauf wurden wir langsamer, dann hielten wir an. Wir waren vorm Eingang angekommen.
»Bitte um Erlaubnis zum Betreten des Nests«, sagte Clarissa. Ihre Stimme verbarg jegliches Gefühl, doch ich spürte, wie sie zitterte.
Ich hörte die Stimme eines Wachsoldaten. »Erstatten Sie Meldung.«
Wieder war Clarissas Stimme flach und leblos. Es hörte sich seltsam an. »Wir sind am Teich auf diesen Käfer gestoßen«, sagte sie. »Wir haben ihn überwältigt. Sein Körper soll als Nahrungsquelle dienen.«
»Ihr zwei habt ihn allein überwältigt?«, erkundigte sich der Wachsoldat.

»Der Käfer war alt und schwach«, antwortete Clarissa. »Er lieferte keine nennenswerte Gegenwehr. Wir hatten leichtes Spiel.«

Bleib bloß auf dem Teppich, dachte ich, mich immer noch tot stellend. *Nur nicht zu dick auftragen!*

Die wenigen Sekunden, die der Wachsoldat zum Nachdenken brauchte, dehnten sich zu einer Ewigkeit.

Doch alles, was er sagte, war: »Erlaubnis zum Betreten des Nests erteilt.« Und schon wurde ich weitergeschleift, als es einmal mehr nach unten ging, in die dämmerigen Tiefen des Nests.

Nach unten, nach unten ... Ich hielt die Augen fest geschlossen, doch ich vernahm die gleichförmigen Schritte anderer Ameisen, die in den Gängen an uns vorbeimarschierten. Irgendwann mussten wir uns in einem verlassenen Abschnitt aufhalten, denn Clarissa flüsterte: »Sag mal, wie viel wiegst du eigentlich?«

»Nur keine Beschwerden«, antwortete ich. »Denkt dran, ich bin alt und schwach. Ihr hattet keine Schwierigkeiten damit, mich umzubringen. Also sollte es euch ein Leichtes sein, mich durch die Gegend zu schieben.«

Leopold murmelte etwas Unverständliches. Dann setzten wir unseren Abstieg fort.
Schließlich hielten wir an.
»Okay«, flüsterte Clarissa. »Du kannst jetzt aufstehen. Die Luft ist rein.«
Sie packten mich bei den Flügeldecken und wuchteten mich auf die Beine. Meine Augen brauchten einen Moment, um sich der Dunkelheit anzupassen. Ich sah in die ernsten Gesichter meiner Begleiter. Die weiße Zeichnung auf Clarissas Kopf war so bleich wie der Mond. Ich fragte mich, ob ich den echten Mond jemals wieder oben am Nachthimmel stehen sehen würde.
»Bis jetzt habt ihr gute Arbeit geleistet«, sagte ich. Leopold schnaubte verächtlich. Die ganze Aktion schien ihm keinen großen Spaß zu machen.
Clarissa nickte nur langsam und deutete dann auf einen hinter mir gelegenen Tunnel.
»Der führt in die königlichen Gemächer«, sagte sie. »Es ist der Eingang für die Putzkolonne, du solltest dort niemandem begegnen. Sei trotzdem vorsichtig.«
»Und ihr zwei?«, fragte ich.
»Wir werden versuchen, so viele Individualisten wie möglich zusammenzutrommeln«, betete

Clarissa zum zwanzigsten Mal den Plan herunter. »Anschließend machen wir uns auf den Weg zur Möchtegernkönigin.«

»Gut«, sagte ich. »Dann also los.« Ich wandte mich um, bereit, in den Tunnel zu verschwinden, der zu den Gemächern der Königin führte.

»Warte!«, rief Leopold. »Hast du nicht etwas vergessen?« Er klang weniger ängstlich als vielmehr eingeschnappt.

Meine Gedanken überschlugen sich. Unser Plan war vielleicht nicht besonders gut, aber wir waren ihn wieder und wieder durchgegangen. Hatte ich irgendetwas übersehen?

»Du hast uns kein Glück gewünscht«, tönte Leopold beleidigt.

Ich lächelte. »Ich schätze, wir brauchen ein bisschen mehr als das«, sagte ich. »Trotzdem … Viel Glück!«

Und damit trennten sich unsere Wege. Wir verteilten uns auf die dunklen Gänge. So schnell ich konnte, rannte ich durch den Tunnel, angetrieben von zahllosen Ängsten: *Kam ich womöglich schon zu spät? Würden Wilma und Jake die Wespen im Kampf um das Nest besiegen? Würde die Ameisenkönigin diesen Tag überleben? Würde* ich *diesen Tag überleben?*

Diese Gedanken beschäftigten mich so sehr, dass ich, als die Ameise vor mir auftauchte, völlig überrascht war.
»Halt!«, schnappte sie. »Was suchen Sie –«
Das war nicht der Moment für eine Unterhaltung. Wenn der Kerl zu Krags Truppen gehörte, musste ich ihn loswerden. Selbst wenn er *nicht* dazugehörte, blieb mir keine Zeit für Erklärungen. Ich gab ihm eins auf die Rübe – er sackte bewusstlos in sich zusammen.
»Wenn du ein Anhänger der Königin bist«, sagte ich, als ich mich an der bewusstlosen Gestalt vorbeidrängte, »dann schlaf gut, Kumpel. Und hoffen wir, dass du bis zur Siegesfeier wieder erwacht bist.«
Weiter lief ich durch den Tunnel. Und weiter. Als ich gerade überlegte, ob ich vielleicht irgendwo eine falsche Abzweigung erwischt hatte, tönten mir Geräusche entgegen. Der Tunnel wurde breiter, dann öffnete er sich in eine große, ihm angegliederte Halle.
Ich krabbelte bis zur Tunnelmündung, schob vorsichtig den Kopf nach vorn und sah in die königlichen Kammern des Nests.
Sie war zum Bersten gefüllt mit Ameisen. Die Königin war gerade dabei, einen Teil ihrer Trup-

pen abzuschreiten. Jeden Tag inspizierte sie eine andere Abteilung des glorreichen Ameisenheeres. Heute handelte es sich um Krags Division, seine Männer füllten die ganze Kammer.

Krag selbst stand ein wenig abseits. Er tat so, als lausche er höflich der Königin, doch ich konnte erkennen, dass er zum Handeln bereit war. Die gespannte Erwartung ließ ihn beinahe erschauern.

Erleichtert bemerkte ich, dass auch eine ganze Reihe königlicher Leibwächter anwesend waren. Zahlenmäßig waren sie Krags Truppen weit unterlegen, doch wenigstens für eine Weile würden sie sich ihnen im Kampf entgegenstellen.

»Höchst befriedigend«, sagte die Königin. »Das wäre dann alles, Kommandant Krag.«

»Noch nicht ganz«, höhnte Krag. Dann schrie er: »SOLDATEN! UNSERE ZEIT IST GEKOMMEN! ANGRIFF, ZUM RUHME DES NESTS! TÖTET DIE KÖNIGIN!«

Mit einem gewaltigen Schrei, der einem das Blut in den Adern gefrieren ließ, stürmten seine Truppen nach vorn.

Ich stöhnte auf. Der Kampf begann …

Kapitel 18

In der Kammer regierte das Chaos. Dutzende von Krags Leuten drängten mit gefährlich schnappenden Kieferscheren nach vorn, einer Woge der Vernichtung gleich.

Ich hörte die Königin ein überraschtes Keuchen ausstoßen. Ihre Leibwächter nahmen sie sofort schützend in ihre Mitte und formierten sich zu einem Verteidigungswall.

Ein schreckliches Krachen ertönte, als die beiden Streitmächte aufeinandertrafen, dann begann die Schlacht Mann gegen Mann. Es war ein erbarmungsloses Gefecht, die Kammer hallte wider von schmerzgepeinigten und triumphierenden Schreien. Ameise kämpfte gegen Ameise, schon bald war der Boden übersät mit den Körpern der Gefallenen.

Ich stürzte aus meinem Versteck, ergriff die erstbeste Ameise – einen von Krags Männern – und schleuderte sie zur Seite. Eine zweite Ameise warf sich auf mich, beißend, stechend, Säure verspritzend. Kein guter Zug – es gelang ihr nicht, meine gepanzerten Flügeldecken zu durchdringen. Ich wirbelte herum und schleuderte sie von mir, direkt in zwei ihrer Kameraden.

Ich konnte Krag selbst am entfernten Ende der Kammer sehen. Er stand auf einer Erhebung des Bodens, die ihm den Überblick über das gesamte Schlachtfeld ermöglichte. Er brüllte seinen Soldaten Anweisungen zu. Ich wünschte mir, ihm näher zu sein – nichts schien mir in diesem Moment wünschenswerter, als Krag seinen kleinen Ameisenhals umzudrehen.

Ich senkte den Kopf und kämpfte und boxte mich durch das Gewimmel, bis ich bei den Leibwächtern angekommen war, die ihre Königin verteidigten. Mein Auftauchen schien sie in Verwirrung zu stürzen, voller Angriffslust blickten sie mir entgegen, als hinter ihnen die feste

Stimme der Königin erklang. »Er ist auf unserer Seite! Willkommen im Krieg, Mister Muldoon!«
Während ich Seite an Seite mit der Leibwache kämpfte, wurde mir bewusst, dass ich die Ameisen falsch eingeschätzt hatte. Ich hatte sie mir immer als kalt und gefühllos vorgestellt, doch die Soldaten der königlichen Leibgarde kämpften mit einer Leidenschaft und Tapferkeit, die mich sprachlos machten. Sobald einer von ihnen fiel, nahm ein anderer seinen Platz ein und sie kämpften ohne zu ermüden, während Welle um Welle von Krags Truppen gegen unseren Verteidigungsring brandete.
Doch trotz ihres heldenhaften Einsatzes begann das Blatt sich zu wenden. Krags Truppen waren uns zahlenmäßig weit überlegen. Erste Lücken klafften im Verteidigungsring. Es war nur eine Frage der Zeit, bis die Königin schutzlos war, schoss es mir durch den Kopf, während ich einen weiteren Angreifer abwehrte. Krag würde siegen!
Doch dann geschah es – ein mächtiger Aufschrei ertönte, als frische Streitkräfte im Eingang zur königlichen Kammer auftauchten: »FÜR DIE KÖNIGIN UND DAS NEST!« Es waren die Ameisen, die auf Nahrungssuche gewesen waren.

Der Versuch der Wespen, sie an der Rückkehr ins Nest zu hindern, war fehlgeschlagen! Die königstreuen Ameisen waren gekommen, um ihrer Herrscherin beizustehen. Wilma hatte es geschafft!
Ich lachte laut. »Wilma, ich liebe dich! Ich werde nie wieder etwas gegen Grashüpfer sagen!«
Die neuen Truppen fielen über Krags Männer her, die sich jetzt gezwungen sahen, an zwei Fronten zu kämpfen. Die Schlacht tobte weiter. Irgendwann fiel mir auf, dass Krag seinen Aussichtspunkt verlassen hatte, doch ich hatte keine Zeit, weiter darüber nachzudenken – ich war zu sehr damit beschäftigt, zwei mich attackierende Ameisen abzuwehren.
Ich habe keine Ahnung, wie lange der Kampf dauerte. Es kam mir vor wie eine Ewigkeit. Doch schließlich kam der Augenblick, in dem ich bemerkte, dass die meisten von Krags Soldaten sich entweder ergeben hatten, davongelaufen oder getötet worden waren. Wer jetzt noch kämpfte, wurde umzingelt und überwältigt. Es war vorüber – das Attentat war gescheitert.
Eine hochmütige Stimme ertönte. »Mister Muldoon!« Es war die Königin. »Wie reizend von Ihnen vorbeizuschauen. Angesichts der neues-

ten Entwicklungen wäre vielleicht jetzt der geeignete Zeitpunkt, mir zu berichten, welche Fortschritte Ihre Untersuchungen machen …«
Ich erzählte ihr alles, was ich über Krags Plan wusste.
»Mich töten? Aber ein Nest kann ohne Königin nicht existieren!«, protestierte sie.
»Dort haben Sie Ihre Antwort«, sagte ich. Ich zeigte auf den Seiteneingang, wo Leopold und Clarissa mit einigen ihrer Freunde aus dem Club der Individualisten aufgetaucht waren. Sie zerrten die junge Königin hinter sich her.
»Krag wollte eine neue Königin auf den Thron setzen«, erklärte ich. »Doch die wahre Macht hätte in seinen Händen gelegen.«
Die alte Königin studierte ihre junge Rivalin. »Bringt sie näher!«, befahl sie.
Die Wachen teilten sich, als Clarissa, Leopold und die junge Königin sich der Monarchin näherten. In den Augen der jungen Königin lag ein schläfriger, abwesender Ausdruck, als begreife sie nicht, was um sie herum passierte. Dicht vor der alten Königin hob sie den verträumten Blick. Plötzlich verzog sich ihr Gesicht zu einer Maske blanken Hasses.
»Tod der Königin!«, kreischte sie. »Lang lebe die

neue Königin!« Sie stürzte sich auf die alte Herrscherin, den tödlichen Stachel zum Zustechen bereit.

Clarissas Arme schnellten vor, um sie festzuhalten, doch es war bereits zu spät. Keiner der Wachen war nah genug. Ich selbst stand zu weit entfernt. Der Einzige, der etwas unternehmen konnte, war Leopold: Leopold, der zu große Angst gehabt hatte, Clarissa auch nur zuzuhören. Leopold, der gesagt hatte, das Wohl der Königin bedeute ihm nichts. Leopold, der sich geweigert hatte, auch nur der kleinsten Gefahr ins Auge zu blicken.

Doch Leopold zögerte nicht. Ohne auch nur einen Gedanken an seine eigene Sicherheit zu verschwenden, warf er sich nach vorn, zwischen die beiden Rivalinnen. Der Stachel der jungen Königin blitzte auf und senkte sich in Leopolds Brust. Sekunden darauf hatten zwei Wachen die immer noch schreiende junge Königin ergriffen und führten sie ab. Doch für Leopold kam jede Hilfe zu spät. Er lag zu Füßen der alten Königin, deren Leben er soeben gerettet hatte. Voller Trauer sah sie auf ihn herab. »Wirklich und wahrhaftig, das war eine Ameise, die das Wohl des Nests vor ihr eigenes gestellt hat«, sagte sie.

Leopold lag keuchend am Boden. Es war offensichtlich, dass er starb. Seine Stimme war schwach, als er sein letztes Gedicht aufsagte.

»Sterb ich denn hier
Im Kreis des Nestes,
Dann denkt daran,
Ich gab mein Bestes,
Um nicht zu sein
Wie jedermann.
Und so lebt wohl
…«

Er unterbrach sich. »Ehm, was reimt sich auf ›jedermann‹?«, fragte er.
»Löwenzahn?«, schlug eine der Wachen vor.
»Wasserhahn?«, meinte ein anderer.
»Ja, ja«, sagte Leopold ungeduldig, »aber in der letzten Zeile meines Sterbegedichts gibt das doch keinen Sinn, oder?« Seine Stimme klang jetzt kräftiger.
Ich trat näher an ihn heran. »Sag mal, wie stark verletzt bist du überhaupt?«, fragte ich. Ich konnte keine Wunde entdecken. Vielleicht war der Stich danebengegangen.
Leopold untersuchte seinen Körper, von dem er

angenommen hatte, dass er dem Tode geweiht war. Versuchsweise strampelte er mit allen sechs Beinen.

»Ich kann sie bewegen!«, rief er. »Ich werde überleben! Ein Wunder!«

Er war verblüfft angesichts dessen, was er getan hatte. Mir fehlte die Zeit, es ihm zu erklären. Sollte er es selbst herausfinden – eine der wichtigsten Arten, sich selbst auszudrücken, besteht darin, sich für das einzusetzen, was man als Recht empfindet.

Ich grinste. Ich hätte nicht geglaubt, dass in Leopold auch nur ein Fitzelchen Selbstlosigkeit stecken könnte. Und wer hätte gedacht, dass er einmal ein Held sein würde? Vielleicht gab es doch noch Hoffnung für den Garten.

Ich wandte mich der Königin und ihrem Gefolge zu. »Wo ist Krag?«, rief ich.

Eine der königlichen Wachen trat vor. »Er hat sich mit einer Einheit seiner Elitesoldaten aus dem Staub gemacht«, sagte er. »Sie sind dort verschwunden.« Er zeigte auf einen der Tunnel.

Ich rannte los.

Kapitel 19

Ich bewegte mich mit einer Geschwindigkeit durch den Tunnel, von der ich selbst überrascht war. Es war der Gedanke an Krag, der mir Ansporn verlieh. Krag, der Verräter. Krag, der Attentäter. Ich konnte ihn nicht ungeschoren davonkommen lassen.

Krag musste gespürt haben, dass er verfolgt wurde. Er beschloss, stehen zu bleiben und zu kämpfen. Ich umrundete eine Ecke und fand mich in einer kleinen Kammer wieder, wo ich von Krag und sechs Soldaten seiner Elitetruppe erwartet wurde. Krag stand in vorderster Reihe.

»Endlich, Muldoon«, höhnte er. »Auf diesen Augenblick habe ich gewartet, seit wir einander das erste Mal gesehen haben. Der Plan mag fehlgeschlagen sein, aber es wird mir ein Vergnügen sein, dich auseinanderzunehmen ...«
Er trat vor, gefolgt von seinen Männern. Ich wusste, dass ich keine Chance gegen sie hatte – innerhalb von Sekunden würden sie über mich hergefallen sein, würden stechen und beißen, und das wäre das Ende eurer teuren Wanze Muldoon, Privatdetektiv. Aber ich würde aufrecht und im Kampf sterben.
Dann aber kam mir eine Idee. Keine besonders großartige, doch etwas Besseres fiel mir nicht ein. Ich wandte mich nicht an Krag, sondern an die Ameisen, die hinter ihm standen.
»Wartet!«, rief ich. »Hört ihn euch an! Hat das noch etwas mit den Interessen aller Ameisen zu tun? Von Anfang an hat Krag nur zu seinem eigenen Vorteil gehandelt, war er auf seinen eigenen Ruhm bedacht. Er wollte nicht das Nest mächtiger machen, indem er die Königin absetzen wollte – er wollte selbst mächtiger werden.«
»Hört nicht auf den Unsinn, den dieser Käfer erzählt«, spuckte Krag. »Angriff! Tötet ihn! Reißt ihn in Stücke!«

Doch die Ameisen rührten sich nicht. Sie sahen einander an, ihre Füße scharrten verlegen über den Boden, aber sie bewegten sich keinen Schritt weiter auf mich zu.

»Idioten!«, schrie Krag. »Versteht ihr denn nicht? Er ist mein Feind! Ihr müsst ihn zur Strecke bringen!«

Ich nutzte meinen Vorteil. »Habt ihr das gehört?«, fragte ich. »Er hat ›mein‹ Feind gesagt, nicht ›euer‹ Feind. Krag ist der schlimmste Individualist von allen, und *er* ist nicht mit dem Insektengift in Berührung gekommen. Er redet vom Ruhm für das Nest, doch alles, was er will, ist Ruhm *für sich* selbst. Er ist verrückt nach Macht!«

Die Ameisen gaben keinen Mucks von sich. Die Atmosphäre war so gespannt, dass man darauf hätte Trampolin springen können. Dann, einer nach dem anderen, kehrten die Soldaten Krag und mir ihre Rücken zu. Es war eindeutig – diese Ameisen würden heute nicht mehr kämpfen.

Krag schäumte vor Wut, doch er wusste, dass er mir als Einzelkämpfer nicht gewachsen war. Er wusste, dass er verloren hatte.

»Dafür kriege ich dich noch, Muldoon, du schnüffelnder Käfer!«, schrie er.

Ich lächelte. »Ganz schön große Lippe für eine so kleine Ameise.«
Er sah mir direkt in die Augen. »Ich komme wieder«, sagte er. »Dieser Garten wird noch an mich denken!« Damit schoss er durch einen kleinen Nebentunnel davon. Ich versuchte, ihm zu folgen, doch der Gang war zu niedrig für mich. Das Letzte, was ich von Krag sah, waren seine Hinterbeine, als er in die Dunkelheit krabbelte, einem Schicksal entgegen, das wer weiß was für ihn bereithalten mochte. Hoffentlich etwas Schlechtes.
Ich wandte mich ab, um in die königliche Kammer zurückzugehen. Eine Stimme ließ mich innehalten.
»Mister Muldoon?« Es war eine der Ameisen, die Krag bewacht hatten.
»Mein Name ist Wanze«, sagte ich.
»Sie hatten recht, Wanze«, sagte die Ameise. »Manchmal reicht es nicht, dass eine Ameise nur Befehle befolgt. Manchmal muss sie für sich selbst denken und eine Entscheidung treffen.« Sie sah ihre Begleiter an. »So, wie wir es eben getan haben.«
»Sollte ich dich kennen?«, fragte ich. Eine Ameise sieht meist aus wie die andere, doch

dieser Typ kam mir bekannt vor. Plötzlich fiel es mir ein.
»Ich heiße Frank«, lächelte er. Er war der Soldat, der mich ins Nest hinabgeführt hatte, an jenem Tag, als alles anfing. »Kann ich Ihnen irgendwie behilflich sein?«
Ich nickte. »Zeig mir den schnellsten Weg nach oben. Ich hab da noch ein bis zwei Dinge zu erledigen.«

Es war eine Erleichterung, endlich wieder an der Erdoberfläche zu sein, die Sonne auf meinem Gesicht zu spüren. Auf das, was mich hier draußen erwartete, war ich allerdings nicht vorbereitet.
So, wie der Kampf unten, in den Tiefen des Nests, getobt hatte, so war auch hier oben eine schreckliche Schlacht geschlagen worden. Tote und Verwundete beider Parteien lagen im Gras verstreut – Wespen auf der einen Seite, Krabbler der verschiedensten Insektenarten, die den Garten bevölkerten, auf der anderen.
Unübersehbar hatte es sich um einen fürchterlichen Kampf gehandelt, doch die Wespen hatten ihn verloren. Sie mussten sich in ihren Stock zwischen den Wurzeln des Baums beim Zaun

zurückgezogen haben. Inzwischen waren die anderen Insekten damit beschäftigt, ihre Verwundeten zu versorgen. Einige suchten nach Freunden, die sie unter den Gefallenen vermuteten. Niemand war in Siegerlaune – stattdessen hing eine Art Müdigkeit in der Luft. Das überraschte mich nicht. Ein Krieg hat eine solche Wirkung.
Ich bahnte mir meinen Weg durch eine Gruppe von Rinderbremsen, die bereits versuchten, sich gegenseitig mit Kampfgeschichten zu überbieten. Eine bekannte Stimme rief meinen Namen. Ich drehte mich um und sah Larry, den älteren Bruder von Eddie, dem Ohrwurm. Ich winkte ihm zu. Ich hatte Larry für einen Typen von der etwas behäbigeren Sorte gehalten – ich war froh, dass er, als es darauf angekommen war, tapfer seinen Mann gestanden hatte. Wenn das alles hier vorüber war, würde ich ihm mitteilen, dass er stolz auf seinen Bruder Eddie sein konnte. Doch im Moment hatte ich andere Sorgen.
Ich entdeckte sie ein Stück weiter voraus, und die unglaubliche Erleichterung, die ich empfand, überraschte mich – Wilma. Sie sprach mit einem Marienkäfer, dem während des Kampfes ein Flügel gebrochen worden war. Ich gesellte mich dazu.

»Wanze«, sagte sie. »Nett von dir, zur Party zu kommen, aber den größten Spaß hast du verpasst.«

»Keine Sorge. Die Party unten im Ameisennest war auch nicht übel«, erwiderte ich. »Clarissa und Leopold sind wohlauf. Jake?«

»Dem geht es gut«, antwortete Wilma. »Er hat jede Fliege im weiten Umkreis zusammengetrommelt – das hättest du sehen müssen, Wanze. Im Gras kämpften Ohrwürmer Seite an Seite mit Kakerlaken und Ameisen, am Himmel erhoben sich Stubenfliegen, Hummeln und Schmeißfliegen in gemeinsamer Kampfformation. Es war wunderschön! Die Wespen haben sich wacker geschlagen, aber sie hatten keine Chance.«

»Schätze, das gibt eine gute Story«, sagte ich.

Wilma und ich überblickten den Garten. Am anderen Ende des Rasens lag der Mann aus dem Haus bequem in einem Gartenstuhl.

»Glaubst du, er hat eine Ahnung davon, was hier passiert ist?«, fragte Wilma.

Ich schüttelte den Kopf. »Die Menschen sind zu dumm, um zu bemerken, was um sie herum vorgeht. Wahrscheinlich denkt er nur, es wäre ein schöner Sommernachmittag.«

»Na ja, vielleicht ist es das jetzt«, sagte Wilma.

»Ich meine, jetzt können wir doch wieder zum Alltag zurückkehren, oder? Es ist vorbei.«

Ich war versucht, ihr zuzustimmen. Der Garten sah so schön aus im Licht der Nachmittagssonne: das vibrierende Grün des Rasens, die Farbtupfer in den Blumenbeeten. Fast konnte man sich zu der Annahme verleiten lassen, es handele sich um ein nettes Plätzchen. Fast, aber nicht ganz.

Ich wusste, dass es *nicht* vorbei war.

»Noch nicht«, sagte ich. »Es gibt da noch etwas, das getan werden muss, und das muss ich allein erledigen ...«

»Was denn?«, fragte Wilma, doch ein Blick in ihr Gesicht sagte mir, dass sie es bereits wissen musste.

»Ich werde die Spinne töten«, sagte ich.

Kapitel 20

Als ich den Schauplatz des Gefechts hinter mir ließ, konnte ich nicht glauben, dass die Sonne so fröhlich schien, als sei nichts Außergewöhnliches geschehen. Es kam mir so falsch vor. Der Mann aus dem Haus saß noch immer auf seinem gestreiften Liegestuhl. Eine Zeitung lag über seinen Beinen, doch er las sie nicht. Er schlief. Sein Kopf war zur Seite gerollt, er stieß explosionsartige Schnarchlaute aus.

Ich musterte ihn mit einem langen, harten Blick und grübelte: *Du hast keine Ahnung von dem, was im Garten vorgeht, oder? Du hast ein* Sonnenbad *genommen, während in deiner unmittelbaren Nähe ein Attentat verübt werden sollte und das Militär den Umsturz plante. Praktisch ein Krieg! Wenn Unwissenheit wirklich glücklich macht, dann musst du ein verdammt glücklicher Kerl sein.*

Ich schüttelte den Kopf und marschierte weiter in südliche Richtung – dorthin, wo der Komposthaufen lag. Nach Süden, dem dunklen Reich der Spinne entgegen.

Als ich dort ankam, fand ich die achthaarige Bestie in tiefem Schlaf. Ihr großer, fetter Körper lag halb versteckt im Schatten, zusammengesackt in einem entfernten Winkel des Netzes. Ich dachte daran, wie es sich angefühlt hatte, in dieser Todesfalle zu kleben. Nicht gerade eine meiner Lieblingserinnerungen.

Ich betrachtete diese riesige, haarige Spinne und überlegte, wie viele Insekten des Gartens sie bereits auf dem Gewissen hatte. Dann dachte ich daran, wie viele weitere Insekten sie noch töten würde, wenn nicht jemand sie aufhielt. Und dieser Jemand war ich.

Ich fühlte, wie Wut auf die Spinne in mir hochkochte.

Meine Sicht der Dinge ist ungefähr diese: Jeder

muss fressen, und eine Menge Insekten und Spinnen fressen nun mal andere lebende Kreaturen – vorzugsweise solche, bei denen sie selbst nicht auf dem Speiseplan stehen. Ich will das nicht bewerten. Die Dinge sind nun einmal so.

Doch mit dieser Spinne verhielt es sich anders. Das Töten bereitete ihr Vergnügen. Okay, sie hatte den Wespen und Krags verräterischen Ameisen als Komplize gedient. Doch ich wusste, dass sie die Morde trotzdem begangen hätte, mit Vergnügen, aus purem Spaß an der Freude. Für sie war Morden eine Freizeitbeschäftigung. Und ich wusste, dass die Spinne, auch wenn der Plan der Wespen fehlgeschlagen war, vor nichts haltmachen würde. Nicht, bevor sie nicht den ganzen Garten in ihrer Gewalt hatte.

Meine Zeit war gekommen.

An dieser Stelle einige Worte über den Goliathkäfer: Sein Körper kann eine Gesamtlänge von sechzehn Zentimetern erreichen und er ist genauso stark wie er groß ist. Ein Käfer dieser Größe kann es spielend mit einer Spinne aufnehmen.

Unglücklicherweise bin ich *kein* Goliathkäfer. Die Spinne war größer als ich, schneller als ich und ungleich gefährlicher. (Sie war auch haariger als ich, aber ich schätze, das tut nichts zur Sache.)

Dennoch hatte ich einen Vorteil – meinen Grips. Ich verließ mich darauf, die alte Spinne jederzeit ausstechen zu können.

Als Erstes musste ich ihre Aufmerksamkeit auf mich lenken. Ich ergriff einen kleinen Halm und hieb damit ein paar Mal auf die Außenstränge des Netzes ein. Das ganze klebrige Gebilde erzitterte. Im selben Moment, in dem die Spinne die Vibrationen spürte, schnellte sie auch schon aus ihrem Versteck.

Sie starrte mich an, und ich glaubte, in ihren toten Augen leichte Verwunderung zu entdecken. Vermutlich war sie nicht daran gewöhnt, dass ein Käfer aufkreuzte und sich ihr auf dem Silbertablett als Abendessen anbot. Die Spinne begann, sich auf mich zuzubewegen.

Ich setzte mein freundlichstes Grinsen auf, ließ den Halm fallen, drehte mich um und rannte um mein Leben. Ich spurtete durch das Unterholz, kämpfte mir einen Weg durch Unkraut und Strauchwerk. Ich warf einen raschen Blick über die Schulter – die Spinne hatte mit ihrem staksigen achtbeinigen Gang die Verfolgung aufgenommen. Sie war die Schnellere von uns beiden, daran bestand kein Zweifel, doch ich war kleiner als sie und konnte durch Lücken schlüpfen, die meinen Jäger behinderten.

Endlich dehnte sich der Rasen vor mir aus. An dieser Stelle wurde mein Plan riskant – auf offener Fläche würde mich die Spinne innerhalb kürzester Zeit eingeholt haben ...

Ich senkte den Kopf und stürmte durch das frisch gemähte Gras. Nicht für eine Sekunde wagte ich mich umzusehen und dadurch meinen Lauf zu bremsen. Das war auch nicht nötig – jeder einzelne Nerv in meinem Körper schrie mir zu, dass die Spinne aufholte. Doch ich widerstand der Versuchung zu fliegen. Ich hetzte weiter.

Ich warf einen Blick nach vorn, um zu sehen, ob er noch dort war. Da war er – der Mann aus dem Haus, der mitten auf dem Rasen in seinem Liegestuhl saß. Er schlief noch immer. Ich lief direkt auf ihn zu. Jetzt war es nicht mehr weit, und das war gut so, denn ich verlor an Geschwindigkeit. Ich hatte mein Ziel so fest vor Augen, dass ich die Mulde im Boden erst bemerkte, als es bereits zu spät war. Ich stürzte kopfüber hinein und nur mit Mühe gelang es mir, nicht auf dem Rücken zu landen.

Als ich mich gerade dazu beglückwünschte,

haarscharf an einer Katastrophe vorbeigeschlittert zu sein, türmte sich die Spinne über mir auf. Sie war noch schneller über den Rasen gelaufen, als ich mir vorgestellt hatte. Ich stieß ein schreckliches Zischen aus, während Bilder von Untergang und Verhängnis durch meinen Kopf schossen.

Ich klappte die Flügeldecken auf, um zu fliegen; eher ein Reflex als eine überlegte Handlung. Wahrscheinlich dachte ich, wenn ich einfach davonflog, würde ich mich eine gute Ecke länger im täglichen Kampf um das Dasein schlagen können. Die Spinne schnellte vor. Sie erwischte eine meiner entfalteten Flügeldecken und versuchte, mich daran zurückzuzerren. Ich fühlte, wie mir die komplette Flügeldecke in einem Stück vom Rücken gerissen wurde. Es tat nicht ganz so weh, wie man vielleicht erwarten sollte. Allerdings ist es auch keine Erfahrung, die ich weiterempfehlen kann.

Ich ergriff die Gelegenheit beim Schopf und flog dahin wie der Wind. Dumpfer Schmerz breitete sich an der Stelle aus, wo der Flügel abgerissen war. Ich befahl mir, ihn nicht zu beachten und weiterzurennen. Die Spinne war mir dicht auf den Fersen.

Ich bezweifelte schon, es jemals zu schaffen, doch dann hatte ich mein Ziel erreicht – der Mann aus dem Haus. Er schnarchte noch immer und seine Beine waren überkreuzt, sodass nur einer seiner Füße Kontakt mit dem Boden hatte. Mit einem gewaltigen Satz landete ich auf der abgewetzten Spitze eines Arbeitsschuhes. Ich hastete die Vorderseite entlang nach oben, ständig darauf bedacht, nicht in eines der Löcher für die Schnürsenkel zu geraten. Unter mir erklomm nun auch die Spinne den Schuh.

Jetzt war ich am oberen Ende des Schuhs angekommen. Ich blickte das Hosenbein des Mannes hinauf. Sein behaartes, weißes Bein verlor sich in der aufsteigenden Dunkelheit. Eine schreckliche Vorstellung, dort drinnen verloren zu gehen.

Stattdessen schnellte ich nach vorn und klammerte mich an den Saum des Hosenbeins. Eine kurze Drehung und ich lief an der Außenseite der Hose empor. Knapp unterhalb des Knies war mir der Weg durch das darüber liegende zweite Bein des Mannes versperrt. Ich sprang auf dieses Bein und kletterte auf die Kniescheibe. Dann blieb ich stehen und wandte mich um. Mir war die Puste ausgegangen – hier würde ich mich dem Feind entgegenstellen.

Einige unendliche Sekunden später tastete sich ein behaartes Bein über den Rand der Kniescheibe. Die Spinne schob sich in mein Blickfeld. Ihre schrecklichen Kieferzangen schnappten auf und zu, als sie sich auf mich zu bewegte – langsam, beinahe gemächlich, als genieße sie jeden Moment. Ich erstarrte vor Angst.

Doch ich hatte einen Plan! Als die Spinne zum Sprung ansetzte, bückte ich mich unvermittelt und biss dem Mann mit aller Kraft in das Bein. Ich dachte, Folgendes würde geschehen: Der Biss würde den Mann wecken; er würde an seinem Bein herabsehen, die Spinne entdecken und sie mit seiner Zeitung erschlagen. Platsch! Währenddessen würde ich mich mit einem Sprung in Sicherheit bringen.

Ein guter Plan, oder? Es gab da nur ein kleines Problem: Der Stoff der Hose war zu dick. Ich konnte mich nicht bis auf die Haut durchbeißen. Deshalb wachte der Mann nicht auf. In meinem Kopf bildeten sich zwei Worte: GROSSER und ÄRGER.

Die Spinne turnte auf mich zu. Ich wusste, dass ich mit einem einzelnen Flügel nicht fliegen konnte. Sie kam näher. Ich spürte, wie ein leichter Windhauch über meinen Körper strich.

Das war es! Ich konnte vielleicht nicht richtig fliegen, aber ich konnte mich gleiten lassen! Ich wich der näher kommenden Spinne nach rechts aus. Im letzten Moment warf ich mich in die Luft, breitete meinen verbliebenen Flügel aus und hoffte, der Windhauch sei noch nicht erstorben. Er war es nicht. Er hob mich dicht über den Kopf der wutentbrannten Spinne. Der einzelne Flügel machte es unmöglich, geradeaus zu fliegen, doch damit hatte ich gerechnet und mich deshalb zur Seite fallen lassen. In einer Spirale glitt ich auf dem Wind nach unten und landete auf dem zweiten Schuh des Mannes.
Ich verschwendete keine Sekunde. Die Spinne musste sich bereits auf dem schnellsten Weg nach unten befinden. Ich huschte den Schuh hinauf, krabbelte über das faltenwerfende Gewebe einer Socke und biss den Mann mit aller Kraft in das nackte Bein. Dann ließ ich mich zur Seite abrollen und einfach nach unten fallen. Wie ein Stein prallte ich auf dem Rasen auf. Was auch immer jetzt geschehen würde, entzog sich meiner Kontrolle.
Die folgenden Ereignisse sind in meiner Erinnerung seltsam verwischt. Ich hörte den Mann aufschreien, ein lautes WÄHHH!, als er erwachte

und die riesige Spinne auf seinem Bein entdeckte. Ich sah die Spinne zu Boden stürzen, als der Mann aufsprang. Ich vernahm das Geräusch, als der Mann die Spinne unter dem Absatz eines seiner mit Eisenkappen verstärkten Arbeitsschuhe zertrat: SCHMACK!!!!

Ich kann euch sagen – es war das schönste Geräusch, das ich je gehört habe.

Was danach geschah

Einige Tage später wurde ich ins Ameisennest eingeladen. *Eingeladen* – das gefiel mir eine ganze Ecke besser, als dorthin befohlen zu werden.

Als ich in der königlichen Kammer eintraf, erkannte ich den Raum kaum wieder. Die Ameisen hatten eifrig gearbeitet. Niemand wäre darauf gekommen, dass dies der Schauplatz eines blutigen Kampfes gewesen war. Der Raum barst vor Ameisen, Reihe um Reihe standen sie hintereinander. Sie warteten darauf, dass ihre Königin das Wort ergriff.

»Die Ordnung wurde wiederhergestellt«, verkündete die Königin. »Das Nest ist wieder Eins ... Hiermit ordne ich an, dass Krags Helfershelfer nicht bestraft werden. Sie führten nur Befehle aus, wie es der Natur der Ameisen entspricht.«

»Dann ist alles wieder beim Alten?«, fragte ich.

Nachdem sie eine Weile geschwiegen hatte, sprach die Königin weiter.

»Ich bin alt. Doch nicht zu alt, um nicht dazuzulernen. Und in den vergangenen Tagen habe ich viel gelernt.« Ihr Blick ruhte auf den versammelten Ameisen. »Der plötzliche Ausbruch individualistischer Interessen ist nicht nur auf das chemische Spray des Mannes zurückzuführen. Er kam *aus unserem Inneren*. Krags Machthunger hat das Nest beinahe vernichtet. Aber ...«

Ich nickte. »Was ist mit den Individualisten?«

»Die sogenannten Individualisten haben, tapfer und in treuer Ergebenheit, Seite an Seite mit meinen Wachen gekämpft«, sagte sie. Ich konnte sehen, wie Leopold, der in vorderster Reihe stand, vor Stolz die Brust schwoll. Die Königin fuhr fort. »Doch viel wichtiger ist, dass sie uns gezeigt haben, dass Individualismus nicht unbedingt etwas Schlechtes ist. Es gibt sogar Zeiten, in denen er notwendig ist. Manchmal, so habe ich gelernt, muss man eigenständig denken, wenn man dem Nest dienen will. Wir sind Eins, doch dieses Eine besteht aus Vielen. Aus diesem Grund erlaube ich den Individualisten, ihre … Aktivitäten … fortzusetzen. Keiner kann wissen, was die Zukunft dem Nest bringen wird … Doch gemeinsam werden wir einen Weg finden.«

Die Königin richtete ihre Aufmerksamkeit auf Clarissa. »Was Clarissa betrifft – sie hat unschätzbare Dienste geleistet und wird dafür angemessen belohnt werden.«

»Moment mal«, sagte ich. »Was für Dienste?«

Clarissa wandte sich mir zu. »Ich habe die ganze Zeit für die Königin gearbeitet«, sagte sie schlicht. »Alles, was ich dir im Netz gesagt habe, entsprach der Wahrheit. Alles, bis auf eines – nachdem ich Krags Unterhaltung mit den Wespen belauscht hatte, bin ich doch zum Nest gegangen und habe der Königin davon berichtet. Wir konnten nicht einschätzen, wie viele Truppen sich auf Krags Seite geschlagen hatten, also beschlossen wir zu warten. Wir wussten nicht einmal, ob wir *dir* vertrauen konnten.

Doch bevor ich mehr herausfinden konnte, fiel ich den Wespen in die Hände ...«
Ich schüttelte den Kopf und lachte.
Die Königin lächelte mir höflich zu. »Angesichts Ihrer Verdienste, Mister Muldoon, wird Ihnen selbstverständlich die höchste aller Ehren zuteil. Ich werde Sie mit dem Orden des Nests auszeichnen und zur Ehrenameise ernennen.«
»Das ist wirklich toll, Eure Majestät«, antwortete ich, »aber ich muss leider ablehnen. Mein Dasein als einfacher alter Käfer reicht mir völlig aus.«
Die Königin respektierte meinen Wunsch mit einem würdevollen Nicken.

Das war alles, nehme ich an, obwohl die Geschichte natürlich nicht an dieser Stelle endete. Ich finde, keine Geschichte ist richtig zu Ende, wenn man nicht weiß, was aus ihren handelnden Personen geworden ist. Und deshalb ...

* Leopold wurde eine hoch dotierte Stelle in der Verwaltung des Nests angeboten. Er lehnte ab. Das Letzte, was ich von ihm hörte, war, dass er versuchte, auf der Terrasse einen Workshop für improvisiertes Theater aufzuziehen. Ich darf

nicht vergessen, einen weiten Bogen darum zu machen.

* Clarissa wurde befördert, was sie aber nicht davon abhält, einmal pro Woche in Dixies Kneipe zu singen. Sie ist ein echter Renner. Wenn sie auftritt, gibt es in dem Laden nur noch Stehplätze.

* Und Jake? Der ist so glücklich wie ein Hundefloh im Fell eines Bernhardiners. Die Königin ordnete ein ganzes Bataillon dazu ab, einen Monat lang auf die Suche nach Süßwaren zu gehen, die pflichtbewusst bei Zucker-Jake, Stubenfliege und Held, abgeliefert werden.

* Wegen ihrer Rolle beim Entschlüsseln der Story wurde Wilma vom Nachrichtendienst zur Chefreporterin des Gartens ernannt. Sie sagt, die Sache würde ihr nicht zu Kopf steigen. Stimmt genau.

* Nachdem ihr Plan gescheitert war, befanden sich die Wespen eine Weile auf dem Kriegspfad. Man munkelte, ihre Königin sei jetzt noch verrückter als zuvor. Dann aber beging eine von ihnen den Fehler, den Enkel des Mannes aus dem Haus zu stechen, der zu Besuch war. Kurz darauf wurde beobachtet, wie der Mann aus der Garage kam, unter dem Arm einen Kanister

mit Wespenvernichtungsmittel. Der Wespenstock musste evakuiert werden; angeblich suchen die Wespen zurzeit nach einer neuen Bleibe, ein paar Gärten weiter. Niemand vermisst sie besonders.

Und was meine Wenigkeit angeht …
Nun ja, die ganze Aufregung legte sich ziemlich rasch, und danach fühlte ich mich irgendwie leer. Ich wusste, dass der Frieden wieder hergestellt war, doch ich fragte mich, für wie lange. Wie lange würde es dauern, bis die nächsten machthungrigen Krabbler den Garten unter ihre Kontrolle bringen wollten? Wie lange, bis ich erneut bei jemandem auf der Speisekarte stand? Wir lebten in einer Welt voller hungriger Mäuler, und das hatte ich gründlich satt. Ich dachte daran, vielleicht auszusiedeln, mich anderswo niederzulassen. Vielleicht war es auf der Wiese *wirklich* nicht so schlecht.
Der Gedanke beschäftigte mich eine ganze Weile, doch noch gab es etwas, das mich hier hielt. Einige Wochen später war es so weit.
Ich fragte Wilma, ob sie Lust auf einen Spaziergang unten bei den Brennnesseln hatte. Sie willigte ein, wenn auch leicht verwirrt.

»Was sollen wir hier?«, fragte sie. Für einen Krabbler hält sich Wilma nicht besonders gern im Freien auf.

Es dauerte nicht lange, bis es begann. Ein winziges Zittern lief über den Saum der Puppe hinweg, in die Billy die Raupe sich verwandelt hatte. Ich lächelte. Über Wochen hinweg hatte ich sie im Auge behalten, um sicherzustellen, dass ihr nichts zustieß. Jetzt war es an der Zeit …

Ein haarfeiner Riss erschien. Er verlief über die gesamte Länge der Puppe und von Sekunde zu Sekunde wurde er weiter. Schließlich drängte sich ein Paar Fühler dazwischen hervor. Dann folgte ein Kopf – der Kopf des Schmetterlings, zu dem Billy geworden war. Er blinzelte in das stechende Licht der Nachmittagssonne und zwängte den Rest seines Körpers langsam nach draußen.

Anfangs sah er nicht besonders großartig aus, wie er dort auf einem Blatt saß. Seine Flügel waren klein und verschrumpelt, lahm hingen sie ihm zu den Seiten herab.

»Muss er so aussehen?«, flüsterte Wilma.

»Klar«, antwortete ich. »Er muss erst Blut in seine Adern pumpen, um die Flügel zu voller Größe zu entfalten.«

Noch während ich sprach, wurden die Flügel vor unseren Augen größer und größer.

»Er ist wunderschön«, hauchte Wilma. Ich erhob keine Einwände. Das war der Grund dafür, dass ich geblieben war.

Der Schmetterling, in den Billy sich verwandelt hatte, war atemberaubend. Seine Flügel waren ein Feuerwerk explodierender Farben – hauptsächlich Blutrot, durchzogen von samtenem Schwarz und mit kristallblauen Punkten gesprenkelt. Es war überwältigend. Er wandte seinen Kopf in unsere Richtung. Kein Wiedererkennen spiegelte sich in seinen Zügen. So ist das mit der Metamorphose – danach erinnert man sich an nichts mehr. Es ist wie eine zweite Geburt.

Der Schmetterling stellte seine Flügel waagrecht, um sie von der Wärme trocknen und erhärten zu lassen. Schließlich schlug er sie rasch auf und nieder und erhob sich in die Lüfte.

Als ich ihn davonflattern sah, erfüllte mich plötzlicher Stolz. Ich hatte dazu beigetragen, dass Billy die Raupe sich unbeschadet verwandeln konnte. Zu einem Teil war es mir zu verdanken, dass Wilma und ich nun zusehen konnten, wie dieses unendlich schöne Geschöpf davonflog.

Und das war der Moment, in dem ich mir sicher war. Ich musste im Garten bleiben. Ich hatte vielleicht nicht den besten aller Jobs, doch der Garten *brauchte* jemanden wie mich. Jemanden, der sein Bestes gab, um auf kleine Kerle wie Billy aufzupassen. Es war so einfach: In diese unkrautverwüsteten Blumenbeete gehörte ein aufrechter, ehrlicher Käfer. Ich gehörte hierher.

Ich wandte mich Wilma zu. »Ich bin hungrig«, sagte ich. »Lass uns etwas essen gehen …«

An dieser Stelle einige Worte über den Pillendreher: Er ernährt sich von Pferdemist, den er zu kleinen Bällchen zusammenrollt, bevor er sie auffrisst. Glücklicherweise bin ich *kein* Pillendreher.

Während wir zurückgingen, sagte Wilma: »Weißt du eigentlich, dass du mir nie erklärt hast, warum du ›Wanze‹ genannt wirst?«

»Wilma«, sagte ich, »das ist eine lange Geschichte. Lass uns in Dixies Bar gehen, uns zwei Hübschen. Ich denke, dort werde ich sie dir erzählen …«

Heiße Spur in Dixies Bar

Für Tante Pat und Onkel Ted

Mit einem erstickten Quaker wirbelte die Kröte herum. Mich hatte sie völlig vergessen. Auf ihrem Gesicht war jetzt kein Platz für Gier oder Wut. Es war von einem einzigen Ausdruck geprägt: Angst.

Mein Name ist Muldoon. Wanze Muldoon. Ich bin Privatdetektiv im Garten.

Nach meinem letzten Fall hoffte ich auf ein bisschen Ruhe und Erholung. Aber scheinbar hatte das Schicksal was anderes mit mir vor. Das Schicksal und die Kreatur, die die Kröte aus dem Garten gejagt hatte. Als Nächstes krachte ein Igel in Dixies Bar und der Teufel war los. Und als dann noch meine Freundin Wilma verschwand ... – na, was soll ein Krabbler da tun? Ich musste natürlich losziehen und mich nach ihr umsehen; und das bedeutete, einen Ausflug zum Haus zu machen. Würde ich Wilma dort finden oder hatte das Ungeheuer sie ebenfalls erwischt? Und wer *war* dieses Ungeheuer, das die Angst wie einen Dolch in das Herz des Gartens gestoßen hatte? Ich war im Begriff, es herauszufinden …

1 Der Tod ist nicht wählerisch. In einen Garten wie diesen kommt er in vielen Formen und Größen. Manchmal ist er der Schnabel eines hungrigen Vogels, manchmal ein Schuh, der vom Himmel niederfährt. Manchmal kleidet er sich in die feinen Fäden einer lauernden Spinne. Und manchmal besitzt der gute alte Tod kein Fünkchen Stolz und kreuzt in Gestalt einer großen, warzigen alten Kröte auf.

So wie heute; sie hockte da drüben im Schatten. Die goldenen Augen der Kröte blinzelten nicht. Sie tat völlig gelassen, so als ob sie mich nicht bemerkt hätte. Nur ihre Nadelstreifen-Nüstern bewegten sich. Anscheinend war sie absolut ahnungslos.

Ja, prima. Ich ließ mich nicht für blöd verkaufen. Ihre Glupschaugen verfolgten mich. In einem Maul, das sich über die ganze hässliche Fratze der Kröte zog, passte ihre mörderische Zunge nur den rechten Augenblick ab. Sie wartete bloß darauf, dass sich jemand in ihre Reichweite begab. Dann würde diese tödliche Waffe von einer Zunge herausschnellen und mich mit ihrer klebrigen Haut aufschaufeln. Sie würde mit mir in diese Fallgrube von einem Maul zurückschnellen. Und dann brauchte die Kröte nur noch zu schlucken.

Nun, sie konnte es versuchen. Nennt mich einen Träumer, aber ich hatte andere Pläne, wie der Deal ablaufen sollte.

Im Augenblick konzentrierte ich mich nur darauf, meine Rolle zu spielen: Ich tat so, als sei ich der leckerste Käfer im Garten. Das war nicht schwer. Ich hatte massenhaft Erfahrung darin, Kreaturen auszutricksen, die mich fressen wollten. So ist das Leben in unserem Garten; man wird damit fertig oder man endet als kleiner Imbiss für irgendeinen Fiesling.

Was mich betrifft, ich bin kein kleiner Imbiss für niemanden, nicht, wenn ich es verhindern kann. Mein Name ist Wanze. Wanze Muldoon. Ich bin Privatdetektiv und dieser Alptraum von einem Garten ist der Ort, den ich mein Zuhause nenne.

Der Kröten-Job war der Erste, den ich seit langem übernommen hatte. Nach einem großen Fall, an dem ich vor einiger Zeit gearbeitet hatte, brauchte ich eine Pause. Eine heimtückische Gruppe Ameisen hatte versucht, sich mit den Wespen zusammenzutun und die Herrschaft über den ganzen Garten zu übernehmen. Die Sache wurde ziemlich haarig. Am Ende sah ich mich gezwungen, der größten, bösartigsten Spinne, die ich in meinem Leben zu Gesicht bekommen hatte, einen Besuch abzustatten. Es war kein Freundschaftsbesuch, wenn ihr wisst, was ich meine. Als alles vorbei war, lebte ich noch – und die Spinne nicht. Aber ich wurde ziemlich übel zugerichtet. Tatsache ist, einer meiner Flügel schmerzt noch immer bei feuchtem Wetter. Ich versuche, nicht darüber zu klagen, es sei denn, ich bin in Gesellschaft.

Als der Fall abgeschlossen war, hatte ich gefressen, dass ich die Dinge leichter nehmen sollte. Klar, ich konnte weiter als Privatdetektiv herumpusseln, aber von jetzt an würde ich nichts Gefährliches mehr übernehmen. Ich würde nur noch das unauffällige Zeug erledigen. Ihr wisst schon, kleine Fälle, wo *gefressen werden* nicht zu den alltäglichen Dingen gehört, die man lieber meiden sollte.

Aber jetzt war ich hier und zuckelte weiter auf die Kröte zu. Glaubt bloß nicht, ich hätte mir 's anders überlegt. Ich bin keins von diesen Insekten, die von Gefahr angezogen werden wie die Motten vom Licht. 'n Käfer muss seinen Lebensunterhalt verdienen, das ist alles.

Nun, die Kröte ...

Ich erzähl euch mal was über Gartenkröten. Sie fressen alle Arten von Insekten oder Würmern, die sie auf die Zunge kriegen, und sie stopfen sich bis zu viermal in einer Sommernacht voll. Es wird noch schlimmer: Sie haben keine Zähne, was heißen will, sie schlucken ihr Opfer einfach ganz hinunter.

Nette Sache, was? Man ist also noch lebendig und strampelt, während man die pechschwarze Speiseröhre hinunterrutscht. Man sitzt einfach da im Magen, während die Verdauungssäfte beginnen, auf einen herabzuregnen.

Danke, kein Bedarf.

Ich blieb stehen. Das war nah genug. Jetzt war alles eine Frage des Timings. Wenn ich 's vermasselte, würde ich mich in einem schönen warmen Säurebad im Darm dieser Kreatur entspannen.

Ich hatte keinen Anlass zur Sorge. Die Kröte erhellte nicht gerade den Garten mit ihrer glänzenden Intelligenz und ich hielt sie gehörig zum Narren.
Jetzt hieß es, sich zusammenzureißen. Schritt für Schritt bewegte ich mich vorwärts. Im nächsten Augenblick schoss die Zunge der Kröte wie ein rosa Blitzstrahl auf mich zu. Ich war bereit. Ich duckte mich und rollte nach links. Die riesige Zunge wischte über die Oberseite meines Panzers und schaufelte die Schmiere auf, die an mir haftete. Die Kröte blinzelte bei dem scheußlichen Geschmack. Sie kapierte rein gar nichts.
Okay, Zeit, dass ich in die Gänge kam. Ich musste meinen Spruch schnell aufsagen, bevor die Zunge zum zweiten Mal zurückkam. Ich hielt die Sache schön einfach. »Sperr die Lauscher auf, Kröte!«, rief ich. »Du solltest besser aufpassen, was du frisst. Du hast eben Gift geschluckt: einen sauberen kleinen Cocktail aus giftigen Wurzeln und Blättern. Ich hab sie zusammengeworfen und mich dann hineingerollt. Für Amphibien ist er zufälligerweise tödlich.«
Die Kröte blinzelte wieder. Sie war so zugänglich wie ein Stein, aber ich nahm an, sie hatte das Wesentliche kapiert. Ich redete weiter. »Das Gift

wird sich ziemlich bald in deinem ganzen Körper ausbreiten. Du kannst mir glauben, die Zunge wird dir raushängen … aber sie wird nicht gerade viel erwischen, wenn du weißt, was ich meine.« Ich legte eine wirkungsvolle Pause ein. Die Kröte stieß einen quieksenden Quaker aus: *Miep!* Ihre Augen wurden schmal vor Ärger.

Ich brachte die Sache schnell auf den Punkt. »Aber es gibt ein Gegengift … Interesse?«

Die Kröte gab ein quatschendes Grunzen von sich. Es war irgendwie ekelhaft, aber ich versuche, persönliche Gefühle aus der Arbeit rauszuhalten.

»Ich fass das mal als Ja auf«, sagte ich. »Also, der Deal ist folgender …«

So weit, so gut. Und jetzt zu dem, was ich erklären wollte. Ich würde der Kröte das Gegengift nur unter einer Bedingung geben: dass sie einwilligte, die Biege zu machen und einen anderen Garten zu finden, in dem sie rumhängen konnte. Auf diese Weise konnten sich die Teichkrabbler, die mich für diesen Job angeheuert hatten, entspannen und beruhigt durchatmen – keine Amphibie würde sie mehr terrorisieren und die Larven der Eintagsfliegen runterschlingen. Was mich anging, ich würde mein Honorar für diese scheußliche kleine Nachmittagsarbeit einstreichen und alles wäre im Lot.

Zum Teufel auch, sogar die Kröte konnte in den Sonnenuntergang davonpatschen und das genießen, was auch immer von Amphibien als glückliches und gesundes Leben betrachtet wird!
Eine Lage, in der keiner verlieren konnte, stimmt's? Mir erschien das eindeutig ein cleverer Plan, aber in eben diesen Augenblicken brät einem das Leben eins über. Wisst ihr, ich hatte keine Chance, der Kröte was von diesem glänzenden Plan zu erzählen. Tief im Inneren ihres blöden amphibischen Gehirns musste irgendwas gefunkt haben – irgendwas Altes, Primitives, Niederträchtiges –, nämlich dass der einzig gute Käfer ein gefressener Käfer ist. Die Kröte schoss vorwärts und ihre Zunge schnellte wieder raus.
WIE BITTE? Hatte sie nicht begriffen? Hatte sie mir nicht geglaubt? Dies waren interessante und stichhaltige Fragen, die ich jetzt allerdings nicht in vollem Umfang berücksichtigen konnte. Nicht, wenn ich am Leben bleiben wollte. Die blöde alte Kröte war dabei, mich zu verspeisen.
Ich rollte mich nach rechts, richtete mich auf und sprang so hoch, wie meine sechs Beine es mir erlaubten. Die Zunge des Todes sauste unter mir her. Um ein Haar wäre ich genau auf ihrer Spitze gelandet, aber ich schaffte es, einen Augenblick länger in

der Luft zu bleiben. Dieser Augenblick rettete meinen Panzer. Ich landete sicher – rennend kam ich auf dem Boden auf.

Schon sauste ich auf einen schützenden Chrysanthemenbusch zu. Ich konnte hören, wie die Kröte hinter mir ein nasses, glucksendes Lachen verlauten ließ. Völlig zu Recht. Sie konnte die Entfernung zwischen uns mit einem einzigen Hopser zurücklegen.

Normalerweise wäre mein erster Tipp gewesen, den eigenen Stolz runterzuschlucken, den Kopf nach unten zu richten und sich in Sicherheit zu graben. Das können Käfer noch am besten. Aber es hatte in der letzten Zeit wenig geregnet und der Erdboden war ausgedorrt. Es würde zu lange dauern, bis ich mich durch die krustige Oberfläche gearbeitet hätte. Ich wusste, der Regen würde später am Tag kommen, aber nicht zeitig genug, um mir jetzt aus der Patsche zu helfen. Nein, ich musste es bis ins Laub schaffen. Mich so tief wie möglich darin vergraben und das Beste hoffen.

Einen Moment lang verdunkelte sich der Himmel über mir. Es war keine Wolke, die sich vor die Sonne schob, sondern der Tod in schleimigem Gewand. Es war die Kröte, die gerade über mich hinweghopste. Ihr Plan – falls man einen Ausdruck wie

»Plan« für eine Kröte mit Erbsenhirn benutzen kann –, ihr Plan musste gewesen sein, vor mir zum Busch zu springen, herumzuwirbeln und dann das Maul aufzusperren.
Aber da wurde die Sache eigenartig. Die Kröte schoss über ihr Ziel hinaus und krachte weiter vorn in den Busch. Dann erstarrte sie. Sie drehte sich nicht um, um mich zu grüßen, fressen oder sonst was. Sie ließ nicht mal den leisesten Quaker hören ... Nichts. Ihre Hinterbeine zitterten.
Ich ließ sie nicht aus den Augen. Was ging hier vor? Warum hatte ...? Dann raffte ich es. Ein plötzliches Rascheln in den Büschen, obgleich kein Lüftchen geweht hatte. Da war irgendwas.
Bevor ich Zeit hatte, weiter über die Sache nachzudenken, reagierte die Kröte wie von der Tarantel gestochen. Mit einem erstickten Quaker wirbelte sie herum. Mich hatte sie völlig vergessen. Auf ihrem Gesicht war jetzt kein Platz mehr für Gier oder Wut. Es war von einem einzigen Ausdruck geprägt: Angst. Totale, alles verzehrende *Ich-muss-hier-SOFORT-die-Biege-machen*-Angst.
Ich kümmerte mich nicht mal darum, wohin sie abhaute. Sie sollte nur verschwinden.
Und das tat sie.

2 »Und was war da?«, fragte Wilma.
»Keine Ahnung.«
Die Grashüpferin starrte mich ungläubig an. »Momentchen mal, Wanze. Du bist doch losgegangen und hast nachgesehen, was in den Büschen lauerte, stimmt's?«
»Ist das ein Scherz?«, antwortete ich. »Diese Kröte war kein Kumpel von mir, aber ich zweifelte nicht, dass sie Augen im Kopf hatte. Irgendwas in diesen Büschen trieb ihr vor Angst den Schleim auf die Haut. Ich hatte kein Bedürfnis herauszufinden, was.« Ich rührte meinen Saft-und-Nektar-Cocktail mit einer Kiefernnadel um und nahm einen Schluck, den ich dringend nötig hatte. Das war jetzt genau

das Richtige! »Nein, ich bin einfach losgezogen und hab den Teichläufern erzählt, dass die Kröte sie nicht mehr belästigen würde. Dann hab ich mein Honorar eingestrichen und bin gleich hierher gekommen.«

Gleich hierher bedeutete in Dixies Bar. Man konnte mich da an den meisten Abenden finden. Heute Abend war es noch ziemlich früh, aber der Laden war gerammelt voll. Wir mussten unsere Stimmen erheben, um das Geschrei der Krabbler ringsum zu übertönen. Ich hatte vergessen, dass *Kampf-Nacht* bei Dixie war. Das hieß, sie hatten ein ziemlich unkultiviertes Volk da: Eine Bande Wespen brummte rüpelhaft im Hintergrund, ein Haufen verrückter Rüsselkäfer versuchte zu beweisen, dass sie den Nektar vertragen konnten, eine Bremse eilte geschäftig von Tisch zu Tisch. Es gab nur Stehplätze – na ja, mit Ausnahme einer leeren Ecke. Eigentlich keine große Überraschung, wenn man feststellte, dass die einsame Stinkwanze dort saß. Dixie, der Klub-Besitzer, sah verdammt glücklich aus. Nichts machte den fetten Nacktschneck zufriedener als ein volles Haus.

Wilma schüttelte lächelnd den Kopf. »Ich versteh dich nicht, Wanze. Es würde mich verrückt machen, wenn ich nicht wüsste, was die Kröte verscheucht hat.« Typisch Wilma. Sie ist so ziemlich die beste Reporterin in diesem Garten. Wenn diese Grashüpferin den Hauch einer Nachrichten-Story wittert, lässt sie nicht locker. Muss wohl ihr angeborener Spürsinn sein. Das war der große Unterschied zwischen uns beiden. Die einzigen Dinge, die *meinen* Spürsinn weckten, waren: Nummer eins, was gibt's zum Abendessen?, und Nummer zwei, wie schaffe ich es, einen weiteren Tag in meinem bevorzugten Zustand (das heißt, unverdaut) zu überleben?

Doch Wilma bombardierte mich weiter mit ihren Fragen. »Aber die Kröte hätte sowieso nicht mehr lange zu leben gehabt, stimmt's? Ich meine, das Gift ...«

Normalerweise verrate ich meine einschlägigen Tricks nicht, aber bei Wilma ist es etwas anderes. »Es *gab* kein Gift«, verriet ich ihr. »Weißt du, es war alles ein Bluff, um die Kröte loszuwerden. Das Zeug auf meinem Rücken war bloß eine harmlose Mixtur, die scheußlich schmeckte. Die Kröte sollte aus Angst versprechen, vom Garten wegzubleiben. Dann hätte ich ihr ein falsches Gegengift gegeben, das sie von vornherein nicht gebraucht hätte. Verstehst du?«

»Ganz schön raffiniert«, war Wilmas Kommentar.

Sie war selbst manchmal ziemlich raffiniert, also fasste ich es als Kompliment auf.
»Manchmal bin ich gar nicht so übel«, sagte ich.
Die Grashüpferin beugte sich vor. Ihre Facettenaugen blickten mich geradewegs an. »Aber was wird das alte Krötchen davon abhalten, eines Tages zurückzukommen?«
Das war eine gute Frage, aber ich wusste es besser. »Du hast nicht den Ausdruck auf dem Gesicht dieser Kreatur gesehen, Wilma. Sonst wüsstest du 's. Sie *wird* nicht zurückkommen.«
»Und das bringt uns zurück zu der Frage, was in dem Busch war«, sagte die Grashüpferin.
Ich schwieg. Ich schätze, ich hätte es Wilma erzählen können. Einige Minuten hatte ich in die Tiefen des Busches gestarrt. Keine Regung, nichts war zu sehen gewesen, und doch konnte ich das Gefühl nicht loswerden, dass irgendwas darin war. Irgendwas *anderes*. Irgendwas, das man normalerweise in einem Garten wie unserm nicht finden würde, und es starrte mir nach. Es war schwer zu erklären, bloß ein Angstkribbeln in meinen Fühlern, aber ich habe gelernt, dass es nur zwei Sorten von Käfern gibt, die solche Gefühle ignorieren: dumme und tote. Ich hätte Wilma von dem Gedanken erzählen können, der mir in den Sinn

gekommen war: dass ich Recht gehabt hatte; der Tod *war* an diesem Nachmittag im Garten, aber schließlich und endlich nicht in Gestalt einer Kröte. Er versteckte sich im Schatten eines Chrysanthemenbusches. Er wartete darin auf mich. Nur wollte ich nicht mitspielen.

Ja, ich hätte Wilma das alles erzählen können, aber wer will schon so einem Gerede zuhören, wenn man sich bei ein paar Drinks entspannen soll? Ich zuckte bloß mit den Achseln.

Wilma ließ die Sache nicht auf sich beruhen. »Du bist doch im Innersten nicht wirklich so gleichgültig ... stimmt's, Wanze?«

Was sollte ich sagen? In meiner Branche fangen clevere Burschen nicht an, sich für einen Fall zu interessieren, bis sie dafür bezahlt werden. Das mag alles nicht so schön sein, aber wer sagt, dass die Wahrheit immer in rosa Seidenpapier verpackt sein muss?

Wie sich herausstellte, brauchte ich nichts zu sagen, denn Dixie, der Nacktschneck, hatte sich in die Mitte des Klubs vorgeschleimt. Jeder gab Acht, nicht in die silbrig glänzende Spur hinter ihm zu treten.

Die Menge wurde still und Dixie läutete die Abendunterhaltung ein. Wenn *Kampf-Nacht* war, wurde der Bühnenbereich für den Abend mit einem Seil abgesperrt. Krabbler von überall aus dem Garten drängten sich um den Ring. Die Kellner sausten hektisch herum und versuchten alle Bestellungen aufzunehmen. Sie arbeiteten schnell – wenn *Kampf-Nacht* war, konnte die Menge unangenehm werden.

»Ladiiiieeees und Geeeentlemen!«, sagte Dixie an. »Willkommen zur *Kampf-Nacht*!«

Es gab einiges Gejohle von einem Haufen Schnellkäfer, die sich wie die Rowdys aufführten, aber die zum harten Kern gehörenden Kampf-Fans verhielten sich still. Sie blieben während der gesamten Wettkampferöffnung ruhig: Zwei winzige Springschwänze hopsten und sprangen wie Besessene im Ring herum, ohne einander richtig zu berühren. Es endete unentschieden und die beiden hopsten davon, um zusammen einen Drink zu nehmen, als ob sie die besten Kumpel wären.

Während wir auf den nächsten Kampf warteten, erkundigte ich mich bei Wilma nach der Nachrichten-Story, an der sie gerade arbeitete.

»Es ist ein Hintergrund-Bericht über die Menschen im Haus«, erklärte sie und versuchte, einen Anflug von Begeisterung für das Thema vorzutäuschen. »Ein paar neue sind aufgekreuzt. Wir vermuten, sie besuchen den Mann im Haus.« Am liebsten hätte ich darüber einen geistreichen Witz gemacht. Ich ließ es lieber bleiben, aber ich konnte ein Lachen nicht unterdrücken.

»Was ist so lustig?«, wollte die Grashüpferin wissen.

Ich wollte meine Freundin, die eine prima Reporterin ist, nicht kränken, deshalb wählte ich meine Worte mit Vorsicht. »Jedes Mal, wenn die Nachrichtenlage flau ist, verlangt dein Redakteur einen Bericht über Menschen. Du weißt schon, wie sie wirklich sind, ob sie genau wie wir Gedanken und Gefühle haben. Dieser ganze Quatsch.« Ich schätze, ziemlich viele Insekten interessieren sich für so ein Zeug, besonders solche, die in der Nähe des Hauses leben. Beobachtungsstorys über Menschen sind in den Nachrichten immer gefragt, aber ich habe kein Interesse daran. Menschen sind mir immer ein Rätsel gewesen und von mir aus können sie das gern bleiben.

»Okay, okay«, räumte Wilma ein. »Ich werde damit nicht die Mega-Story landen. Ich schätze, die Nachrichtenlage ist immer flau, wenn der Erste Mai heranrückt.«

Ich nickte. Wie jeder zählte auch ich die Tage bis zum Ersten Mai. Im Garten war das der höchste

Feiertag des Jahres. Es war die einzige Unterbrechung in der alltäglichen Plackerei, am Leben zu bleiben. Wenn die Tage wärmer und wärmer wurden, schien ein jeder auf den Ersten Mai zu warten. Im Ring kündigte eine pummelige kleine Schafslausfliege jetzt das Gewicht der nächsten beiden Kämpfer an. Es war der Glanzpunkt des Abends, ein Kampf zwischen zwei Hirschkäfern. Der Titelverteidiger war ein Einheimischer. Der Herausforderer, ein Käfer namens Elch, kam aus einem anderen Garten.

»Also, *das* ist aber ein dicker Brummer«, sagte Wilma, als sie den Herausforderer sah. »Warum sollte irgendein Insekt so verrückt sein, mit ihm in den Ring zu steigen, geschweige denn, gegen ihn zu kämpfen?«

Ich hätte zugestimmt, nur war dies nicht das erste Mal, dass ich den alten Elch zu Gesicht bekam. Ich kannte ihn noch von früher. »Ich geb ihm etwa zwanzig Sekunden in der ersten Runde, bis er zu Boden geht«, sagte ich.

Wilma war nicht überzeugt. »Das Einzige, was *den* stoppen könnte, ist ein Wald voll Ameisensoldaten.«

Ich zeigte auf ein mageres Silberfischchen in der Nähe des Rings. Ein Pulk von Insekten umringte

den Kerl, alle rempelten, um dichter an ihn heranzukommen. »Siehst du den Typ da?«, sagte ich. »Er wird *der Glatte Piet* genannt und er macht seinem Namen alle Ehre. Er nimmt Wetten auf den bevorstehenden Kampf an. Elch ist sein Mann.«
Wilmas schlanke Fühler zuckten. Sie witterten eine Story. »Ich verstehe«, sagte sie. »Ein Haufen kleiner Wetter setzt seine Einsätze auf Elch, und dann geht das Schwergewicht zu Boden.«
Ich lächelte. Wilma begriff schnell. »Du hast es erfasst. Dann räumt das Silberfischchen ab. Eine saubere kleine Masche.«
Eine Schmeißfliege läutete die Glocke zur ersten Runde und die beiden wuchtigen Käfer hoben die Fäuste. Der Kampf begann langsam, mit einer Menge Scheinangriffen und ohne viel Bewegung. Hirschkäfer sind nicht gerade schnell. In ihren Kämpfen geht es nur um Größe und Kraft. Jeder versucht, den Gegner mit seinen Zangen zu umklammern, ihn hochzuheben und auf den Rücken zu werfen.
Beide Kämpfer machten versuchsweise ein paar Bewegungen mit ihren riesigen Geweihzangen, aber keiner von ihnen bekam so was wie einen Griff hin. »Faszinierend«, murmelte Wilma trocken. »Nächs-

tes Mal bleib ich zu Hause und guck mir an, wie das Gras wächst.«

Ich grinste. »Was willst du damit sagen? Das ist die noble Art. Ich liebe das!«

Wilma schnaubte. »Ja, richtig! Hast du nicht gerade gesagt, der Kampf sei manipuliert? Ist *das* nobel?«

»Ich hab nicht übers Boxen gesprochen«, sagte ich. »Ich meinte die noble Art, die Masche aufzuziehen. Das ist es, was mich interessiert. Ansonsten sind das bloß zwei Käfer mit viel Muskeln und wenig Grips, die sich kloppen.«

Wilma nahm einen Schluck von ihrem Honigtau. »Du weißt wirklich, wie man ein Mädchen ausführt, Wanze«, sagte sie.

Ich sah mir die Handlung im Ring nicht mal an. Ich behielt den Glatten Piet im Auge, insbesondere die langen borstenartigen Fühler, die Silberfischchen hinten haben.

»Behalt den Schwanz von dem kleinen Schmierlapp im Auge«, sagte ich zu Wilma. »Wenn Piet seine Methode nicht geändert hat, kannst du genau sehen, wann er ein krummes Ding dreht. Sein Schwanz fängt dann irgendwie leicht zu kreisen an. Ein todsicheres Indiz.«

Tatsächlich! In der Hälfte der ersten Runde er-

hoben sich die Fühler am Schwanz des Silberfischchens und drehten sich. Die Bewegung war so leicht, dass man sie niemals bemerkt hätte, wenn man nicht danach Ausschau gehalten hätte.
»Da! Gleich gibt er ein Zeichen«, murmelte ich und ich hatte Recht. Kurze Zeit später nickte das kleine Silberfischchen dem guten alten Elch unmerklich zu. Gleich darauf wurde der große Käfer sogar noch langsamer. Seine schauspielerische Leistung war nicht besser geworden, seit ich ihn das letzte Mal im Ring gesehen hatte. Er ließ seine Deckung fallen und setzte sich dem Angriff schutzlos aus. Jetzt würde sein Gegner keine Schwierigkeiten haben, den oberen Teil von Elchs Körper zu umfassen und ihn aus dem Ring zu werfen. Die Masche erschien mir sonnenklar – ungefähr so sonnenklar wie die berühmte Antwort auf die Frage der Pilzmücke. (Ihr wisst schon, die Pilzmücke will wissen, warum sie niemand mag. Die Antwort ist: *Natürlich* mag sie niemand. Sie ist schließlich eine Pilzmücke, oder nicht?)
Kaum einer von den anderen kleinen Wettern schien was zu merken, außer Wilma, aber schließlich hat Wilma mehr drauf als das Durchschnittsinsekt. Der Titelverteidiger hatte Elch jetzt in die

Luft gehoben. Der Kampf war fast vorüber und die Menge drehte durch.

In dem Moment zerriss der Schrei eines Nicht-Insekts die Luft, und jetzt wurde es wirklich verrückt.

3 Nur ein paar Augenblicke konnte man das Trommeln von Füßen über dem Geräusch des Regens draußen hören, dann brach ein riesiges Geschöpf durch die Reihe von Rhabarberstängeln, die eine der Wände von Dixies Bar bildeten. Es war ein Igel – in seinen besten Zeiten ein recht gefährlicher Zeitgenosse, aber jetzt sah er wüst aus. Sein Rachen schnappte wie wahnsinnig nach Luft.

Ich erzähl euch mal was über Igel: Sie sind nicht wählerisch bei dem, was sie fressen. In der Bude war der Teufel los. Allenthalben eilten Krabbler davon, um aus der Bahn der wild gewordenen Kreatur zu kommen. Insekten, die fliegen konnten, machten sich durch die Luft davon, aber es gab nicht genug Platz in der überfüllten Bar und viele von ihnen knallten in kräftigen Freiluft-Zusammenstößen gegeneinander. Es gab eine Menge Geschiebe und Geschubse und bald war Wilma nicht mehr an meiner Seite. Ich war nicht allzu besorgt. Sie hatte schon reichlich in der Patsche gesessen und kam allein zurecht.

Ich machte mir eher Sorgen um Elch. Kurz bevor der Igel in den Klub gekracht war – ohne Einladung, sollte ich vielleicht hinzufügen –, hatte der andere Hirschkäfer Elch auf den Rücken geschmissen. Jetzt konnte sich der dicke Brummer aus eigener Kraft nicht wieder aufrichten. Natürlich war der Glatte Piet nirgendwo zu entdecken und der wahnsinnige Igel steuerte direkt auf den hilflosen Käfer im Ring zu.

Denkt bloß nicht, was ich als Nächstes getan habe, war irgendwie heldenhaft. Elch war nie ein richtiger Freund, obgleich ich ihn nicht als Feind bezeichnen würde; wir kannten uns mehr oder weniger von früher, das ist alles. Vielleicht war ich nur zur rechten Zeit am rechten Ort. Wie auch immer, ich stürzte vorwärts und bekam den Deckflügel des großen Kerls zu fassen. So schnell ich konnte, begann ich, ihn zurückzuziehen. Es war nicht leicht. Wie Wilma schon sagte, Elch war wirklich ein ganz schön dicker Brummer.

Ich versuchte, nicht aufzublicken, denn ich wusste, was ich dann zu Gesicht bekommen würde. Der Igel machte wirklich einen Höllenlärm. Ich spürte, wie sein heißer Säugetieratem gleich einem wütenden Wirbelwind durch den Klub fegte. Ich zog kräftiger, wobei ich mich fragte, wieso Elch eigentlich nie daran gedacht hatte, auf sein Gewicht zu achten.
Regenwellen stürzten jetzt durch die niedergerissene Wand. Der Igel überragte uns wie ein Turm. Ich zog ein letztes Mal und riss den Hirschkäfer im allerletzten Moment weg, bevor der Kopf des Igels aufschlug. Sein zitternder Rachen war Millimeter von Elch entfernt. Die Augen des Säugetiers starrten glasig vor sich hin.
Elch bewegte sich unter meinem Griff. »He, Wanze!«, sagte der Hirschkäfer ein wenig schleppend. »Schön, dich zu sehn.«
Leicht war es nicht, aber mit einem Ruck brachte ich Elch wieder in die richtige Position. Wir zwei standen einfach da und warteten, dass sich die lärmende Panik lösen würde, die alle ringsherum mit eisernem Griff gepackt hielt. Es dauerte eine Weile. Selbst nach ein paar Minuten war das Chaos noch immer Ehrengast in Dixies Bar. Keiner wusste, was eigentlich los war, und eine Menge Krabbler schrien und rannten im Kreis herum. Vielleicht

fühlten sie sich so besser. Dixie tat sein Bestes, um jeden Einzelnen zu beruhigen, aber kaum einer schenkte dem Nacktschneck Aufmerksamkeit. Die meisten hörten nicht auf, sich auf das Naheliegende zu konzentrieren und weiterzuschreien und im Kreis herumzurennen.

Der Igel hatte die längste Zeit gelebt. Ich weinte ihm keine Träne nach – zu viele Igel hatten mich zu oft beinahe aufgemampft. Aber, he, bei diesem hier konnte ich großherzig sein. Ich hoffte, dass er in den Igel-Himmel gekommen war, oder wo auch immer diese käferkauenden, stachelrückigen Säugetiere hinkommen, wenn sie sterben.

»Ich war schon auf einer Menge heißer Partys bei Dixie«, sagte ich, »aber ich hab noch nie einen wie den hier so einfach ohne Einladung reinplatzen sehen.« Ich nickte zu dem bewegungslos daliegenden Igel hinüber. »Was er sich wohl dabei gedacht hat?«

Elch fehlte mein natürliches Interesse an der inneren Arbeitsweise des Igelhirns. Er war zu sehr damit beschäftigt, das allgemeine Chaos zu beobachten. »Genau wie in den alten Zeiten, was, Wanze«, sagte der dicke Brummer anerkennend.

»Ja.« Das war ungefähr so ausgiebig, wie ich die guten alten Zeiten besprechen wollte. Aber dann besiegte mich die Neugierde doch.

»Du arbeitest also noch mit Piet?«, fragte ich. Ich war nicht überrascht, dass das widerliche Silberfischchen noch nicht wieder aufgetaucht war. Ich wette, der Kerl war beim ersten Anzeichen von Gefahr durch einen Spalt davongekrochen.

Der Hirschkäfer zuckte die Achseln. »Ja, aber wir ziehen die Kampf-Masche derzeit nicht so oft ab. Nicht wie sonst. Weißt du, Slade hat ein paar große Pläne für die Bande.«

Allein das Wort ließ mich erstarren. Slade. Ein Name, den ich lange Zeit nicht gehört hatte. Wenn 's nach mir gegangen wäre, hätte es noch viel länger dauern können. Ich schwieg. Elch war nicht gerade ein Schlaumeier, aber selbst er empfing die Schwingungen.

»Ich dachte, du und Slade wart Kumpel?«, sagte er. Ich nickte schnell. »*Waren.*« Viel mehr gab es dazu nicht zu sagen.

Ich hatte den Kakerlak, der unter dem Namen Slade bekannt war, ewig nicht gesehen. Klar, ich hörte hin und wieder Neuigkeiten über ihn. Es war schwer zu vermeiden. Slade war jetzt eine große Nummer im Haus. Wenn er sagte, »spring!«, sprangen eine Menge Krabbler.

Die Sache war nur, dass die Tage vorbei waren, in denen ich auf Befehl eines anderen Insekts gesprun-

gen war. Das ist das Schöne, wenn man selbstständig ist.
Ich guckte über die Spitze von Elchs wuchtigem Panzer und stellte fest, dass es Dixie fertig gebracht hatte, wieder so was wie Ordnung im Klub herzustellen. Ich erspähte Wilma drüben beim Eingang im Gespräch mit den Rausschmeißern. Ich musste lächeln. Wahrscheinlich befragte sie gerade die beiden Lederjacken, was sie von dem Igel mitgekriegt hatten. Diese Wilma ist durch und durch Reporterin, von der Fühlerspitze bis zum Ende ihres Hinterleibs.
»Mann, ich würde gern noch ein bisschen weiter mit dir über die alten Zeiten quatschen, Elch«, sagte ich, »aber ich schätze, ich sollte hier mit anpacken.«
Der Hirschkäfer sah sich ebenfalls um. »Ja, ja ... weißt du, ich müsste auch Piet suchen.« Es hatte keinen Sinn, dem Schwergewicht zu erzählen, dass der Glatte Piet mittlerweile wohl wieder beim Haus war und sich ganz kuschelig in einem dunklen kleinen Loch in der Wand eingerollt hatte.
Elch schob schwerfällig in die Menge ab, doch dann legte er eine Pause ein und sah sich um.
»He, Wanze?«
»Ja?«

»Danke ... für ... du weißt schon ...«
»Ja.«
»Und Wanze?«
»Ja?«
»Willst du, dass ich Slade was ausrichte? Eine Nachricht oder so?«
Ich dachte einen Augenblick nach. Mir kam tatsächlich eine Nachricht in den Sinn, aber ich tadelte mich selbst, dass ich so schmutzige Wörter im Kopf hatte. Ich dachte noch einen kurzen Augenblick nach, dann sagte ich: »Bestell Slade, dass die Wanze sagt ... bestell ihm einfach, dass es der Grünen Blattlaus gut geht. Okay?«
Elch gelang es nicht gerade blendend, seine Verwirrung zu verbergen. »Ist mir nicht klar, Wanze.«
Ich lächelte geduldig. Elch war einer von den Typen, die dazu verdammt waren, ohne viel Durchblick durchs Leben zu stolpern.
»Schon okay«, sagte ich. »Slade wird's verstehen.«
Ich drehte mich um und bahnte mir einen Weg durch die Menge. Es dauerte eine Weile, aber schließlich schaffte ich es, mich zu Dixie durchzuschieben. Ich hatte den fetten Nacktschneck schon in besserer Verfassung gesehen. Er sah aus, als wenn man ihm eben eine Salzdusche verabreicht hätte.

»Wie geht's, Dix?«, erkundigte ich mich.

»Toll«, antwortete der Nacktschneck bitter. »Wenn man bedenkt, dass ein wahnsinniges Säugetier gerade den Klub demoliert hat und um ein Haar die zahlenden Gäste zerquetscht hätte, trifft das den Nagel auf den Kopf.«

Ich versuchte gerade, mich auf eine passende, mitfühlende Zeile zu besinnen, als eine von Dixies Kellnerinnen geschäftig herbeieilte. »Äh, Dixie, da ist jemand«, sagte die Ohrwurm-Kellnerin. »Eine Überlebende – die Einzige, die wir gefunden haben. Wir wissen nicht recht, was wir mit ihr machen sollen ...«

Dixie und ich blickten nach unten. Hinter der Ohrwurm-Kellnerin stand ein Floh. Die Kleine war nicht sehr alt und sie sah verwirrt aus. Plötzlich schnallte ich, woher sie gekommen war – vom Igel. Dixie ist ein ausgebufftes Geschäftsinsekt, aber manche Situationen fallen nicht in seinen Bereich. Der Nacktschneck bot mir einen flehenden Gesichtsausdruck und ich fiel wie ein Schwachkopf darauf rein.

Ich verfiel in meine netteste kinderfreundliche Stimme. »Wie geht's, Kleine?«, fragte ich und versuchte, den lieben Onkel Käfer oder so was zu markieren.

Es war nicht gerade eine schwierige Frage, aber von dem Floh kam keine Antwort. Die Augen der Kleinen schienen auf etwas weit hinter mir gerichtet zu sein. Ich versuchte es wieder. »Was guckst du dir an?«

Flöhe können nicht gut sehen – in dem Wald von Haaren auf dem Körper eines Wirtstiers brauchen sie das nicht –, aber diese Kleine starrte einfach weiter in die Ferne.

Ich probierte es noch mal. »Ich schätze, du warst auf dem Igel, was? Was ist passiert? Was hast du gesehen?«

Eine Sekunde lang dachte ich, die Kleine schaute in meine Richtung, aber dann trieb ihr Blick wieder ab. Ich wurde das Spiel langsam leid. »Hör mal zu, Kleine, wenn du den Weg nach Hause finden willst, solltest du lieber vernünftig werden und anfangen zu reden.«

In diesem Moment bemerkte ich ein anderes Insekt an meiner Seite. Wilma. »Du hast wirklich ein feines, sensibles Einfühlungsvermögen für Krabbler, die unter Schock stehen«, sagte die Grashüpferin. Ich hatte keine Ahnung, worauf sie hinauswollte.

»Ich kümmere mich um sie«, sagte Wilma flink. Sie führte den winzigen Floh in eine Ecke und begann, leise mit der Kleinen zu reden.

Mittlerweile hatte sich eine bunt zusammengewürfelte Insektenschar zu Dixie vorgeschoben. Wie ich schon sagte, wenn *Kampf-Nacht* ist, hat man ein unkultiviertes Volk da, und dieser Haufen sah nicht gerade fröhlich aus. Die Typen scharten sich um den Nacktschneck, sprangen auf und nieder und redeten so einen Stuss wie:

»Was wirst du gegen den Igel unternehmen?«

Und:

»Wie kannst du garantieren, dass so was nicht noch mal passiert, hä?«

Und:

»Du weißt doch, es ist bald Erster Mai.«

Während Dixie sein Bestes tat, um die Schar davon abzuhalten, ein wütender Mob zu werden, hopste Wilma mit dem Floh wieder zu uns herüber. Die kleine Schar verstummte. Wilma kann so eine Wirkung haben.

»Sie kann sich an nichts erinnern«, verkündete die Grashüpferin. »Sagt, ihr Name sei Netta.«

»Ich dachte, du sagtest, sie kann sich an *nichts* erinnern?«, sagte ich.

»Sie kann sich an nichts erinnern, was heute Abend passiert ist, du Schlaukopf.«

Der Floh hatte immer noch diesen Mitleid erregenden, irgendwie benommenen Blick. Die Kleine bot der Menge, wonach sie gesucht hatte: ein Ventil für ihre aufgestauten Emotionen. Zunächst waren die Typen das Mitleid selbst:

»Ach, seht doch nur.«

»Arme kleine Göre.«

»Ich wette, sie war noch nie zuvor von ihrem Wirtstier getrennt.«

Aber, wie sich solche Situationen manchmal entwickeln, allmählich steigerten sich ihre Kommentare und wurden schroffer:

»Also, was wirst du jetzt unternehmen, Dixie?«

»Was ist mit den Freunden von dem armen Kind?«

»Ja. Einer muss ihr helfen, die anderen Flöhe zu finden, die auf dem Igel waren.«

»Es ist in deinem Klub passiert, Dixie, also trägst du die Verantwortung.«

Die Menge war dabei, Terror zu machen. Das sah nicht gut aus. Der schleimige Mund des Nacktschnecks arbeitete schweigend. Ich wusste, sein Kopf steckte voller Berechnungen. Dixie gibt nicht gern Geld aus, aber er ist clever genug, um zu wissen, dass man manchmal keine Wahl hat. Eben rechnete der fette Nacktschneck aus, dass das Geld gut angelegt wäre, wenn er damit einen Krawall in seinem Klub verhindern konnte.

»Okay, okay«, rief er verdrießlich. »Ich sorg dafür, dass sie nach Hause kommt.« Er wandte sich mir zu. »Wanze, du erledigst doch den Job?«
Ich fühlte, wie sich die durchdringenden Blicke vieler Krabbler in mich bohrten, aber der Anblick des hilflosen kleinen Flohs erfüllte mich nicht gerade mit Begeisterung.
»Tut mir Leid, Dix. Ich bin Privatdetektiv, kein Babysitter.«
Aber Dixie hätte es nicht so weit gebracht, wenn er kein cleverer Geschäftsmann wäre. »Ich zahl dir das Doppelte von deinem üblichen Honorar«, sagte er eindringlich.
Bingo. Solche Worte erfüllen mein Herz mit Gedanken von rückgratloser Nächstenliebe. Ich sah zu Netta hinunter. »Komm schon, Kleines«, sagte ich. »So ein Laden ist kein Platz für einen jungen Floh wie dich.«
Netta, der Floh, sagte nichts.

4 Als wir zu meinem Büro kamen, war alles anders. Ich hatte begonnen, mich nach der guten alten Zeit zurückzusehnen, als Netta noch kein Wort gesagt hatte.

Nicht lange, nachdem wir Dixies Bar verlassen hatten, hatte sie nämlich angefangen zu reden, und jetzt wollte die Kleine nicht mehr aufhören. Ich kann nicht sagen, dass ich jemals mit vielen Flöhen zusammen gewesen wäre, aber ich hatte genug über sie gehört. Soviel ich wusste, waren sie in zwei Dingen gut: springen und reden. Netta sprang nicht besonders viel, aber dafür war sie eins a im Reden.

Für sie war es das erste Mal, dass sie von ihrem

Wirtstier weg war, und das hatte die kleine Parasitin schwindelig vor Aufregung gemacht. Mit offenem Mund staunte sie alles an und redete darüber ohne Unterbrechung, und das sehr ausführlich: »Was ist dies?« »Was ist das?« »Das hab ich noch nie gesehen.« »Oh!« »Ah!« – und dergleichen. Sie schien nicht allzu betroffen, in der großen, unzivilisierten Welt ganz auf sich allein gestellt zu sein. Es war wie ein wunderbares großes Abenteuer für sie. Die arme Kleine wusste es ja nicht besser.

Gerade eben sagte sie: »Ich möchte Ihnen keine Umstände machen, Wanze – ich meine, Mister Muldoon –, aber ich glaube, ich werde ein bisschen hungrig, es ist schon eine Weile her, seitdem ich einen Bissen zu mir genommen habe, wissen Sie ...« Und so weiter. Ihr könnt es euch vorstellen.

Ich sah mich im Büro um. Wie üblich lag nicht viel Essbares herum. »Ich nehme nicht an, dass etwas Ligusterblatt der Hit wäre?«

Ihr feines Gekicher sprang um die Stängel-Wände meines Büros. »Oh, der ist gut! Ja, sehr witzig, Wanze, Verzeihung, Mister Muldoon. Ist das in Ordnung, wenn ich Sie trotzdem Wanze nenne? Ich bin einfach so aufgeregt, wissen Sie, ich bin vorher noch nie auf Landurlaub gewesen. Ist eigentlich schon ein bisschen verrückt. Und nein, um Ihre Frage zu beantworten. Ich fürchte, ich könnte kein Blatt essen. Ich steh auf Blut, wissen Sie, ein Tropfen von dem alten Dick & Rot, so nennen wir 's gewöhnlich daheim auf dem ...«

Sie schwieg so plötzlich wie eine Stechmücke die Windschutzscheibe eines Autos trifft. Ich genoss einen Moment die Stille, dann fragte ich: »Daheim worauf? Auf dem Igel?«

Es war, wie wenn man einen Schalthebel herumwirft: *KLICK!* Nettas Visage bekam wieder diesen verschwommenen, fernen Blick.

»Äh ... ich ... ich ... erinnere mich nicht«, sagte sie schließlich.

Es war schwer zu glauben. »Du kannst dich an *nichts* erinnern, was heute Abend passiert ist?«

»Nein«, sagte sie mit hohler Stimme. Es war eine von diesen verlorenen kleinen Stimmen, die einen sagen lassen wollen: »Keine Angst, es wird alles gut«, oder sonst so eine Lüge. Nennt mich ein Weichei – ich sagte es.

Aber dann machte Netta alles zunichte, indem sie wieder munter wurde und lachte. »Ist das nicht merkwürdig, Mister Mul..., huch, ist das nicht merkwürdig, Wanze? Ich meine, ich kann mich an meinen Namen erinnern und alles. Ich heiße Netta. Sehen Sie? Ich hab es Ihnen erzählt! Ich kann mich daran erinnern, dass ich auf einer Katze aufgewachsen bin. Tolles, dickes Fell mit Schildpattzeichnung hatte sie. Dann verbrachte ich ein paar Monate auf einem Eichhörnchen, aber ich hab mich oben in den Bäumen nie wirklich zu Hause gefühlt und die ganzen Nüsse geben dem Blut einen komischen Nachgeschmack. Also bin ich auf den Igel umgezogen, übrigens erst vor kurzem. Seitdem war ich die ganze Zeit auf diesem Schiff, aber ...«

Sie sah sich verdutzt um.

»Aber jetzt nicht mehr.« Ich dachte, ich sollte ihr die Nachricht lieber behutsam mitteilen. »Weil der Igel eine Leiche ist. Tot. Und du hast keine Ahnung, wie das passiert ist?«

Ihr leerer Gesichtsausdruck sprach Bände. Das würde nicht so einfach werden, wie ich gedacht hatte. Netta war die einzige Überlebende, die man gefunden hatte, aber ich wusste, sie war nicht allein auf dem Igel gewesen. Flöhe reisen nie allein. Ihre Freunde mussten vor ihr von Bord gesprungen sein. Aber wann? Und wo?

Das Wetter arbeitete gegen uns. Normalerweise hätte ich einfach die Igelspuren zurückverfolgt, aber der Regen hatte sie mittlerweile zu Schlamm werden lassen. Nein, wenn wir Netta wieder mit ihren Freunden zusammenbringen wollten, musste sie anfangen, sich an irgendwas, von dem, was passiert war, zu erinnern.

Aber dieser Floh würde sich ohne ein wenig Nachhilfe an *gar nichts* erinnern. Nun, das war okay – ich wusste genau, wo wir fachkundige Hilfe bekommen konnten.

»Ruh dich ein bisschen aus«, sagte ich zu dem Floh. Ich deutete auf das Blatt in der Ecke. »Du nimmst das Bett. Ich werde es mir hier gemütlich machen. Morgen haben wir eine lange Reise vor uns.«

»Wohin gehen wir?« Ich sah, wie Aufregung und Angst um die Macht über Nettas Verstand kämpften.

Ich lehnte mich an eine Eichel und versuchte, es mir gemütlich zu machen. »Wir werden einen Überflieger besuchen«, sagte ich. »Gute Nacht.«

Ich tat in dieser Nacht kaum ein Auge zu und es war nicht nur die blöde Eichel, die mich wach hielt. Etwas, das Wilma gesagt hatte, schepperte weiter in meinem Kopf herum wie ein Springschwanz in einem Blecheimer. Kurz bevor ich Dixies Bar mit Netta im Schlepptau verlassen hatte, war Wilma zu mir rübergehopst.

»Hör mal, Wanze.« Die Stimme der Grashüpferin war leise und eindringlich. Sie warf einen schnellen Blick hinunter auf den Floh an meiner Seite, um sicher zu gehen, dass die Kleine nicht zuhörte. »Das ist eine große Story. Ich *fühl* es. Ich weiß nicht genau, warum – es ist einfach ein instinktives Gefühl und manchmal ist das alles, was man hat, um weiterzumachen. Aber eins weiß ich genau – ich hab nie zuvor einen Igel wie diesen hier ausrasten sehen. Es ergibt keinen Sinn. Es sei denn ...« Sie sah durch die eingestürzten Wände ins Freie, als ob dort immer noch etwas sein könnte, was sich draußen im Regen versteckte.

»Aber wer könnte einem Igel *so was* antun?«, fragte sie sich laut. »Eine Gartenschlange?«

Ich schüttelte den Kopf. »Seit Jahren war keine Schlange mehr im Garten.«

»Was dann, Wanze?«

Wenn ich eine Pause eingelegt hätte, um nachzudenken, hätte ich meine Worte vorsichtiger gewählt. Ich hätte bemerkt, dass dies einer der Augenblicke war, in denen Wilmas Weltanschauung mit meiner zusammenkrachte. Meine Freundin suchte die Wahrheit, ich wollte im Leben einfach nur über die Runden kommen. Ich hätte behutsam vorgehen sollen.

Ja, hätte …

»Was ich denke?«, sagte ich. Ich nickte zu dem jungen Floh hinunter. »Ich denke, ich muss mich um diesen Job kümmern und dann ein hübsches, fettes Honorar von Dixie einstreichen. Ich sehe nicht, dass der Rest der Angelegenheit mich irgendwas angeht.«

Klar, ein Teil von mir fragte sich, was mit dem Igel passiert war. Aber, wie ich euch schon sagte, in meiner Branche folgen clevere Burschen ihrer Neugierde nur, wenn Bargeld winkt; andernfalls halten wir unsere Fühler aus der Angelegenheit raus. Wilma war da anders: Sie brannte vor Neugierde.

»Nun, dann werde ich dafür sorgen, dass es *mich* etwas angeht«, sagte sie mit einem ihrer entschlossenen Blicke. »Ich finde schon heraus, was hier los ist. Die Garten-Öffentlichkeit hat ein Recht, es zu erfahren.«

Ich verschwendete meinen Atem nicht, um ihr zu sagen, sie solle vorsichtig sein. Vorsichtig zu sein gehört in Wilmas Branche zum A und O, und das Letzte, was ich möchte, ist ihre Professionalität beleidigen. Wilma ist ein patentes Mädchen, sie weiß, was Sache ist.

Die Grashüpferin beugte sich vor. »Tu mir einen

Gefallen, Wanze. Kümmere dich um diesen Job für Dixie, finde heraus, wo die anderen Flöhe sind ...«

Ihre großen Augen fixierten mich wieder. »Aber wenn du Nettas Freunde findest, wirst du wahrscheinlich etwas darüber herausfinden, was heute Abend passiert ist. In diesem Fall, lass es mich wissen – das ist alles, worum ich dich bitte.«

Das waren die letzten Worte, die Wilma zu mir sagte.

Als sie in die Nacht davonhopste, konnte ich nicht umhin, mich zu fragen, ob ihre Stimme nicht einen Unterton enthalten hatte, den ich sonst nicht bemerkte. Enttäuschung? Was hatte sie mich früher am Abend gefragt? War ich wirklich allem gegenüber so gleichgültig? Das war eine harte Nuss und keine Lösung in Sicht. Aber Stunden später lag ich da und hörte mitten in der Nacht einem winzigen Floh zu, der sich in den Schlaf quasselte. Ich fragte mich, warum ich das Gefühl hatte, dass Wilma möglicherweise etwas vorhatte. Vielleicht war im Garten etwas ganz und gar nicht in Ordnung? In den frühen Morgenstunden schlief ich endlich ein und träumte dauernd von zuschnappenden Kiefern und dem kalten, unverwandten Starren von etwas, das in den Chrysanthemen lauerte.

Früh am nächsten Morgen machten Netta und ich uns auf den Weg. Ich meine nicht bei Tagesanbruch, aber die Sonne stand viel niedriger im Osten, als ich sie normalerweise zu sehen bekomme. Es war kein einladender Anblick, aber ich wollte mich um diesen Job kümmern und am Ende des Vormittags damit fertig sein.

Netta konnte kaum erwarten, dass es losging. Falls sie Angst davor hatte, im Freien zu sein, zeigte sie es nicht. Aufgeregt hopste sie auf ihren riesigen Hinterbeinen auf und nieder. »Alles sieht so anders aus, Wanze, wenn man nicht an Bord ist, meine ich, und durch all diese Haare guckt. Ich hätte nie gedacht ...« Sie redete weiter solches Zeug, jede Menge davon.

Wir steuerten in Richtung Süden durch den Garten. Jedes Mal, wenn ich zum Himmel hinaufsah, stieß Netta hervor: »Hübsch, nicht wahr? All das Blau. Ich finde, das ist herrlich, und die frische Luft? Ach, du liebe Zeit!«

Ich sagte ihr nicht, dass ich nach Vögeln Ausschau hielt, die ihren Hunger vielleicht noch nicht mit Morgenwürmern gestillt hatten. Ich wollte mir den Tag nicht verderben, indem ich noch vor dem Frühstück verschluckt wurde.

Wie sich herausstellte, sah ich keine Vögel, aber es

gab etwas Ungewöhnliches im Garten. Ein Mensch war drüben auf der Ostseite des Rasens. Es war ein ziemlicher Umweg für uns, aber ich vergewisserte mich, dass wir uns so dicht wie möglich an der Westgrenze hielten.

Es ist schwer, etwas so Enormes wie einen Menschen zu erfassen, aber ich tat mein Bestes, um diesen hier im Auge zu behalten. Er hockte sich hin und besah sich das Gras. Er hielt irgendwas in der Hand, aber ich hatte keine Ahnung, was. Mit Menschen kenne ich mich nicht besonders aus, aber ich war sicher, dieser hier war jung. Nicht, dass das wirklich eine Rolle gespielt hätte. Es ist nicht so, dass junge Menschen ganz anders aussehen als erwachsene. Sie machen keine Metamorphose durch, nicht mal teilweise. Soweit ich weiß, streifen sie ihre Haut nicht ab, obwohl einige von ihnen dieses Haarzeug ganz oben auf dem Kopf verlieren.

Etwas begreife ich nicht an den Menschen: Sie haben *innen* all ihre starken, schützenden Knochen und *außen* eine Menge weiches, wabbeliges Zeug. Was ist das für eine Anordnung? Nach meinem Dafürhalten ergibt das nicht viel Sinn. Allerdings, wenn ich ehrlich bin, verschwendete ich in dieser Angelegenheit nicht gerade massenhaft Gedanken. Für mich war der Mensch im Garten nicht mehr als ein Anlass zu milder Neugierde. Für Netta war er etwas anderes: Ein herrlich großer Blutbeutel. Ein riesiger Behälter, voll mit dem alten Dick & Rot. Sie konnte nicht besonders gut sehen, aber selbst auf diese Entfernung konnte sie den Geruch des Menschen wahrnehmen.

»Ach, wissen Sie, ich werde jetzt wirklich sehr hungrig«, plapperte Netta. »Wenn wir rüberhopsten, könnte ich vielleicht schnell einen Bissen zu mir nehmen? Sie wissen schon – raufhopsen, die alten Tanks wieder auffüllen, runterhopsen ...«

Ich wurde nicht langsamer. »Tut mir Leid, Netta. Du musst später essen.« Ich war nicht so blöd, zu einem Menschen hinüberzulaufen, auch dann nicht, wenn er jung war. »Komm weiter«, sagte ich. »Wir haben einen weiten Weg vor uns.«

Der Anblick des Menschen veranlasste mich, wieder darüber nachzudenken, was Wilma wohl vorhatte. Es schien gefährlich zu sein und ich war hier und half ihr kein bisschen. Ich unterdrückte eine Woge von Schuldgefühlen. Wilma wusste, was Sache war, sagte ich mir. Ihre Arbeitsweise hatte sie schon in viele gefährliche Situationen gebracht. Sie wusste, was sie tat, als sie ihren Bericht über Menschen fallen ließ und sich nach einer »echten Story« umsah.

Aber was *war* die Story? Obgleich sie völlig im Dunkeln tappte, sagte ihr doch ihr Reporter-Instinkt, dass es etwas mit dem Igel zu tun hatte. Was bedeutete, es hatte auch etwas mit dem Floh an meiner Seite zu tun ...

Nur, der Floh war *nicht* an meiner Seite. Ich seufzte und sah mich um. Die Kleine war ein ganzes Stück zurück und bereitete sich darauf vor zu springen. Anfangs war Netta brav bei mir geblieben, aber es war schwer für sie, ihre Hopser klein genug zu halten.

Das Problem mit Flöhen ist – nun, es gibt eine Menge Probleme mit Flöhen, aber ich denke da besonders an eins. Sie können einfach nicht wie normale Insekten unterwegs sein. Wisst ihr, normalerweise verbringen sie ihre ganze Zeit damit, einfach auf ihren Wirtstieren zu trampen. Sich zu entscheiden, von Punkt A nach Punkt B zu reisen, diese Vorstellung ist ihnen fremd. Sie reisen einfach dahin, wohin auch immer sie mitgenommen werden. Keine Eigenverantwortung. Wenn sie Hunger bekommen, kein Problem, denn ihr Transportmittel ist zugleich ihr Lunch. Sie müssen nur umziehen, wenn sich abzeichnet, dass etwas Wichtiges passieren wird: wenn das Wirtstier ein kurzes Bad im Fluss nehmen will oder so. In dieser Situation bringen sie sich mit ihren erstaunlichen Hüpfern in Sicherheit. Da sitzen sie dann einfach, bis sie wieder auf einen anderen Wirt hopsen können.

Fazit war: Netta war einfach nicht in der Lage, neben mir herzuhopsen. Sie konnte es wirklich nicht. Wie die meisten Flöhe konnte die Kleine mehr als zweihundert Mal so weit springen, wie sie groß war. Ein cooler Trick, aber irgendwie schwer zu regulieren. Sie musste zurückbleiben, während ich weiter über den Rasen flitzte. Dann konnte sie mit einem ihrer gewaltigen Sprünge losschießen, über mich hinweghüpfen und weit voraus im Gras landen. Dann musste sie abwarten, bis ich aufgeholt hatte, und sie konnte das Ganze wieder von vorn anfangen.

Das musste Ärger geben. Dieser Garten ist kein Zuckerlecken, vor allem nicht für ein Insekt, das nicht weiß, wie es allein zurechtkommen soll. Permanent rief ich der Kleinen zu, sie solle nicht so weit vorausspringen. Genauso gut hätte ich dem Himmel sagen können, er solle Schluss machen und einen Tag freinehmen.

Wir waren noch nicht lange unterwegs, als der Ärger zuschlug. Netta war wieder mal zu weit vorausgesprungen. Ein Löwenzahnstängel stand mir im Weg und ich konnte nicht genau erkennen, was los war. Aber ich sah, dass der Floh nahe bei einem Insekt gelandet war, das sich aus dem Boden bohrte. Dann hörte ich eine raue Stimme: »He, Kleines. Komm mal her.« Das Blut gefror mir in den Adern. Ich versuchte, eine Warnung zu schreien, aber ich kam zu spät. Ich peste los. Das Insekt, das sich aus dem Boden gebohrt hatte, war verschwunden. Ich hatte es nur eine Sekunde lang zu Gesicht bekommen, aber mehr als eine Sekunde brauchte man nicht, um zu wissen, dass dies schlechte Neuigkeiten waren. Es war die Larve eines Sandlaufkäfers. Das war übel genug, aber jetzt kam der wirklich üble Teil.

Die Larve hatte Netta mitgenommen.

5 Wenn ihr euch jemals dabei ertappt, durch den Garten zu bummeln, hört auf meinen Rat und gebt euch nicht mit Sandlaufkäfer-Larven ab. Sie sind eine scheußliche Mischung: knallhart, bösartig und sehr, sehr hungrig. Was sie tun, ist: Sie graben sich eine verdammte Röhre, die geradewegs nach unten in die Erde führt. Dann rutschen sie hinein und verankern sich an den Seiten. Nur ihr Kopf schaut hervor, schräg auf dem Rest des Körpers ruhend. Und dann sitzen sie einfach da und warten, bis ein hübscher, saftiger, kleiner Krabbler vorbeikommt. Sie packen ihn mit ihren dolchartigen Mundwerkzeugen und schleifen ihn in die Röhre hinunter. Und dann ... tja, dann ist Essenszeit.

Nur würde ich nicht zulassen, dass dieser Widerling einen meiner Klienten verspeiste. Mir blieben nur Sekunden, um zu handeln. Ich raste los und drückte dabei meinen Kopf in die Erde. Ich hatte Glück, nach dem Regen am Vorabend war der Boden weich. In einer Diagonale grub ich mich mit einem Affenzahn weiter nach unten. Mein Ziel war goldrichtig: Der Tunnel stieß mitten durch die senkrecht verlaufende Röhre der Sandlaufkäfer-Larve.

Meine Oberkiefer waren auf einer Höhe mit dem weichen Darm der Larve. Höchste Eisenbahn! Ich pikste sie mit meinem Mundwerkzeug und rief laut und deutlich, so dass ich durchs Erdreich gehört werden konnte:

»Merkst du das, Kumpel?«

Ein Wutbrüllen kam von irgendwo weiter oben. Ich fasste es als Ja auf. »Das ist ein Giftstachel und er ist direkt auf dich gerichtet. Lass den Floh frei oder du wirst die Metamorphose nie erleben.«

Mehr gedämpftes Geschrei, noch wütender werdend. Sandlaufkäfer-Larven sind nicht unbedingt für ihre Sanftmut bekannt. Ich machte weiter. Ich stieß zu, so fest ich konnte, und kam mit meinen hartgesottenen Sprüchen gut in Fahrt. »Du fragst dich, was für eine Kreatur ich bin, was? Ja, ich wette, eine einzige Frage nagt an deinem kleinen Larvenhirn: Ist das wirklich ein gefüllter Giftstachel, der da in deinen Bauch sticht, oder bluffe ich? Tja, das musst du selbst entscheiden, Jungchen. Aber du machst besser fix, ich fang nämlich an, mich zu langweilen. Und immer, wenn ich mich langweile, fangen Krabbler an zu sterben.« Okay, vielleicht trug ich ein bisschen dick auf, aber in diesem Garten kann man mit Bescheidenheit keinen Blumentopf gewinnen.

Das Geschrei der Larve verstummte, während der Kerl seine kleinen grauen Zellen anstrengte, um das Problem zu lösen. Er schien nicht viele davon zu haben, aber zuletzt entschied sich das Insekt.

Was ich als Nächstes hörte, klang wie eine Art »JUCHHE!« von irgendwo weiter oben. Das war Netta, die in die Freiheit hüpfte. Die Larve war mir auf den Leim gegangen! Manchmal funktioniert der Bluff; aber ich hatte keine Zeit, mich zurückzulehnen und im warmen Glanz meines Erfolgs zu sonnen. Nicht, solange ich einem der bösartigsten Raubinsekten des Gartens so nahe war. Ich richtete mich schnell wieder auf, machte eine 180-Grad-Drehung und raste zur Erdoberfläche hinauf.

So schnell ich konnte, erfasste ich oben die Situation. Netta sah benommen aus, aber sie war unverletzt und in Sicherheit. Der Panzerplattenschädel der Sandlaufkäfer-Larve war wieder aus seiner Höhle herausgekommen. Die dusseligen Augäpfel voller Verachtung, drehte der Kerl sich herum, um mich anzuschauen.

»Ich *wusste*, dass du bluffst«, fauchte er. »Ich *wusste* es.« Er schaukelte vor und zurück, so als ob er versuchte, sich aus seiner Röhre herauszuwinden. »Komm zurück, du!«

Ich war in sicherer Entfernung, also lächelte ich liebenswürdig. »Das nächste Mal mehr Glück, Junior.« Ich wandte meine Aufmerksamkeit dem Floh zu. Die Kleine sah verwirrt aus.

»Ich glaube, von jetzt an reitest du lieber auf meinem Rücken«, sagte ich. »Hops rauf.«

Der Floh sprang auf meinen Panzerrücken und wir machten uns wieder auf den Weg. Eine ganze Weile konnten wir noch die Sandlaufkäfer-Larve hinter uns hören. Der Kerl schrie und wetterte. Es war eine Menge saftiges Zeug: dass wir uns wieder sehen würden, wenn er ein ausgewachsener Sandlaufkäfer wäre, und so weiter. Diese Larve hatte eine ganz schön freche Gosche, aber es war nichts, was ich nicht schon früher gehört hätte.

Netta versuchte, richtig zu begreifen, was passiert war. Weil bei ihr Denken und Sprechen direkt zusammengeschaltet waren, hieß das, ich musste zuhören. »Also, das war ja nicht besonders nett, stimmt's?«, sagte sie gerade. »Ich meine, ich weiß nicht, wie die Dinge draußen laufen, aber ich kann Ihnen sagen, dass Flöhe einen gewissen Verhaltenskodex an Bord des Schiffes haben. Dieser Larven-Freund schien mir kein so übler Vertreter, vielleicht ein bisschen langsam, aber ...« Und so weiter.

Ich brauchte eine Weile, um es zu fassen: Der Floh kritisierte mein Benehmen. Das war stark! Die Kleine hatte nicht mal die Gefahr begriffen, in der sie geschwebt hatte. An einer Stelle gab es in dem Redeschwall eine Pause. Genug Zeit für mich, um ihr zu sagen, was mir durch den Kopf ging. Nicht viel. Nur die Wahrheit.

»Dieser ›Larven-Freund‹ wollte dich auffressen.«

Ich ließ das sacken, dann fügte ich hinzu: »Sandlaufkäfer-Larven sind das Letzte.«

Netta dachte einen langen Augenblick darüber nach. Alles, was sie sagte, war: »Oh!«

Ich hielt mich ran. Wir waren jetzt beinahe am Ende des Gartens. Wir hatten das letzte Beet überquert und waren am Zaun, der die entlegene Grenze des Gartens markiert. Ich schaute hinaus auf die dahinter liegende Wiese.

»Wir kommen jetzt in unzivilisiertes Gebiet«, erklärte ich dem Floh auf meinem Rücken. »Halt dich lieber gut fest.«
Ich überquerte die Grenze unter dem Gartenzaun und brach südwestlich in Richtung Wald auf. Das Gras hier draußen war ungemäht und das Laufen fiel mir schwer. Auf und ab über Grasbüschel, auf und ab. Rücksichtslos wie immer, stieg die Sonne ständig höher, und der Tag wurde heiß. Kein Zweifel: Der Erste Mai würde bald kommen.
Nettas Lebensgeister erholten sich langsam und sie begann ihre alte Schwatzhaftigkeit wieder zu finden. »Sind wir bald da? Ich bin nämlich nicht sicher, wie weit ich komme, ohne einen Bissen zu essen, wissen Sie, ich muss mich bei Kräften halten, ich bin ein Floh im Wachstum ...« Und so weiter.
Ich versuchte, den Wortschwall auszublenden, aber ein plötzliches erwartungsvolles Schweigen sagte mir, dass der Floh gerade was gefragt hatte. Ich hatte Glück: Netta wiederholte die Frage.
»Ich sagte, warum fliegen wir nicht einfach, Mister Wanze? Es ginge viel schneller, nicht wahr? Ich meine, Käfer *können* doch fliegen, stimmt's? Und Sie *sind* doch ein Käfer, richtig?« Sie sagte noch mehr Unsinn, aber das war das Wesentliche.
Schweigend überlegte ich, wie viel ich ihr erzählen

sollte. Zuletzt sagte ich: »In einem Fall, den ich vor einiger Zeit bearbeitet hab, wurde mir ein Flügel ziemlich übel zugerichtet.« Mehr brauchte sie nicht zu wissen. Ich erzählte ihr nicht, dass das passiert war, als ich auf der Flucht vor der bösartigsten Spinne diesseits des Regenwalds um mein Leben gerannt war. Damals dachte ich, das Biest hätte mir den Flügel sauber abgerissen. Ich schätze, es war nicht ganz so übel, aber nun war einer meiner Flügel nicht gerade in berauschendem Zustand. Mein Flug war sogar noch wackeliger als sonst und ich schwang mich nicht mehr in die Luft, wenn ich es vermeiden konnte. Die Wahrheit war, ich hatte Angst – auch wenn ihr mich nicht dabei ertappen werdet, dass ich so was einem klatschsüchtigen Floh erzähle.

»Was ist los?«, fragte ich. »Lehn dich zurück und genieß die Tour. Es ist jetzt nicht mehr weit.«

Wir erreichten den Waldrand. Nervös suchte ich den Horizont ab. Das Letzte, dem ich über den Weg laufen wollte, war eine Bande Raubfliegen. Das war ein weiterer Grund, warum es sinnvoll war, sich am Boden zu halten.

Wir marschierten in den Schatten der Bäume. Ich war ziemlich lange nicht hier gewesen und nahm mir einen Augenblick Zeit, um mich zu orientieren. Ich sah mich um. In diesem Augenblick bemerkte ich, dass wir nicht allein waren. Auf dem Baum über uns saß ein Insekt. Natürlich gibt es eine Menge Krabbler auf der Welt und man weiß nie, was für einem man gerade über den Weg läuft. Warum sollten wir nicht einem schicken Roten Admiral-Schmetterling begegnen, der meine Begleiterin vollkommen bezaubert und ihr den Eindruck vermittelt hätte, dass die freie Natur im Großen und Ganzen ein herrlicher Ort sei? Die Sache war nur: Das schlanke Insekt auf dem Baum war kein Roter Admiral.

Es war eine Schlupfwespe, die mit ihren Fühlern gegen die Rinde trommelte. Ihr langer Legestachel – die nadelähnliche Röhre um Eier abzulegen – schwankte drohend in der Brise.

Ein Zornesfunke flackerte in meiner Brust auf. »Hops mal für einen Augenblick runter«, sagte ich zu Netta. Die Kleine begann nach dem Grund zu fragen, aber sie hüpfte zum Glück runter.

»He!«, rief ich der Wespe zu. »Zieh Leine, Schwester! Hau ab!« Die Wespe warf einen Blick nach unten. Wenn Blicke töten könnten, hätte ich mit sechs zuckenden Beinen flach auf dem Rücken gelegen. Ich schätze, sie wog ab, wie ernst ich es meinte. Dann, als sie sah, dass ich keinen Spaß machte, wog sie wohl ab, wie ihre Chancen in einem Zweikampf standen. Es dauerte eine Weile, aber schließlich kam sie zu dem Schluss, dass es das Risiko nicht wert war. Sie äußerte ein kleines, angewidertes »Huh!« und flog davon. Sie musste wohl herausgefunden haben, dass sie sich jederzeit einen anderen Baum suchen konnte. Leider hatte sie Recht.

Natürlich hatte Netta eine Menge über den Vorfall zu sagen. »Na, das war jetzt nicht gerade sehr höflich, stimmt's, Mister Wanze? Ich meine, das arme Insekt saß da bloß ganz harmlos, mussten Sie ihm wirklich diese Sachen an den Kopf werfen? Ehrlich gesagt, ich verstehe nicht, was sie mit uns zu tun hatte, ich meine ...« Und so weiter.

Ich erklärte es ihr, hauptsächlich, damit die Kleine den Mund hielt. »Das war eine Schlupfwespe und du hast Recht: Sie hatte nichts mit uns zu tun. Ich mag einfach keine Schlupfwespen. Sie haben eine hinterhältige Methode, ihren Eiern die beste Eintrittskarte ins Leben zu verschaffen. Was sie tut, ist nämlich Folgendes: Sie spürt die Eier einer anderen Wespenart auf. Dann sticht sie ihren Legestachel durch die Rinde und legt ihre Eier genau neben die Eier dieser Wespe.«

Vielleicht konnte Netta vorhersehen, was jetzt kam,

aber ich sprach es aus. »Also, nach und nach schlüpft die Brut der Schlupfwespe und rat mal, was ihre erste Mahlzeit ist?« Ich beobachtete das Gesicht des Flohs, als der Groschen fiel.

»Sie meinen, sie …?«

»Genau. Sie fressen die ungeschlüpfte Brut der anderen Wespe.«

Natürlich hatte die Natur das so eingerichtet. Das war mir klar. Wir Insekten haben alle verschiedene Methoden entwickelt, um durchs Leben zu kommen, und so weiter und so fort. Prima. Nur verlangt nicht von mir, dass ich alle gut finden soll. Nennt mich altmodisch, ich finde, für eine Mutter ist das keine Art.

Alles, was Netta sagte, war: »Oh!« Es war ihr zweites »Oh!« an diesem Tag und dieses kam noch verwirrter heraus als das erste. Die Kleine konnte einem Leid tun. Früher oder später muss jeder Krabbler lernen, dass die Welt hier draußen hart ist, aber das heißt nicht, dass es Spaß macht, derjenige zu sein, der den Unterricht erteilt.

Den Rest der Reise legten wir schweigend zurück. Wir hatten einen betriebsamen und geselligen Vormittag hinter uns, wenn man an die Sandlaufkäfer-Larve und die Schlupfwespe denkt. Die Aufregung hatte uns wohl erschöpft. Der Wald war voller

Summen und Klicken und Piepsen und all solchem Zeug. Ich schätze, es gab ringsum eine Menge Raubinsekten, die einen kleinen Floh möglicherweise als Vorspeise betrachten konnten und einen Käfer, der schon leicht mitgenommen aussah, als Hauptgericht. Ich *schätze*, sie waren da, aber wir hatten Glück und liefen keinem über den Weg. Schließlich traten wir aus dem Wald hinaus in einen Flecken Sonnenlicht und dann in den Schatten einer Eiche.

»Wir sind da«, sagte ich.

»Wo?«

Ich nickte zu dem verrotteten Baumstamm vor uns. »Du bist im Begriff das klügste Insekt zu treffen, dem du je begegnen wirst.«

6 Der Professor ist einmalig. Ein wirkliches Einzelstück. Er ist eine Bücherlaus, aber nicht einfach irgendeine alte Bücherlaus. Er hat den größten Teil seines Leben an einem Ort verbracht, den die Menschen »Bibliothek« nennen. Wie bei den meisten Vertretern seiner Art, bestand seine permanente Diät aus einer Masse, die sich in den Dingern befand, die Bücher genannt werden. Der entscheidende Unterschied zu ihnen war: Der Professor war auf einem Ding namens »Enzyklopädie« ausgebrütet worden; das ist ein Buch über alles in der Welt oder so, sagt der Professor.
Die andere einmalige Sache mit dem Professor ist: Wo immer er sich auch durchmampfte, er nahm

das Wissen auf. Fragt mich nicht, wie das funktionierte, es funktionierte einfach. Und natürlich verschaffte ihm diese Diät eine Bildung, welche die des Durchschnittskrabblers bei weitem übertraf. Wovon ich spreche ist Folgendes: Der Professor war klug, okay?

Ihr erwartet vielleicht, dass ein so gelehrter Krabbler den Rest seines Lebens in der Behaglichkeit einer Bücherei verbringen möchte, richtig? Falsch. Nicht der Professor. Eines Tages ertappte er sich dabei, dass er aus dem Fenster starrte und sich fragte, wie das Leben draußen wohl sei. Er begann nachzudenken. Das kann der Professor am besten.

Schließlich traf er eine Entscheidung. Er hatte genug von der Stubenhockerei. Er brachte eine Stechmücke dazu, sein offenes Bittschreiben nach draußen zu fliegen. Sie gelangte zu mir, womit der Professor ziemlichen Dusel hatte; es gibt eine Menge Krabbler hier draußen, die mit Vergnügen eine Vereinbarung mit einer Bücherlaus treffen und sich dann nicht an ihre Seite der Abmachung halten. Der Professor ist schriftgelehrt, aber er ist kein bisschen gartengelehrt, wenn ihr wisst, was ich meine.

Nun, langer Rede kurzer Sinn, ich flog hin und half dem Professor, aus der Bibliothek rauszukommen.

Er hatte eine ziemlich genaue Vorstellung von dem Ort, an dem er sich niederlassen wollte, und ich wusste, dass der Wald in der Nähe unseres Gartens seinen Erwartungen entsprechen würde.
Das war vor Monaten gewesen und heute war das erste Mal, dass ich zu dem verrotteten Baumstamm zurückkehrte, den der Professor nun sein Zuhause nannte.
An den Eingang konnte ich mich noch erinnern. Es war ein ziemliches Gequetsche, aber ich schob mich durch. Netta folgte mir.
Unter dem Baumstamm war es dunkel und es erweckte nicht den Eindruck, dass der Professor viel getan hatte, um den Ort auf Vordermann zu bringen.
Er musste uns kommen gehört haben, denn er flitzte heran, um uns zu begrüßen. Wie ich schon sagte, eine Menge Buch-Grips, aber kein Garten-Grips. Wir hätten Gott-weiß-was für eine Kreatur sein können, die nach einem zweiten Frühstück Ausschau hielt.
»Mein lieber Wanze!«, schrie der Professor glücklich. »Wie großartig, Sie zu sehen! Ganz, ganz großartig!« Nach dem herzlichen Empfang zu urteilen, schätzte ich, dass er hier draußen nicht viel Gesellschaft hatte. Wie ich gehört habe, soll die

Unterhaltung der Waldläuse nicht gerade sprühend sein.
»Hallo, Professor. Wie geht's Ihnen?«
Die Laus nickte kräftig. »Oh, prima, prima. Äh, ja, ausgezeichnet! Mir geht's ausgezeichnet, mein Junge.«
»Und wie geht's mit Ihren großen Fragen voran?«
Der Professor nickte noch mehrere Male, so als ob er was Wichtiges zu sagen hätte, aber die Worte fanden nicht den Weg zu seinem Mund. Wer weiß, was er gerade dachte? Das ist es, was der Professor hier draußen tat: Er dachte nach. Das ist alles. Nur eine ganze Menge Nachdenken, den ganzen Tag. Ihr wisst schon, über die großen Fragen wie: Warum sind wir hier? Was ist der Sinn des Lebens? Was die Bedeutung? Ist die Welt wirklich aus dem Ei eines Kosmischen Käfers entstanden? Dieser ganze Quatsch mit Soße. Der Professor wollte hier rauskommen, um nachzudenken. Er sagte, weil er »nach Weisheit suchte, anstelle von bloßem Wissen«. Was mich anbelangt, ich würde nicht unter einem toten alten Baumstamm nach Weisheit suchen; aber andererseits gingen meine Gedanken bei diesem Thema ohnehin nicht weiter als ein Regentropfen, der auf Zement fällt. Ich sehe die Sache so: Wenn man seine Gedanken zu sehr in die

Tiefe gehen lässt, kann man leicht darin ertrinken. – Aber wer weiß? Vielleicht war der Professor ja ein guter Schwimmer?
Wie dem auch sei.
Ich stieß Netta vorwärts. Die Kleine lief immer noch, ohne zu springen. Sie wirkte hungrig und unglücklich.
»Professor, das ist Netta. Sie ist ein ...«
»Ja, natürlich! Ctenocephalides felis! Entzückt, Sie kennen zu lernen, ganz entzückt.« Der Professor strahlte wie ein Honigkuchenpferd. »Ja, ja, ein faszinierender Lebenslauf, der des blutsaugenden Parasiten. Natürlich, die Spezies Siphonaptera, mit der ich mich bestens auskenne ...«
Ich genieße eine Biologiestunde so sehr wie jeder beliebige Krabbler, aber ich hatte den Eindruck, dass es Zeit war, uns der vorliegenden Aufgabe zuzuwenden. »Warum wir hier sind, Prof., wir brauchen Ihre Hilfe bei einem kleinen Problem.«
»Ich möchte nach Hause«, sagte Netta kläglich. Das waren die ersten Worte, die sie seit langem geäußert hatte.
»Ja, ja, natürlich! Das Heimkehrvermögen und all das. Und wie, äh, wie kann ich behilflich sein?«, fragte die Bücherlaus. Der Professor tat sein

Bestes, um seine wissenschaftliche Neugierde mit einem mitleidigen Blick zu kaschieren.
Ich blickte zu den beiden hinunter. Die Bücherlaus war nicht viel größer als der Floh, aber da hörte die Ähnlichkeit auch auf. Ein einziger Blick auf Netta sagte, wie kräftig und beweglich sie war. Der gräuliche Körper des Professors hingegen war blass und schlaff. Er hatte ein Paar Flügelschüppchen auf seinem Rücken, aber sie waren nutzlos; Flügel waren schon vor langer Zeit an seiner Spezies verschwunden. Seine Augen waren schwach, sein Mund war dafür bestimmt, nichts Anspruchsvolleres als lockere Erde zu kauen. Alles in allem sah er wie ein Krabbler aus, den man bei einer Debatte an seiner Seite haben wollte, aber nicht bei einer Rauferei. Das war okay. Ich war nicht hier, um die Bücherlaus in den Kampf zu schicken.
Ich erklärte schnell die Sache mit Netta. Während er zuhörte, klopfte der Professor mit dem Hinterleib nachdenklich gegen den Baumstamm. Einige Zeit dachte und klopfte er weiter, dachte und klopfte.
Endlich sagte er was. Ein einziges, triumphierendes Wort: »Hypnose.«
»Hyp-was?«
Der Professor war zu sehr in Fahrt, um mir eine

Antwort zu geben. »Ja, ja, mein Junge, wir werden sie regredieren, verstehst du? Wir werden sie regredieren und dann werden wir alles erfahren, was sie gesehen hat, bis ins allerletzte Detail.«

Ich kann nicht sagen, dass ich das alles verstand, aber ich konnte dem wichtigen Teil folgen. Der Professor wusste einen Weg, dass Netta sich erinnerte, was passiert war.

Und so funktionierte es: Wir bewegten uns alle zum äußeren Ende des Baumstamms, wo mehr Licht war. Der Professor flitzte weg und kehrte mit einer winzigen Scherbe farbigen Glases zurück. Er bat Netta, nur das Glas zu betrachten und nichts anderes und seiner Stimme zuzuhören. Das war der ganze Zauber.

Netta warf mir einen fragenden Blick zu. Ich nickte, dass alles in Ordnung sei, und der Professor legte los. Er begann das grüne Glas vor und zurück zu schwenken und dabei gleichzeitig behutsam einen Kreis zu beschreiben, so dass es das Sonnenlicht einfing. Währenddessen redete der Prof. immer weiter: all den Unsinn über Sich-müde-Fühlen und so. Ich weiß nicht, wie es Netta ging, aber es fehlte nicht mehr viel, dass der Trick bei *mir* wirkte. Ich hätte ohne weiteres einnicken können. Die Stimme des Professors war nicht lauter als ein

Flüstern. Netta hörte seinem Leiern zu. Ihre Augen folgten der glitzernden Scherbe.
»Zurück und nach vorn, zurück und nach vorn«, sagte die Bücherlaus. »Sie sind so sehr, sehr müde. Sie sind völlig, völlig entspannt. Ihre Beine sind entspannt. Ihre Brust ist entspannt. Ihre Fühler sind ...«
»Entspannt?«, sagte Netta.
»Ja!«, fauchte der Professor. Dann, so ruhig, wie es ihm möglich war: »Aber ich muss Sie bitten, nicht mehr zu sprechen, meine Liebe.«
Es dauerte nur noch ein paar Minuten, in denen die Bücherlaus immer weiter leierte und das glänzende Stückchen Glas vor dem Floh hin und her schwenkte. Schließlich wandte sich der Professor mir zu.
»Sie ist bereit, mein Junge.«
Ich betrachtete Netta. Ihre Augen waren geöffnet, aber sie schauten ins Leere. Soweit ich erkennen konnte, war niemand hinter diesem Blick anwesend.
»Bereit wofür?«, fragte ich den Professor. »Was stimmt nicht mit ihr?«
»Sie ist hypnotisiert, mein Junge«, sagte der Professor. »Ausgesprochen, ausgesprochen faszinierend, wirklich. Es ist ein Zustand, in dem der

wache Geist ...« Er sah meinen Gesichtsausdruck. »Nun, vielleicht müssen Sie sich nicht im Einzelnen darum kümmern, wie die Hypnose tatsächlich funktioniert, mein Junge.«

»Und jetzt?«, fragte ich.

»Ah, jetzt wird es Zeit, dass unsere junge Freundin regrediert. Wir werden ihren Geist zurückführen, verstehen Sie, zurück zu den Ereignissen des Vorabends in Dixies Lokal. Und dann ... nun, dann werden wir herausfinden, was ihrem netten alten Wirtstier, dem Igel, zugestoßen ist.« Die Laus wandte ihre Aufmerksamkeit wieder dem Floh zu und räusperte sich: »Können Sie mich hören, Fräulein Netta?«

Der Floh nickte langsam und feierlich.

»Ich möchte, dass Sie uns über den vergangenen Abend alles erzählen, woran Sie sich erinnern können.«

7 Es entstand ein langes Schweigen. Dann begann Netta zu sprechen, aber was aus ihrem Mund kam, war nicht ihr übliches aufgeregtes Gebrabbel. Sie sprach jetzt langsam und ihre Stimme klang leise und weit entfernt. Irgendwas daran ließ mich an einen winzigen Zweig denken, der von einem Strom fortgetragen wird.

»Das Schiff schlief den ganzen Nachmittag in den Büschen«, begann sie. Der Professor warf mir einen verwirrten Blick zu. Er wusste das ganze spezielle wissenschaftliche Zeug über Flöhe, aber er wusste nicht gerade viel über die Art, wie sie denken und reden. Ich erklärte ihm schnell, dass Flöhe ihre Wirtstiere als »Schiffe« bezeichnen.

Netta bekam mein Geflüster nicht mit. Sie fuhr fort. »Wir hatten eine Menge zu Mittag getrunken und beschlossen, ebenfalls ein Nickerchen zu machen, und so ...«

»Ja, ja, das ist sehr gut«, unterbrach der Professor, »aber können Sie uns erzählen, was später geschah, meine Liebe? Nachdem es angefangen hatte zu regnen ...«

Netta blinzelte zweimal, so als ob sie ihren Geist in die richtige Zeit zurückversetzte. »Es war ein nasser Abend und das Schiff suchte an der Hauswand entlang nach Futter. Es war dunkel. Der Regen wurde stärker und wir hatten uns alle tief eingegraben, um trocken zu bleiben. Plötzlich hielt das Schiff an.«

Auch Netta hielt inne und ihre Augen weiteten sich plötzlich vor Angst. Als sie wieder zu reden begann, war etwas von dieser Angst in ihre Stimme gesickert. »Ein paar von den anderen Flöhen wollten nachsehen, was los war, aber ich hatte es so schön gemütlich, also blieb ich sitzen. Aber dann begann das Geschrei. Ich wusste nicht, was los war, aber irgendwas stimmte nicht, soviel stand fest.«

Nettas Rede gewann wieder an Geschwindigkeit. »Das Schiff bewegte sich jetzt schnell. Ich wusste nicht, ob es hinter etwas herjagte oder davonlief.

Ich sprang zur Spitze eines der Aussichtsstacheln und plötzlich starrte ich direkt auf ... ich ... ich starrte direkt in die Augen von ...«

Ich beugte mich nach vorn. »In die Augen wovon?«

»Die Augen eines Ungeheuers«, keuchte Netta. »Es war schrecklich. Es ... so was hatte ich noch nie gesehen. Ich glaube, das Schiff hatte es angegriffen, aber das Ungeheuer hatte keine Angst, kein bisschen. Es stürzte sich auf uns. Ich wusste, die anderen Flöhe sprangen alle ab, runter vom Schiff, aber ich hatte zu viel Angst, um mich zu bewegen. Das Ungeheuer hatte sich abgewandt und hielt auf das Regenrohr am Haus zu. Das Schiff bewegte sich schnell in die andere Richtung und ich merkte, dass es außer Kontrolle geraten war. Ich schloss die Augen und klammerte mich an den Stachel wie ein Ertrinkender an einen Strohhalm. Das Schiff krachte durch einen Busch, dann durch einen weiteren, dann brach es zusammen. Ich wurde wohl abgeworfen, glaube ich. Ich bin nicht ganz sicher, alles ging so schnell. Dann öffnete ich die Augen und all diese Krabbler hetzten um mich herum und fragten mich, ob es mir gut gehe und was passiert sei, aber ...« Ohne Vorwarnung sank Nettas Kopf zurück. Der Ausbruch hatte sie erschöpft.

Der Professor und ich sahen einander an. »Versuchen Sie, mehr über dieses Ungeheuer zu erfahren«, drängte ich ihn. »Wie sah es aus?«

Der Professor versuchte es, aber es hatte keinen Zweck. Netta murmelte noch etwas, dass die Kreatur grauenhaft ausgesehen habe, und dann fiel ihr Kopf nach vorn. Der Floh war fertig.

»Welchen Reim machen Sie sich darauf, Prof.?«, fragte ich.

Die Bücherlaus überlegte. »Es erscheint mir ziemlich klar, wo sich ihre früheren Gefährten befinden«, antwortete er schließlich. »Wenn sie in der Nähe des Hauses abgesprungen sind, garantiere ich Ihnen, dass sie sich entweder auf einer Ratte oder einer Katze befinden, das hängt, nehme ich an, von der Art des Haushalts ab.«

»Nach dem, was ich gehört habe, haben sie drüben im Haus beides, und nach dem, was ich über Netta weiß, würden ihre Schiffskameraden der Katze den Vorzug geben. Aber das meinte ich nicht. Was ist mit diesem so genannten Ungeheuer?«

»Ah, ja«, sagte der Professor. »Faszinierend, mein Junge. Ausgesprochen, ausgesprochen faszinierend. Sie glaubt offensichtlich, dass das, was sie gesehen hat, ein ... äh ... Ungeheuer war. Natürlich sind Flöhe, wie meine eigene Spezies, nicht unbedingt für ihre Sehkraft bekannt und es besteht die sehr reale Möglichkeit einer optischen Täuschung ...«

Der Professor ließ eine detaillierte Beschreibung vom Stapel, die ich faszinierend gefunden hätte, wenn ich ein einziges Wort davon mitgekriegt hätte. Aber mein Verstand lief auf Hochtouren. Netta hatte *etwas* gesehen. Davon war ich überzeugt. Was auch immer es war, es war außergewöhnlich und es war gefährlich. Was sonst konnte das Schicksal dieses Igels erklären?

Ein Gedankenblitz versetzte mir einen Schlag mitten ins Gesicht.

Wilma!

Die Grashüpferin hatte gewittert, dass etwas passiert war, und sie war losgezogen, um einen tieferen Einblick in diese Geschichte zu bekommen. Wilma war ein taffes Mädchen, aber ein ungutes Gefühl sagte mir, dass diese keine der üblichen Situationen war, mit denen wir im Garten zu leben lernen. Ein unverkennbarer Hauch von höchster Gefahr lag in der Sommerluft ... und Wilma war losgezogen, um sie aufzuspüren.

Und ich? Ich war hier, am späten Vormittag und hundert Meter vom Garten entfernt. Wilma konnte alles Mögliche passiert sein und ich konnte ihr nicht helfen.

Ich blickte auf den schlafenden Floh hinunter. »Wie lange dauert es noch, bis sie wieder zu sich kommt?«

Wie sich herausstellte, keineswegs lange. Innerhalb weniger Minuten hatte Netta die Augen aufgeschlagen.

»Was ist passiert?«, murmelte sie. »Was haben Sie herausgefunden?«

»Keine Zeit für Erklärungen«, sagte ich. »Wir müssen *sofort* zurück in den Garten.«

Der Professor war ziemlich eifrig bemüht, uns ein bisschen länger dazubehalten, um noch Nesselsaft zu trinken oder so. Man musste sich fragen, ob er die Gesellschaft seiner großen Gedanken nicht manchmal ein bisschen langweilig fand.

»Ein andermal, Prof.«, sagte ich. Ich war unter dem Baumstamm hervorgekrabbelt. Wir hatten nicht viel Zeit. Ich überlegte eine Weile, dann wandte ich mich zu Netta um. »Es dauert zu lange, wenn wir wieder zu Fuß gehen. Ich werde uns zurückfliegen.«

(Ich hätte es besser wissen sollen. Hatte ich das Fliegen nicht aufgegeben? Wenn man zurückblickt, ist es ziemlich leicht, die Verkettung von Fehlern zu erkennen, die einen in Gefahr bringen kann. Dieser hier war Fehler Nummer eins.)

Netta war immer noch groggy von ihrer Hypnose-Sitzung. Sie nickte zustimmend, ergriff das Ende meines Panzers und hielt sich daran fest. Ich dankte dem Professor für seine Hilfe.

»Es ist mir ein Vergnügen, den Horizont des Insektenwissens zu erweitern, mein Junge«, sagte die Bücherlaus mit einer schwungvollen Fühlerbewegung.

Es wurde Zeit. Ich versuchte, mich lässig zu geben, als ob nicht etliche Wochen vergangen wären, seitdem ich zum letzten Mal gewagt hatte zu fliegen. Okay, es half alles nichts. Ich öffnete meine Flügel und flatterte wie verrückt. Muskeln, die ich dabei zu lange nicht benutzt hatte, kreischten vor Entrüstung. Ich versicherte ihnen, sie würden es schaffen.

»Festhalten!«, schrie ich Netta zu. »Das wird ein unruhiger Flug.«

Und dann waren wir in der Luft. Ein paar Sekunden konnten wir hören, dass der Professor von unten »Auf Wiedersehen!« rief, dann hob uns eine warme Luftströmung hinweg. Es war nicht unbedingt ein besonders eleganter Flug. Die Wahrheit ist: Wir schwankten wie eine mit DDT besprühte Stechmücke, aber ich nahm an, wir würden den Rückweg in einem Stück schaffen.

Für gute zwanzig Sekunden lief alles wie am

Schnürchen, 30 Spitzengeschwindigkeit. Wenn ich logisch gedacht hätte, wäre ich wohl eine Schleife um das Ende des Waldes geflogen. Ja, wenn ... Ich wollte nur schnell in den Garten zurück und nahm den kürzesten Weg.

(Das war Fehler Nummer zwei.)

Die Sonne brannte immer noch vom Himmel herunter. Man konnte kaum was sehen – vor allem nicht die Gestalten in der Luft, die wie zwei sechsbeinige Blitze aus dem Schatten zu unserer Linken jagten. Raubfliegen!

Natürlich hätte ich niemals versuchen sollen, vor ihnen davonzufliegen. Ich hätte mich einfach wie ein Stein aus der Luft fallen lassen und meine Chancen am Boden nutzen sollen. Ja, hätte ...

(Ihr habt es erraten: Das war Fehler Nummer drei und in meiner Branche hat man Glück, wenn man drei Treffer abkriegt, bevor es aus ist.)

Und genau das passierte mit unserem Glück: Es war aus und vorbei.

8

Die erste Raubfliege traf mich mit der Kraft eines fliehenden Goliathkäfers. PENG! Ein Stoß wie dieser reichte, um mich außer Gefecht zu setzen, aber so gehen Raubfliegen nicht vor. Nach dem Angriff ergreifen sie ihre Opfer mit ihren kräftigen Vorderbeinen. Dann fliegen sie mit ihnen zurück zu ihrem Sitzplatz, durchbohren sie schnell mit ihren Mundwerkzeugen und dann fangen sie an, sie zu fressen.

Sauber, was?

Der Griff des Räubers war eisern. Kämpfen war zwecklos, also lehnte ich mich einfach zurück. Ich kann nicht sagen, dass ich den Flug genoss, aber zumindest versuchte ich, die Zeit produktiv zu nutzen. Das hieß, meinem Hirn zu befehlen, einen Rettungsring von einem Plan auf das Meer der Panik zu werfen, das über mir zusammenschlug. Pech gehabt. Mein Hirn hatte wieder einen schlechten Tag erwischt und die Wogen der Angst krachten herunter.

Raubfliegen sind viel schneller als ich. Die Welt um uns herum war ein verschwommenes Gemisch aus Grün- und Brauntönen. Und dann hielt der Typ plötzlich an. Die Räuber waren auf ihrem Sitzplatz gelandet, hoch oben auf der Spitze eines Rosenbuschzweigs.

Der Typ, der mich festgehalten hatte, ließ mich frei. Ich nahm an, wir mussten einsehen, dass es keinen Zweck hatte, einen Fluchtversuch zu unternehmen. Ich schätze, das taten wir denn auch. Der Anblick des Blattes unter uns trug nicht dazu bei, meine Meinung zu ändern. Es war übersät mit vertrockneten Außenskeletten, die von den früheren Opfern der Räuber stammten.

»Keiner mag Typen mit schlechten Tischmanieren, Jungs«, sagte ich, wobei ich versuchte, der Situation einen Anflug von Humor zu geben. Nichts zu machen! Die Räuber hatten keinen Sinn für Komik. Diese Typen waren Profis. Sie vergeudeten ihre Zeit nicht mit Smalltalk. Sie begannen uns langsam auf die Pelle zu rücken, als ob sie sich ihr Abendessen nicht mit einem hässlichen Handgemenge verderben wollten.

»Nimm's nicht persönlich, Kumpel«, kommentierte der eine geistlos.

»Schon okay«, sagte ich. »Solange es nichts Persönliches ist, guten Appetit!«

Ich wusste nicht, ob Netta die Gefahr, in der wir uns befanden, ganz begriff, aber die Kleine kapierte, dass wir nicht zum Nachmittagstee hergekommen waren. Sie kapierte, dass etwas nicht stimmte. Sie war von meinem Panzer runtergehopst. Ich legte einen Fühler auf ihre Schulter und versuchte, ihr Zittern zu beruhigen.

Und da begann der provisorische Umriss eines Plans zur Oberfläche meines Hirns zu schweben. Viel war es nicht, aber es war alles, was wir hatten.

Mit meinem Vorderbein korrigierte ich leicht Nettas Ausrichtung. Wahrscheinlich dachte die Kleine, dass ich sie irgendwie trösten wollte. Vielleicht wollte ich das, aber gleichzeitig versuchte ich, uns eine Chance zu verschaffen, aus dieser Lage lebend wieder herauszukommen.

Die Raubfliegen waren fast über uns. Jetzt oder nie! Ich wählte »jetzt«.

»Spring!«, brüllte ich.

Netta handelte rein instinktiv. Ihre mächtigen Hinterbeine schnellten wie Sprungfedern heraus und sie schoss mit Karacho nach vorn. Sie erwischte die erste Raubfliege mit einem Volltreffer. Einen Augenblick saß der Typ noch da; er wollte wohl gerade seinen Appetit ein bisschen anregen. Im nächsten Moment war er sauber von seinem Blatt heruntergeschossen worden. Der arme Trottel kapierte überhaupt nicht, was ihn getroffen hatte.

Es war ein süßer Augenblick – einer von der Sorte, die sich nicht annähernd oft genug bietet –, aber wie üblich hatte ich keine Zeit, ihn zu genießen. Nicht, solange die andere Raubfliege noch da war und nicht allzu glücklich über die überraschende Wendung aussah, welche die jüngsten Ereignisse genommen hatten. Der Kerl begann vor Wut zu knurren. Ich schätze, die Sache war schließlich doch persönlich geworden. Wie immer.

Ich wusste, ich musste schnell was unternehmen, die Frage war nur: Was? Ich kann es im Zweikampf nicht mit einer Raubfliege aufnehmen. Wir waren noch nicht außer Gefahr. Aber es gibt eine Zeit, um nachzudenken, und eine Zeit, um zu handeln. Dies war keine Situation, in der man sich einen Ausweg überlegen konnte, also drückte ich einfach meinen Kopf nach unten und ging zum Angriff über.

Ich erreichte den Räuber nicht einmal. Der Grund war: Netta. Die Kleine war direkt vom ersten Räuber abgeprallt. Als gespanntes kleines Energiebündel landete sie wieder auf dem Sitzplatz. Dann, ohne zu zögern und mit perfekter Zielgenauigkeit, ließ sie ihrer Energie wieder freien Lauf und sprang ein zweites Mal nach vorn. Dieses Mal hatte ich nichts damit zu tun und es war auch nicht reiner Instinkt. Die Bewegung war geplant und der Floh führte sie fehlerlos aus. Die Kleine traf den zweiten Räuber frontal und auch er purzelte vom Blatt. Die Schlacht auf dem Rosenbusch war vorbei und wir lebten noch.

»Sauberer Treffer«, murmelte ich.

Netta hörte nicht zu. Sie keuchte heftig. Ich vermutete, dass die leichteste Brise sie dazu bringen würde, haltlos herumzuhüpfen. Sie sah sich ruckartig um, als ob sie sich fragte, wo die nächste unbekannte Gefahr an diesem schrecklichen Ort auftauchen könnte, der »die Außenwelt« genannt wurde.

»Komm, wir gehen nach Hause«, sagte ich zu dem Floh.

Das war ein guter Vorschlag, besonders, da man nicht wissen konnte, wann diese Raubfliegen wieder aufkreuzen würden. Netta hopste wieder auf

meinen Rücken und halb springend, halb gleitend kamen wir hinunter auf den Boden.
Die nächsten paar Minuten blieben mir nur nebelhaft im Gedächtnis. Ich hatte genug vom Fliegen. Ich orientierte mich nur und rannte und rannte. Gras unten, Himmel oben. Ich lauschte auf das verräterische Geheul rachedurstiger Raubfliegen. Es blieb aus, aber ich erlaubte mir trotzdem nicht, mich zu entspannen. (Der Garten steckt voller Insekten, die sich zu Tode entspannt haben.)
Bald begann der Boden immer bekannter auszusehen. Wir näherten uns wieder dem Garten. Noch immer hielt ich nicht an.
Auch als wir wieder auf meinem heimatlichen Rasen waren, wurde ich nicht langsamer. Andernfalls hätte ich vielleicht bemerkt, dass im Garten etwas faul war. Ich konzentrierte mich zu sehr darauf, direkt zu Dixie zu rennen. Erst später bemerkte ich, dass der Platz für einen sonnigen Tag wie diesen viel zu verlassen war. Das bedeutete, die Leute versteckten sich im Untergrund, und dafür musste es einen triftigen Grund geben.
Ich habe keine Ahnung, wie lange der Rest der Reise dauerte. Ich kann euch versichern, dass mir am Ende des Laufs alle sechs Beine wehtaten. Aber dann waren Netta und ich endlich zurück im Klub

des fetten Nacktschnecks. Netta sah immer noch so aus, als tue sie sich selber Leid. Die arme Kleine hatte es satt. Sie hatte den ganzen Garten satt und den ununterbrochenen Überlebenskampf außerhalb des Schiffes. Ihr Zuhause war weit weg.

Ich fühlte mich auch nicht allzu quirlig, obgleich Dixies Bar für mich am ehesten so etwas wie ein Zuhause war. Aber es gab gerade Ärger in dem alten Schuppen. Ich hatte ihn schon beim Reinkommen gewittert. Selbst in einer ruhigen Phase gibt es in Dixies Laden normalerweise immer ein angenehmes Betriebssummen.

Jetzt nicht. Der Hauptraum war still. Nahezu verlassen. Mir gefiel das nicht. Mir gefiel es sogar noch weniger, als ich sah, wer an der Bar wartete und mit Dixie sprach. Es war eine Stubenfliege namens Zucker-Jake.

Versteht mich nicht falsch: Jake ist ein Kumpel von mir. Einer der besten. Ich fragte mich nur, welcher Ärger ihn hergeführt hatte. Wisst ihr, Jake ging normalerweise nicht zu Dixie. Er zog es vor, sein Vergnügen anderswo zu suchen. Die Sache ist, dass Jake zuckerabhängig war. Er hatte einmal eine Bruchlandung in einer Zuckerdose gemacht und seitdem stand er schwer auf süßen, kristallinischen Stoff. Er verbrachte die meiste Zeit des Tages da-

mit, nach fallen gelassenen Stückchen Schokolade und Kaugummi zu suchen. Energienahrung, nannte er das.
»W-W-Wanze, du bist z-zu-zurück«, stotterte die Stubenfliege. Er kriegt manchmal das Stottern, wenn er eine Zeit lang keinen Zucker-Schuss gehabt hat.
»Ja, ich bin zurück, aber wo sind die anderen?« Ich gestikulierte in den verlassenen Klub. »Wo ist Wilma?«
»Es gibt großen Ä-Ä-Ä...«
Gewöhnlich wartete ich bei Jake auf das Ende seiner Worte, aber Dixie schaltete sich ein. »Großen Ärger«, sagte das schleimige Weichtier verdrießlich. »Hier ist eine Menge passiert.« Das nahm ich wohl an. Der Nacktschneck sah nicht allzu überrascht aus, dass ich Netta noch immer im Schlepptau hatte. Er erkundigte sich nicht mal nach dem Fall, was ziemlich ungewöhnlich war, wenn man berücksichtigte, dass er die Rechnung blechen musste. Wenn Dixie seine Geschäftsangelegenheiten nicht überprüfte, dann hatte sich *wirklich* eine Menge ereignet.
Die Sache gefiel mir immer weniger. Ich wusste, ich musste mehr herausfinden, aber etwas sagte mir, dass Netta nicht unbedingt hören musste,

worüber wir sprachen. Sie hatte in letzter Zeit genug Schlechtes erlebt. Warum sie weiterem Übel aussetzen?

»He, Kleines«, sagte ich. »Warum gehst du nicht hin und setzt dich an einen der Tische und trinkst was oder so?«

»Und wenn ich keinen Durst habe?«, schmollte der Floh. Ich konnte es der Kleinen nicht übel nehmen, sie hatte jede Menge Gründe zu schmollen.

»Dann geh und setz dich trotzdem an den Tisch.«

Netta ließ sich Zeit, aber sie tat, worum ich sie gebeten hatte. Als sie außer Hörweite war, wandte ich mich wieder der Stubenfliege und dem Nacktschneck zu.

»Was für Ärger?«

»Alles fing nach der *Kampf-Nacht* an«, begann Dixie, »kurz nachdem du weggegangen bist, Wanze. Wir hatten den Laden noch nicht mal in Ordnung gebracht, als ein paar Insekten reinkamen. Sie lärmten und phantasierten über etwas, das sie im Regen gesehen hatten. Eine Art Ungeheuer, wie sie es ausdrückten.«

Ich erinnerte mich an die Beschreibung, die Netta unter Hypnose gegeben hatte. Sie hatte dasselbe Wort benutzt: Ungeheuer.

»Warum hast du nicht jemanden losgeschickt, um mir davon zu erzählen?«, fragte ich.

»Jeder dachte, diese Typen wären verrückt«, erklärte der Nacktschneck. »Wir nahmen an, dass sie den randalierenden Igel gesehen und dann den Rest ihrer Einbildungskraft überlassen hatten. Aber dann stellte sich heraus, dass ein Haufen Insekten heute Morgen aus dem Garten verschwunden war ...«

»Ich hab es her-herausgefunden, W-W-Wanze«, sagte Jake. »Ich bin gleich l-losgezogen, um dich zu holen, a-aber du warst schon weg.«

»Wie beurteilt Wilma den Fall?«

»Das weiß keiner«, sagte der Nacktschneck. Die Stille hing in der Luft wie ein Spinnennetz in der Brise. Jake brach schließlich das Schweigen.

»W-W-Wilma gehört auch zu den v-v-vermissten Insekten, Wanze.«

Die Nachricht hielt mich gefangen wie der Rachen eines Raubinsekts. Wilma war losgezogen, um Ärger zu suchen, und ich schätze, sie hatte welchen gefunden. Ich musste etwas tun, und zwar *schnell.*

»Also, was hat man in dieser Sache unternommen?«

Mit einem Fühler wies der Nacktschneck auf das

Hinterzimmer des Klubs. »Gerade eben findet ein Treffen des Ausschusses für den Ersten Mai statt.«

»Sie v-versuchen zu entscheiden, w-w-was sie t-t-t-tun sollen.«

Die Nachricht erfüllte mich nicht mit Vertrauen – der Ausschuss für den Ersten Mai hatte schon Schwierigkeiten zu vereinbaren, welches Blatt man zu Mittag essen sollte, geschweige denn, welche Maßnahmen in so einem ernsten Fall zu ergreifen waren.

»Pass auf, Jake«, sagte ich. »Ich muss mit dem Ausschuss reden. Ich habe ein paar Informationen, die vielleicht hilfreich sein könnten. Aber …«, ich nickte zu dem kleinen Floh hinüber. »Ich brauche jemand, der für mich ein Auge auf die Kleine hat. Pass auf, dass ihr kein Leid geschieht. Machst du das?«

Ich wartete die Antwort nicht ab. Ich steuerte schon auf das Hinterzimmer zu, wo nach Dixies Worten der Ausschuss für den Ersten Mai tagen sollte.

»Klar doch, W-W-Wanze«, sagte die Stubenfliege.

9 So *sollte* der Ausschuss eigentlich arbeiten: Weil der Erste Mai die einzige Zeit im Garten ist, wo alle Feindschaft vergessen wird, nimmt er eine Menge Planung in Anspruch. Jedes Jahr wird dafür ein Ausschuss gewählt. Es ist ein Multi-Arten-Ausschuss und jede Insektengattung im Garten schickt einen Abgeordneten, um daran teilzunehmen. Die Idee dabei ist, sicherzustellen, dass keine Entscheidung eine Spezies begünstigt oder sich einfach über eine andere hinwegsetzt.

Soweit die Theorie. In der Praxis verbrachte der Ausschuss die meiste Zeit zankend und streitend. Und dabei trafen die Mitglieder bloß die üblichen Vorbereitungen für den Ersten Mai.

Aber plötzlich war nichts mehr wie üblich. Der Erste Mai wurde von etwas bedroht, das keiner im Garten auch nur verstand. Dies war eine Krise, die bei weitem nicht mehr im üblichen Bereich des Ausschusses für den Ersten Mai lag. Ich war mir nicht sicher, ob die Mitglieder dem Job gewachsen waren.

Als ich das Hinterzimmer betrat, drängelten sich die Ausschuss-Insekten herum, um einem Abgeordneten des Ameisenstaates zuzuhören. Für einen Augenblick machte ich mir Hoffnungen. Jeder weiß, dass die Ameisen die wirkliche Macht in diesem Garten sind. Wenn sich ein Problem zusammenbraute, waren sie diejenigen, die es wieder in Ordnung bringen konnten. Das heißt, mehrere Tausend von ihnen.

Ich kannte diese Ameise nicht, aber ihrem Aussehen nach zu urteilen, war sie ein ziemlich hohes Tier. Sie nickte mir zu, um mir zu zeigen, dass sie mich erkannt hatte, sprach aber weiter zum Ausschuss.

Ja, für etwa zwei Sekunden machte ich mir Hoffnungen. Dann hörte ich, was die Ameise sagte, wobei sie jedes Wort in der ausdruckslosen Weise überbrachte, die für Ameisen typisch ist.

»Wie ich erläutert habe«, sagte die Ameise, »stehen

wir gerade mit einem anderen Ameisenstaat in Vertragsverhandlungen. Die Königin nimmt persönlich an diesen Verhandlungen teil und wir sind nicht in der Lage, euch behilflich zu sein, bis sie abgeschlossen sind ...«

Kein Wunder, dass diese Botschaft nicht allzu gut ankam. Ein unzufriedenes Murren grollte durch den Raum. Ein Netzflügler wurde ziemlich wütend und ein Laufkäfer sah so aus, als wolle er gleich hinausgehen. Ein Haufen anderer Ausschuss-Mitglieder versuchte, vernünftig mit der Ameise zu reden. Ebenso gut hätten sie versuchen können, bei Windstärke zehn in einen Sturm zu spucken. Wenn die Ameisen einmal einen kollektiven Beschluss gefasst haben, lassen sie sich nicht mehr davon abbringen.

Die Sache ist: Ich wusste, dass die Ameisen geholfen hätten, wenn sie es gekonnt hätten. In dem großen Fall, von dem ich euch erzählt habe, hatte ich meinen Teil dazu beigetragen, um die Ameisenkönigin aus einer verzwickten Lage zu befreien, und der ganze Garten wusste, dass sie uns Garten-Krabblern ein paar Gefallen schuldete.

Aber in der Ameisenwelt waren die Beziehungen zwischen den Gärten so ziemlich die wichtigste Sache, mit der ein Staat befasst sein konnte. Ich verstand, warum: Wenn die Sache schlecht läuft, kann der totale Krieg zwischen zwei Ameisenstaaten ausbrechen. Das würde Tausende und Abertausende von Opfern bedeuten. Im Vergleich dazu waren ein paar vermisste Insekten gar nichts. Die Entscheidung der Ameise war keine Frage der Moral, es war eine Frage der Mathematik.

Ich erhob einen Fühler, um mir Gehör zu verschaffen. Die Libelle, die bei der Versammlung den Vorsitz führte, blickte durchdringend in den Raum und bat um Ruhe, und allmählich verstummte das Gemurmel. Eine Menge Augen blickten in meine Richtung, doch nicht viele strahlten die Wärme insektenhafter Freundlichkeit aus.

Ich begann zu reden und hörte nicht auf, bis ich alles erzählt hatte, was ich wusste. Es dauerte nicht lange.

Für wenige Sekunden herrschte Stille, während sich der Ausschuss für den Ersten Mai meinen Bericht über das, was der junge Floh gesehen hatte, durch den Kopf gehen ließ. Dann fing das Gemurmel wieder an. Ich hielt mich raus und wartete, bis die Libelle für Ruhe gesorgt hatte. Sie war eine beinharte alte Lady und es gelang ihr ohne größere Schwierigkeiten. Dann blickte sie mich groß an und fragte: »Und was schlagen Sie vor, Mister Muldoon?«

»Fassen wir mal ins Auge, was wir wissen, einverstanden?«, begann ich. »Erstens: Ein Haufen Insekten wird vermisst, richtig?« Überall Nicken. »Zweitens: *Irgendetwas* ist da im Garten und möglicherweise steckt dieses Etwas hinter dem Verschwinden all dieser Krabbler. Wir wissen nicht genau, was es ist, aber wir wissen, es sieht ungewöhnlich aus und es ist gefährlich. Fragt nur unseren Freund, den Igel ...« Ein Bärenspinner ließ ein schrilles Gegacker hören, dann verstummte er, als er bemerkte, dass er allein gackerte.
»Wir wissen noch etwas«, fuhr ich fort. »Was auch immer für eine Kreatur das ist, der Floh sah sie aufs Haus zusteuern. Es gibt keine Garantie, dass sie noch da ist, aber das ist unser einziger Anhaltspunkt.«
Ich wusste, dass ihnen der nächste Teil nicht gefallen würde – die Mehrheit der Garteninsekten hält nichts davon, im Haus herumzustreunen. Zu viele Streuner waren hineingelaufen und niemals wieder herausgekommen.
»Also ... was ihr tun müsst, ist Folgendes: Stellt einen Trupp Insekten zusammen, schickt ihn ins Haus und findet heraus, was sich dort aufhält ... Für gewöhnlich arbeite ich allein, aber ich wäre bereit, ebenfalls mitzukommen.« Ich erklärte nicht,

dass ich aus persönlichen Gründen an der Expedition teilnehmen wollte. Sie brauchten nicht zu wissen, dass eins der vermissten Insekten eine Freundin von mir war.

Ich gab dem Gedanken Zeit zu sacken. Es klang, als ob sich das Gemurmel der Verwirrung in Zustimmung verwandeln würde. Konnten sie sich für meinen Plan erwärmen? Aber dann ließ sich eine Blattwespe vernehmen. »Nun, ich denke, wir sollten eine Vorabstimmung zu Mister Muldoons Vorschlag vornehmen. Dann können wir morgen zu einer zweiten Abstimmung schreiten ...« Eine Menge Köpfe nickten zustimmend.

»Für solche Mätzchen ist keine Zeit«, rief ich. »Dies ist ein Ausnahmezustand oder habt ihr das nicht bemerkt? Wir müssen jetzt handeln. Morgen kann es zu spät sein.«

Die Libelle starrte mich durchdringend an und es war unschwer zu erkennen, warum Libellen zu den gefürchtetsten Raubinsekten im Garten gehören. Hätten wir uns nicht in einem Ausschuss befunden, der auf neutralem Gebiet tagte, dann hätten sich eine Menge Insekten mächtig unbehaglich gefühlt, von einer Libelle auf diese Weise angestarrt zu werden.

»Wir verstehen Ihre Besorgnis, Mister Muldoon«,

sagte sie, die Stimme voller Autorität. »Allerdings sind uns durch die Verhaltensregeln des Ausschusses die Hände gebunden. Wir haben einfach nicht die Befugnis, Ihren Plan in dem von Ihnen anvisierten Zeitrahmen auszuführen.«
Ich konnte es einfach nicht glauben. »Solange ihr nur euren wertvollen Regeln und Vorschriften folgt«, sagte ich bitter, »bin ich sicher, dass keiner etwas dagegen haben wird zu sterben.«
»Sarkasmus bringt Ihnen gar nichts, Mister Muldoon«, fauchte die Libelle. Sie hatte Recht – ich war seinerzeit oft sarkastisch gewesen und es hatte mir exakt gar nichts gebracht. (Also, warum machte ich damit weiter? Ich schätze, aus Sentimentalität.)
Die tiefblauen, kugelförmigen Augen der Libelle hafteten immer noch auf mir. Ich wusste, hinter ihnen tat sich was. Endlich rückte sie damit heraus. »Natürlich hätte der Ausschuss keinerlei Einwände, wenn ein einzelner Operateur diese Angelegenheit vorab inspizieren wollte, während der Ausschuss die Durchführbarkeit der Zusammenstellung einer Arten-Mix-Expedition untersucht ...«
Mir dämmerte, worauf sie hinauswollte, aber ich wollte, dass die Libelle es selbst sagte. »Und wer,

denken Sie, wäre behämmert genug, so einen Job ganz allein zu übernehmen?«, fragte ich.

Ihr starrer Blick war unbeirrbar. »Wir wären selbstverständlich bereit, Sie zu bezahlen«, sagte die Libelle.

Ein Rüsselkäfer an ihrer Seite beugte sich zu ihr herüber und murmelte etwas, und die Libelle verbesserte sich schnell. »Nun, natürlich müsste der Ausschuss über das genaue Honorar abstimmen, aber ich bin sicher, wir könnten uns auf Ihre üblichen Bedingungen zufrieden stellend einigen ...«

Ich wusste, wohin das führte, und der Ausflug gefiel mir nicht. Eins war mir klar: Ich würde mich allein um die Sache kümmern müssen. »Ja, stimmt nur weiter ab«, sagte ich und ging rückwärts zur Tür. »Stimmt darüber ab, was ihr mir zahlen könnt. Stimmt darüber ab, was ihr tun könnt, um zu helfen. Stimmt darüber ab, wie viele Blattstiele ihr in eurer nächsten Tasse Nektar haben wollt ...«

Ich war aus der Tür und weg. Den entrüsteten Aufruhr in dem Zimmer, das ich gerade verlassen hatte, ignorierte ich. Sollten sie selbst damit fertig werden. Ich hatte zu tun.

Der Hauptraum des Klubs war immer noch so gut wie verlassen. Jake und Netta saßen in der hintersten Ecke. Das war vielleicht eine Unterhaltung! Unter anderen Umständen wäre ich liebend gern dabei gewesen. Ein andermal ... Ich hielt meinen Kopf gesenkt und ging zu Dixie an die Bar.

»Hör mal zu, Dix. Gib Jake eine Nachricht von mir, einverstanden?«

»Er ist gleich da drüben, Wanze.«

»Ich weiß, aber ich will die Biege machen, ohne dem Floh was erklären zu müssen. Sag Jake einfach, Wanze bittet ihn, ein bisschen länger auf die Kleine aufzupassen.«

Ich steuerte auf den Hinterausgang zu.

»Wohin willst du?«, fragte Dixie.

»Alles in allem *würde* ich gern raus auf den Rasen gehen, um ein bisschen Sonne zu tanken. Aber ich gehe hoch zum großen Haus.« Wie ein weiser Krabbler schon sagte: Man kann nicht immer haben, was man will.

Dixies Gesicht sprach Bände. Der fette Nacktschneck kannte die Gerüchte: dass eine Menge Garteninsekten Angst hatten, auch nur in die Nähe des Hauses zu gehen, dass es Berichte über brutale Kämpfe unter den Insektenbanden gegeben hatte, die im Haus lebten. Es herrschte allgemeine Übereinstimmung, dass das Haus ein verrufener Ort sei, und das war, *bevor* irgendjemand erwähnt hatte,

dass sich dort möglicherweise ein Ungeheuer versteckt hielt.
Dixie zermarterte sich das Hirn, um etwas Passendes zu sagen. Endlich hatte er es. »Ich wünsch dir einen schönen Tag«, sagte der Nacktschneck.

10

Ich habe Gerede über die Türme gehört, die Termiten bauen können. Riesige, klimatisierte Bauwerke sind das, die stolz in den Himmel ragen. Das größte architektonische Wunder der Insektenwelt und so weiter und so fort. Vielleicht werde ich eines Tages mal eins zu Gesicht bekommen, aber als ich zum Haus hinaufblickte, stellte ich fest, dass eine ganze Menge Termiten notwendig wären, um so etwas Beeindruckendes wie dieses riesige Bauwerk zu errichten. Es war größer als hundert Bienenstöcke. Ich war noch auf dem Rasen und das Ding füllte schon mein gesamtes Gesichtsfeld aus.

Nun, irgendwo darin musste die Antwort stecken.

Was auch immer Netta im Regen gesehen hatte, es war aufs Haus zugesteuert. Nach Dixies Aussage hatte auch Wilma geplant, hier mit ihren Nachforschungen zu beginnen. Egal, welchen Weg man einschlug, alle führten ins Haus.

Ich brach auf und überquerte die Veranda. Es war lange her, seitdem ich das letzte Mal diesen Weg eingeschlagen hatte, und ich war nicht gerade begeistert, zurück zu sein. Dieser Ort war nicht unsere Welt. Ich wusste, dass viele Insekten den größten Teil ihrer Zeit im Haus verbrachten und sich kaum einmal nach draußen wagten, aber meiner Meinung nach war das kein Leben. Dies war die Welt der Menschen. Was mich betraf, konnten sie diese Welt ruhig für sich behalten.

Weiter vorn war ein Fenster, das auf Bodenhöhe in die Außenseite des Hauses gesetzt war. Es führte zu dem einzigen Teil des Hauses, den ich je gesehen hatte, dem Keller. Ich kam näher und kletterte über die metallene Schutzvorrichtung, die um das Fenster angebracht war. Ich nahm es schnell unter die Lupe, doch hier war kein Eindringen möglich.

Ich flitzte weiter zum nächsten Fenster, da hörte ich es: das unverwechselbare Geräusch eines heranspringenden Insekts. Dann zerriss ein Schrei die

Luft: »Wanze! Warten Sie auf mich!« Ich hatte keinen Zweifel, wer das war.
Der Floh landete direkt vor meiner Nase. »Komisch, jetzt auf dich zu stoßen«, seufzte ich. »Was machst du hier, Netta?«
Sie sah ziemlich hektisch aus und ich konnte verstehen, warum. Es war schon ein ziemlich großes Unternehmen für einen Floh mit einem fremden Insekt zu reisen. Jetzt war Netta ganz allein hinter mir hergesprungen. Die Kleine hatte einen großen Tag und der forderte seinen Tribut.
»Wanze«, keuchte sie, »ich kann nicht länger warten, ich sterbe vor Hunger, Sie *müssen* mich mit ins Haus nehmen, Sie müssen ...« Und so weiter.
»Wo ist Jake?«, fragte ich, als ich auch mal ein Wort sagen konnte.
»Er hat drüben beim Gemüsebeet ein Bonbon gefunden. Er sagte mir, es würde nur einen Moment dauern, aber ich hab nicht gewartet. Ich hab die Gelegenheit ergriffen und bin gleich hergesprungen, um Sie zu finden.«
Ich nickte. Jake war ein feiner Kerl, aber sein Urteilsvermögen war ein wenig getrübt, wenn es irgendwo was Süßes gab. Ich konnte es ihm nicht übel nehmen. Jeder hat einen schwachen Punkt und Jakes war der Zucker.

Doch das änderte nichts an meinem flohgroßen Problem: Netta. Ich wusste nicht, was ich im Haus vorfinden würde, aber auf alle Fälle wollte ich keinen Floh dort herumlungern haben.
»Netta, ich weiß nicht mal, wonach ich dort suche«, erklärte ich ihr. »Das ist zu gefährlich, Kleines.«
Der Floh richtete sich zu seiner vollen Größe auf. »Hören Sie mal zu, Wanze Muldoon ... Ich bin seit ich weiß nicht wie langer Zeit von Bord und hatte keinen Tropfen zu essen. Um ein Haar wäre ich von einer Sandlaufkäfer-Larve verputzt worden und als das nicht geklappt hat, hätten mich um ein Haar ein paar Raubfliegen verspeist, also erzählen Sie mir nichts von Gefahr ...«
Netta hatte Recht, das musste ich ihr lassen. Wer wusste schon, wie lange das alles dauern würde? Ich jedenfalls nicht. Aber eins wusste ich – die arme Kleine brauchte endlich was zu beißen. Das war sicher. Und schließlich steckte auch der Garten hinter jedem Blatt voller Gefahren.
Ich fasste einen Entschluss. Ich wusste, ich musste Wilma finden, aber ich hatte diesem Floh gegenüber genauso eine Verantwortung. Und vielleicht waren die beiden Ziele ja gar nicht so verschieden?
»Okay, Kleines, folgende Abmachung«, sagte ich.

»Du kannst mitkommen. Wir werden die Katze suchen und dich bei deinen Kumpels absetzen, und dann habe ich etwas zu tun, worum ich mich allein kümmern muss. Aber, wenn aus irgendeinem Grund die Sache nicht so laufen sollte, dann musst du haargenau tun, was ich dir sage. Abgemacht?«

Der Floh hopste vor Aufregung. »Abgemacht, Wanze!«

Eine Stimme in mir zischte mir zu, dass ich hier gerade einen großen Fehler machte, aber ich hatte keine Zeit, um mich länger damit zu befassen. Ich steuerte auf das nächste Fenster zu und Netta folgte mir. Das war schon besser: Ein dünner Riss zog sich über das Glas. Unten am Boden brach er sich in einem Strauß kleiner Risse. Nur ein einziges, dreieckiges Loch sah so groß aus, dass ich mich hindurchquetschen konnte, aber mehr brauchten wir nicht.

»Vorsichtig«, warnte ich. »Die Ecken sind scharf.«

Natürlich war es für den kleinen Floh kein Problem hindurchzuhopsen. Für mich war es schon ein bisschen schwieriger, aber ich schaffte es. Wir waren drin. Einen Augenblick standen wir auf dem inneren Fenstersims. Durch das Loch im Glas fühlte ich die Brise von draußen in meinem Rücken.

Wenn wir uns davon wegbewegten, würden wir unumstößlich in dieser dunklen, feindlichen Umgebung stecken. Großartig.

Ich holte tief Atem und begann, die Wand zum Kellerboden hinabzulaufen. Netta blieb dicht hinter mir und bald waren wir wieder in der Horizontalen. Wir befanden uns hinter einem großen Haufen mit Gegenständen, die den Menschen gehörten. Ich hatte keine Ahnung, was das Zeug im Einzelnen sein konnte, aber die Staubschicht über dem Ganzen verriet mir, dass es nichts war, was die Menschen oft benutzen. Bloß eine Menge Müll, den sie hier hingeworfen hatten.

»Was jetzt?«, flüsterte Netta. Bei dem Klang ihrer Stimme huschte etwas in nicht allzu weiter Entfernung auf mageren Beinen davon. Eine Schnake? Ein Weberknecht? Ich wusste es nicht und es war mir auch egal. Ich wäre glücklich gewesen, wenn *alles* Lust gehabt hätte wegzuhuschen.

»Der Keller ist der beste Eingang«, erklärte ich leise, »aber ich schätze, wir werden die Katze hier unten nicht finden. Wir müssen nach oben.«

Die Treppe war auf der anderen Seite des Kellers. Wir brachen auf und kraxelten über einen Stapel Holz, das in unnatürlich gerade Stücke gehackt war. Kaum zu glauben, dass dies mal Bäume gewesen waren. Auf dem zweiten Holzscheit stießen wir auf unser erstes Hausinsekt.

Es war ein rötlich brauner Käfer. Er sah nicht gefährlich aus, aber man kann nie wissen. Ich kam vorsichtig näher. »Wie geht's, Kumpel?«

Ich wollte gerade fragen, ob er etwas Ungewöhnliches in den letzten paar Tagen gesehen hatte. Aber da schaute der Käfer auf und fixierte mich mit einem starren Blick, der so intensiv war wie die Mittagssonne. All meine Fragen schmolzen unter seinem durchdringenden Blick dahin.

»Wohin geht ihr?«, wollte der Käfer wissen.

Ich sah nicht ein, welche Rolle es spielte, ob ich ihm die Wahrheit sagte oder nicht. »Nach oben ins Haus.«

Ich schätze, es war die falsche Antwort. »Nein ... wohin geht ihr *im übertragenen Sinn*?«

Ich seufzte. Warum ist alles so schwer? »Im übertragenen Sinn ... gehen wir nach oben ins Haus.«

»Da täuschst du dich, Pilger«, sagte der Käfer triumphierend. »Im übertragenen Sinn geht ihr dahin, wo wir alle hingehen – ins Große T.« Der Käfer hatte den Gesichtsausdruck von jemandem, der glaubt, er habe gerade das Geheimnis des Universums gelöst. Meinetwegen sollte er.

Plötzlich legte der Käfer den Kopf auf die Seite

und erstarrte. Ich kombinierte, dass er auf etwas horchte – he, ich bin nicht umsonst Privatdetektiv!

»Pst!«, zischte der Käfer. »Still sein! Hört mal! Hört ihr das?«

Wir horchten alle auf absolut gar nichts. Okay, möglicherweise hörte ich, wie das alte Haus rings um uns knarrte, aber irgendwie wusste ich, dass das nicht die richtige Antwort war.

»Da! Ihr müsst es gehört haben!«

»Nein«, sagte ich.

Aber dann bemerkte ich tatsächlich ein Geräusch, eine Art weit entferntes, düsteres Klopfen, so schwach, dass man es kaum hören konnte.

»Du liebe Güte, du liebe Güte, wieder einer, der dran glauben muss!«, verkündete der Käfer, als hätte er gerade einen wichtigen Beweis geführt. »Ich muss die Nachricht weitergeben.« Und damit bewegte sich der Käfer ruckartig nach vorn und begann mit seinem helmartigen Kopf gegen das Holz zu hämmern, auf dem er stand. *Klopf, klopf, klopf, klopf, klopf!* Mir brummte der Schädel schon beim Zusehen.

Sekunden später hörten wir in der Ferne den schwachen Klang eines anderen Klopfgeräusches. Die Nachricht wurde beantwortet.

»Das gibt Kopfschmerzen«, sagte ich.

Als Antwort erwiderte der Käfer nur: »Diese Woche kann er eine gute Punktzahl für sich verbuchen.«

Ich wollte nicht nachfragen, aber ich wusste, ich musste es tun. »Wer?«

»Der Tod!«, verkündete der Käfer mit einem wissenden Grinsen. »Das Große T hat gerade eine kleine Glückssträhne. Krabbler sterben rechts, links und in der Mitte, und dieses Haus ist der Schauplatz des Ganzen.« Er beugte sich vor. »Man könnte sagen, es ist das Haus des Todes ... Rein rechnerisch ist es das«, fügte er mit einem verschwörerischen Zwinkern hinzu.

Ich warf einen flüchtigen Blick auf Netta, die unbehaglich von einem Bein aufs andere trat. Dieses kleine Schwätzchen trug nicht gerade dazu bei, ihre Lebensgeister zu wecken. Tatsache ist, dass es mich auch nicht unbedingt aufkratzte.

»Und warum müsst ihr die Punktzahl festhalten?«

Der Käfer sah gekränkt aus. »Wer wird die Punktzahl festhalten, wenn wir es nicht tun?«

Das war eine von diesen verzwickten Fragen, die gar nicht so leicht zu beantworten sind. Ich rührte nicht daran. Stattdessen begann ich, langsam zurückzugehen und auf Wiedersehen zu sagen. »Also, es war der absolute Knüller mit dir, aber wir müssen los, und ...«

Der Käfer war mit was anderem beschäftigt, nämlich seinen Schädel wieder gegen den Boden zu hauen. *Klopf, klopf, klopf, klopf, klopf!*

Netta sah mit einer Mischung aus Grauen und Neugierde zu, aber ich zog sie fort. Wir gingen weiter und das Klopfen hinter uns wurde immer schwächer. Netta sagte nichts, bis das Geräusch nur noch ein entferntes Trommeln war.

Klopf, klopf, klopf,
klopf, klopf, klopf,
klopf, klopf,
klopf, klopf,
klopf ...

Die Stille war süß. »Er hat nicht die Wahrheit gesagt ... oder?«, fragte der Floh endlich. »Ich meine über den Tod und so?«

»Keine Angst«, sagte ich, eine innere Ruhe vortäuschend, die ich keineswegs fühlte. »Hausinsekten sind manchmal ganz schön verrückt. Das war ein Totenuhr-Käfer. Er macht seinem Namen alle Ehre. Sie sind alle ein bisschen makaber.« Netta schien nicht überzeugt. Ich machte mir nicht die Mühe, ihr zu erzählen, was ich über die Totenuhr-Käfer und ihre grausige kleine Rechnung dachte: Die Insekten-Sterblichkeitsrate blieb natürlich immer bei hundert Prozent, aber warum sich länger damit befassen? Ich schätze, jeder braucht ein Hobby.

»Wir müssen uns auf die vorliegende Aufgabe konzentrieren«, fuhr ich fort, »das heißt, wir müssen dich auf dieser Hauskatze absetzen.« Dann würde es für mich an der Zeit sein, herumzuschnüffeln, aber das musste ich Netta nicht auf die Nase binden.

Eine Weile gingen wir schweigend weiter. Etwas an diesem Ort war mir unheimlich. Ich wusste, draußen war ein schöner, sonniger Tag, aber hier in dieser künstlichen Welt herrschte Dämmerung. Das einzige Licht kam durch die beiden schmutzigen Fenster oben an der Wand in unserem Rücken. Mir gefiel es nicht, auf der betonierten Oberfläche zu laufen. Ich vermisste das Gefühl von Erde und Gras unter meinen Füßen. Ich bin nicht gerade ein Naturbursche oder so – ich weiß nur, welche Gefahren es im Garten gibt und wo sie lauern können. Der harte, kalte Betonboden sagte mir, dass er im Notfall nirgends ein Versteck bieten würde.

Wir waren in eine andere Gegend des Kellers gekommen und die Treppe war nicht mehr allzu weit entfernt, als Netta plötzlich aufschrie: »Halt! ... Ich rieche Blut!«

Ich blieb stehen. Ich wusste, dass Flöhe eine feine Nase für das alte Dick & Rot-Zeug haben. Das galt umso mehr, wenn sie hungrig waren, und Netta hatte sich seit langer, langer Zeit nicht einen einzigen Tropfen Blut reingezogen. Ich wusste noch etwas: Dies war kein guter Aufenthaltsort, falls es Ärger geben sollte. Wir waren zu weit von der Wand entfernt, welchen Schutz und welche Deckung ihre Risse und der abblätternde Anstrich auch immer bieten mochten. Wir waren weit draußen in offenem Gelände.

Aber dann hörte ich nichts mehr. Nicht mal das entfernte Klopfen des Totenuhr-Käfers. Vielleicht hatte sich Netta geirrt? Ich horchte wieder.

Nichts.

»Bist du sicher?«, flüsterte ich.

»Ja«, zischte Netta zurück. »Ich würde diesen Geruch überall erkennen.«

»Die Katze?« Netta schüttelte den Kopf: *Nein.*

Okay, also wo war dieses Tier voller Blut? Vielleicht war Netta so hungrig, dass sie begonnen hatte, sich *einzubilden*, sie könne Essen riechen? Vielleicht drehte sie durch? Vielleicht ...

Da hörte ich es. Ein Quieken in der Dunkelheit.

Da kam was.

11 Dem Quieken folgten andere Geräusche. Das Klappern scharfer Zähne. Das Kratzen von Krallen auf Beton. Diese Klänge waren nicht gerade Musik in meinen Ohren.

»Schnell!«, schrie ich. Wir flitzten (in meinem Fall) und hüpften (in Nettas) zur Wand. Dort war ein winziger Fleck, wo der Putz abgeplatzt war. Er bot nicht viel Schutz, aber es war ringsum das einzige Versteck.

Wir erreichten es keine Sekunde zu früh. Als ich auf die offene Fläche des Kellers zurückschaute, entstand Bewegung in der Dunkelheit. Selbst im Finstern konnte ich die beiden Ratten ausmachen. Sie waren drüben, auf der anderen Seite des Kellers.

Sie hatten uns noch nicht registriert und es reizte mich keineswegs herauszufinden, was in diesem Fall passieren würde. Wir drückten uns in den Riss, warteten ab und beobachteten.
Glaubt jetzt nicht, dass in jedem Haus Ratten sind. Aber das Haus in der Nähe des Gartens ist eine große alte Bude und der Mann leistet keine besonders großartige Arbeit, sie in Schuss zu halten; so oder so ähnlich wurde es mir von Krabblern berichtet, die sich damit auskennen. Ich für meinen Teil habe zu viele andere Dinge im Kopf, als dass ich mich darüber wundern könnte, wie die verschiedenen Säugetiere ihr Leben einrichten.
»Okay, Netta«, flüsterte ich. »Sei bereit aufzuspringen, wenn eine von ihnen nahe genug herankommt, okay? Vielleicht möchtest du nicht auf einer Ratte als Schiff landen, aber möglicherweise hast du keine Wahl. Auf einer Ratte zu reisen, ist immer noch besser, als von einer gefressen zu werden.«
Netta nickte nervös. Ich wusste, sie glaubte, dass alle ihre Freunde auf der Katze im Obergeschoss wären, und nicht auf einer gammeligen alten Ratte, die im Keller herumkroch. »Und was ist mit Ihnen, Wanze?«, fragte sie.
»Ich werde es drauf ankommen lassen.«

Die Ratten waren jetzt in der Mitte des Kellers angelangt. Sie sahen unruhig aus, bereit zuzuschlagen. In diesem Zustand sind Ratten am gefährlichsten. Instinktiv drückte ich mich stärker gegen den Ziegelstein in der Wand. Und dann spielten meine Fühler plötzlich verrückt. Hier war etwas Gefährliches, aber es waren nicht die Ratten, es war etwas *anderes.* Ich wirbelte herum und suchte die Schatten an der Wand nach den verräterischen Zeichen eines Spinnennetzes ab.

Was ich entdeckte, war keine Spinne. Es war schlimmer. Es war anders als alles, das ich bisher zu Gesicht bekommen hatte.

Irgendwo weiter hinten an der Wand war es aufgetaucht und es sah uns direkt an. Ein Ungeheuer.

Okay, ich schätze, ich kann etwas genauer sein. Die Kreatur war groß, viel größer als ich. Sie hatte zwei riesige Scheren an den Vorderbeinen – sie sahen mordsgefährlich aus – und ihr langes, gepanzertes Hinterteil bog sich nach vorn. Am Ende des Schwanzes, beinahe über dem Kopf baumelnd, war ein wirklich böse aussehender Stachel. Der Tod kommt in vielen Formen und Größen. Im Augenblick waren seine Nadelstich-Augen auf Netta und mich gerichtet.

Der Floh an meiner Seite hatte sich nicht von der

Stelle gerührt. Die Kleine musste vor Angst erstarrt sein, genau wie ich.
Das Ungeheuer jagte auf uns zu. Es war schnell. Selbst wenn mein Hirn kooperativ genug gewesen wäre, mir eine faire Chance zum Abhauen zu geben, es hätte nicht viel gebracht.
Doch das Ungeheuer kam uns nicht holen. Es raste direkt neben mir vorbei und dann in das offene Gebiet des Kellerbodens. Dorthin, wo die Ratten nach ein paar Bissen suchten.
Ich habe eine Menge Gerede über Ratten gehört. Einige Insekten behaupten, sie seien ziemlich klug, andere, dass sie typische dumme Wirbeltiere seien. Ich würde mich in dieser Frage ungern der einen oder der anderen Seite anschließen, aber ich wusste eins: Die beiden Ratten im Keller waren klug genug, um zu wissen, wann sie keine Chance hatten. Sie warfen einen Blick auf die Kreatur, die sich ihnen wie eine alptraumhafte Höllenkrabbe näherte. Ihre Scheren klappten gefährlich auf und zu und die Schnurrbarthaare der Ratten zuckten vor Angst. Sie stießen beide ein entsetztes Quieken aus und dann rannten sie wie verrückt dahin zurück, woher sie gekommen waren.
Genau das schoss mir durch den Kopf, *zu rennen wie verrückt*. Ich hätte es auch getan. Das Ein-

zige, was mich davon abhielt, war eine vertraute Stimme. Sie kam von weiter hinten an der Wand, in die wir uns momentan hineinzudrücken versuchten.

»Hallo, Wanze. Ist lang her …«

Ich hätte diese Stimme überall erkannt.

»Wie geht's, Slade?«, fragte ich.

Der Kakerlak drückte sich aus einem Riss hervor, den ich nicht mal bemerkt hatte. Möglicherweise nerve ich, wenn ich schon wieder davon anfange, aber ich bin wirklich ein Käfertyp, der gern und oft im Freien ist. Vom Leben im Haus habe ich in vielen Dingen keinen blassen Schimmer.

Slade war da anders. Schon damals, als wir miteinander zu tun hatten, kam er immer wieder gern zum Haus. Heute dachte ich, dass er es lange nicht mehr verlassen hatte. Das war Slades Welt.

Er kam näher. Slade war schnell, selbst für einen Kakerlaken, und lasst euch das gesagt sein: Schnell heißt wirklich schnell. Wenn sie wollen, können Kakerlaken ganz schön Gas geben.

Er nickte Netta und mir zu und lächelte. »Ich sehe, du bist jetzt in einer anderen Clique, Wanze.«

Ich hielt die Sache geschäftlich. »Das ist Netta, eine Klientin.« Mehr sagte ich nicht. Ich brannte darauf, nach Wilma zu fragen, aber so kann man

Slade nicht kommen. Man muss ihn denken lassen, dass er das Tempo bestimmt.
Mittlerweile hatte sich eine Menge anderer Insekten an uns herangeschlichen. Das schockierte mich nicht – ich dachte mir, dass Slade sich nicht allzu weit von seinen Jungs entfernen würde, die ihm den Rücken freihielten. Das war nicht sein Stil. Alle zusammen waren es ungefähr zwanzig: ein Haufen weiterer Kakerlaken, einige Ohrwürmer, ein paar Teppichkäfer. Das größte Insekt unter ihnen blieb zurück, aber ich fing seinen Blick auf und nickte.
»Das wird eine richtige Wiedervereinigung«, sagte ich. »Dachte nicht, dass ich dich so bald wieder sehen würde, Elch.« Okay, ich sprach nicht gerade Chinesisch, aber der große Hirschkäfer war um eine Antwort verlegen.
»Ja, ja, richtig«, grinste Slade. Er blickte mir unverwandt in die Augen. »Elch sagte, dass er dir beim Kampf über den Weg gelaufen ist. Ja, er erzählte mir, du hättest ausrichten lassen, der Grünen Blattlaus gehe es gut. Ich hab mich darüber echt schlappgelacht, Wanze.«
Als wollte er seine Worte beweisen, lachte er wieder. Ich lachte nicht mit, aber Slade schien es nichts auszumachen, allein zu lachen.

»Wenn ich nur ein bisschen Freude in dein Leben bringe«, sagte ich, »hat sich doch alles gelohnt.«
Slade würgte sein Lachen ab. Er war mir jetzt so nah, dass seine langen Fühler meine fast berührten. Er gestikulierte in den ihn umgebenden Keller hinein, als ob das die Welt wäre. »Ich wette, du hast mich nie als ein Insekt betrachtet, das die größte Bande im Haus anführen könnte, was?«
»Du wärst überrascht, wie wenig ich überhaupt an dich gedacht hab, Slade«, antwortete ich.
Das Grinsen auf der Visage des Kakerlaks war wie festgefroren, aber in seinen Augen blitzte Wut auf. Sie war verschwunden, als er wieder sprach. »Hat mir gefehlt, jemand wie dich in meiner Nähe zu haben, Wanze«, erklärte er schließlich. »Du weißt schon, jemand, der eine kleine Unterhaltung führen kann, ohne dass sein Hirn sich in Brei verwandelt.« Traurig sah er sich nach seinen Jungs um. »Jemand, der das Ganze im Zusammenhang sehen kann.«
»Witzig, dass du das sagst, Slade, denn ich wollte dich gern nach dem Zusammenhang des Ganzen fragen. Nur sieht das Ganze, von meinem Standpunkt betrachtet, nicht allzu hübsch aus.«
Ich deutete zur Mitte des Kellerbodens, wo das monströse Geschöpf allein stand. Eine Ratte war nicht in Sicht.

Slade wollte cool rangehen wie ein hohes Tier, aber sein Grinsen zog sich so in die Breite, dass er fast hineinfiel. »Ach, du meinst meine Geheimwaffe? Einen Augenblick.« Der Kakerlak wandte sich an einen seiner Ohrwurm-Handlanger. »Schenkel, geh, such Piet, in Ordnung?«

Der Ohrwurm vergeudete keine Zeit. Er sauste los, um Slades Auftrag auszuführen. Der Kakerlak wandte mir wieder seine Aufmerksamkeit zu. Netta sah er kaum an. »Es ist eine interessante Geschichte, Wanze«, sagte er. »Du wirst einen Mordsspaß an der Sache haben.«

Der Klang seiner Stimme verriet mir, dass ein Nein nicht in Frage kam. Slade schwenkte einen Fühler zu dem seltsam aussehenden Geschöpf, das langsam über den Betonboden zurückkroch.

»Das ist unser neuester ... Kollege«, kündigte Slade großartig an. »Sag Juno guten Tag.«

12

Der Kopf des Ungeheuers drehte sich ruckartig in unsere Richtung, als der Kakerlak den Namen aussprach. Dann sah ich, dass es eine *Sie* war. Sie spießte mich mit einem Blick auf, der mich am liebsten hätte weglaufen lassen, so schnell mich meine sechs Beine trugen.

»Juno kommt von weit her«, fuhr Slade fort, »und ich meine wirklich *weit*. Weißt du, sie saß zu Hause in ihrem schönen warmen Heim, ruhte sich gerade in einer großen alten Bananenstaude aus, als plötzlich – he, was sagt man dazu? – irgendein Mensch hingeht, die ganze Staude fällt und in eine Kiste schmeißt. Als Nächstes schmeißen sie die Kiste auf ein Schiff und da steht sie tagelang rum, im

Dunkeln. Und Juno auch. Keinen blassen Schimmer, was los war, die Arme.« Slades Stimme triefte nicht gerade vor Mitgefühl. »Nun, kinderleicht zu raten, was passiert. Das Schiff legt an und die Bananenkiste landet nicht weit von hier, unten im Supermarkt.«

Super-was? Ich fragte nicht – ich wollte Slade die Genugtuung nicht geben –, aber mein Gesichtsausdruck verriet mich. Slade ergriff die Gelegenheit und wandte sich an die umstehenden Insekten.

»Ich hab ganz vergessen ... Wanze weiß nicht, was die Menschen so treiben, oder es ist ihm egal. Stimmt's, Wanze? Im Grunde seines Herzens ist er ein Landei.«

Der Kakerlak grinste seinen Jungs zuliebe und dann erklärte er mir schön langsam, so als wenn ich gerade erst aus dem Ei geschlüpft wäre: »Ein Supermarkt ist ein Ort, wo Menschen Essen kaufen und so. Das nächste Mal, wenn du in deinem Garten bist und dein Essen sich rumdreht und versucht, *dich* zu fressen, solltest du dir mal einen angucken ...

Also, wie dem auch sei, irgendein Mensch entlädt die Bananen, als Juno daraus hervorschießt. War vermutlich ein kleiner Schock. Ich meine, wie oft

sieht man hier in der Gegend schon einen Skorpion?«
Langsam fühlte ich mich so blöd wie eine Bettwanze. Ein Skorpion? Der Name war mir nicht geläufig, aber irgendetwas daran jagte mir ein Angstfrösteln über den Panzer.
Slade beobachtete aufmerksam meine Reaktion. »Nun, Juno war auch ziemlich geschockt. Sie machte sich aus dem Staub, aber sie hatte keine Ahnung, wohin sie laufen sollte. Alles war fremd und anders. Guck dir das Wetter an: Wir könnten das eine Hitzewelle nennen, aber Juno ist viel heißeres Wetter gewöhnt.« Der Kakerlak wandte seine Aufmerksamkeit der Kreatur zu, die er »Skorpion« genannt hatte.
»EIN BISSCHEN KÜHL HIER!«, brüllte er plötzlich. Trotz der Lautstärke, mit welcher der Kakerlak gerufen hatte, ließ die Skorpionin keinerlei Anzeichen erkennen, dass sie ihn verstanden hatte.
»Siehst du, das andere Problem«, sagte Slade. »Sie versteht unsere Sprache nicht richtig.« Er wandte sich wieder der Skorpionin zu. »ICH SAGTE, NO VERSTEHEN DIE LINGO, WAS?«
Das Gesicht der Skorpionin war so ausdrucksvoll wie ein Ziegelstein. Jetzt, wo das Geschöpf näher gekommen war, sah ich, dass es nicht mal ein In-

sekt war. Nach den acht Beinen zu urteilen, war es ein Spinnentier, aber so eins war mir nie zuvor zu Gesicht gekommen. Nicht mit solchen enormen Scheren und diesem mordsgefährlich aussehenden Stachel am Ende des Schwanzes. Und doch: Spinnentier bleibt Spinnentier, und das macht es zu einem alten Todfeind für eine Menge von Insekten. Mich könnt ihr dazuzählen.

Slade fuhr mit seiner Geschichte fort. »Nun, sie lief eine Weile herum, wobei sie kaum einen Schimmer hatte, was los war. Schließlich landete sie in deinen Breiten, draußen im Garten.«

Wie eine aufsteigende Luftblase trieb eine Erinnerung an die Oberfläche meines Verstandes. Mir fiel der Ausdruck von Angst auf dem voll gesabberten Gesicht der Kröte ein. Etwas Scheußliches lauerte im Chrysanthemenbusch. Jetzt, da ich wusste, was es war, bemerkte ich einen unbekannten Anflug von Mitgefühl für die Kröte. Kein Wunder, dass sie so ängstlich gewirkt hatte.

»Es sah nicht gerade rosig aus«, fuhr Slade fort, »und es wurde nur noch schlimmer, als es anfing zu regnen. Juno versuchte gerade, in der Nähe des Hauses Schutz zu finden, als irgendein Igel über sie stolperte. Dachte wohl, er sei einer netten, leckeren Mahlzeit begegnet – irgendeinem exotischen Nahrungsmittel, weißt du? Nun, der Igel sollte eine Überraschung erleben. Es gab eine Art ... Meinungsverschiedenheit und der Igel ging daraus als großer Verlierer hervor.«

Okay, das Puzzle fügte sich zusammen. Ich wusste jetzt, wer Nettas Ungeheuer war. Ich kannte die Identität des Ungeheuers im Regen.

Slade unterbrach sich und sah zu einer neuen Gestalt hinüber, die sich in den Keller geschlichen hatte. Es war der Glatte Piet, das magere graue Silberfischchen. Ich hatte den Kerl in der *Kampf-Nacht* beobachtet, wie er mit Elch ein krummes Ding drehte. Er sah immer noch so unbeständig wie Rauch aus, aber ich bemerkte sofort, dass etwas an ihm anders war: ein neues großspuriges Auftreten. Piet war immer ein kleiner Gauner gewesen. Er war schon lange in der Szene, aber er hatte nie eine große Rolle gespielt. Die Zeiten hatten sich geändert und als er den Mund öffnete und mit der Skorpionin zu sprechen begann, fand ich schnell heraus, warum.

Das Silberfischchen sprach stockend. Ich konnte kein einziges Wort verstehen, aber die Skorpionin schon. Sie hörte genau zu und dann nickte sie dem winzigen Silberfischchen langsam zu. Ich war etwas überrascht, dass Piet solche verborgenen

Fähigkeiten besaß, aber bei Urinsekten wie Silberfischchen kann man nie wissen. Sie sind nicht wie andere Insekten – sie waren schon immer da, viel früher als die meisten Krabbler. Sie hatten niemals Flügel und sie machen keine Metamorphose durch. Aber ich schätze, sie haben andere Möglichkeiten, ihre Defizite wettzumachen. Vielleicht ist eine davon, die altertümliche Sprache der Spinnentiere zu verstehen.

»Verstehst du?«, sagte Slade neben mir. »Der Kampf endete vorzeitig, Piet war gerade auf dem Rückweg zum Haus. Nach ihrem Zusammenstoß mit dem Igel lungerte Juno immer noch in der Gegend herum. Und rat mal, was passierte? Piet konnte sich mit ihr verständigen. Bei diesen Urinsekten kann man nie wissen ... stimmt's oder hab ich Recht? Nun, der alte Piet erkannte sofort, welche geschäftlichen Vorteile die Sachlage bieten musste. Er erklärte Juno, dass er jemand wüsste, der ihr aus der Patsche helfen könne. Jemand, der ihr zeige, wer in dieser fremden, neuen Welt ihre Feinde waren und wer ihre Freunde. Schließlich, jemand, der ihr vielleicht sogar helfen könne, den Heimweg zu finden ...«

»Und dieser Jemand warst du?«

»Bingo! Du bist klüger, als du aussiehst, Wanze!«

»Manchmal bin ich gar nicht so übel.« Ich nahm die Skorpionin wieder unter die Lupe. Sie sah aus wie eine erstklassige Mordmaschine. »Und mittlerweile hast du dir einen kleinen Schläger von auswärts zugelegt, damit du Ordnung schaffen und die anderen Banden in der Gegend übernehmen kannst?«

Der grinsende Kakerlak grinste weiter. »Das ist erst der Anfang, Wanze. Ich hab große Pläne und ich meine wirklich GROSSE Pläne. Wir haben uns diese Ratten lange genug gefallen lassen, jetzt werden wir sie uns vom Hals schaffen. Mit Juno an unserer Seite ist das ein Kinderspiel. Danach sollte man annehmen, dass keine andere Bande mehr aus der Reihe tanzt. Wir werden eine eigene Armee haben. Und dann ...« – ein weiteres Blitzlicht-Grinsen – »... wer weiß?«

Ich hatte nicht das Bedürfnis zu antworten. Ich wusste, was in Slades Kopf vor sich ging. Er war genau wie jeder andere kleine Gangster, nur schlimmer.

Der Glatte Piet hatte jetzt begonnen, lauter zu sprechen. Die Skorpionin erwiderte etwas, jedoch mit einem so leisen Flüstern, dass ich nichts hören konnte.

»Was hat sie gesagt?«, wollte Slade wissen.

»Sie möchte *den Grund* wissen«, erklärte das Silberfischchen. »Sie möchte wissen, was uns die Ratten getan haben ...« Die Sache begann interessant zu werden.

»Sag ihr, das geht sie nichts an!«, fauchte Slade. Dann überlegte er noch mal. »Nein, warte! Sag ihr, dass wir erst mit unseren schlimmsten Feinden fertig werden müssen, bevor wir auch nur darüber nachdenken können, wie wir sie nach Hause bringen. Im Inneren eines Rattenbauchs können wir kaum Pläne schmieden, oder?«

Der Glatte Piet begann, der Skorpionin die Botschaft mitzuteilen, wobei die langen Fühler an seinem Schwanz langsame Kreise in der Luft beschrieben. Unterdessen fing Slade an, mich auszufragen, warum ich im Haus war.

»Etliche Gründe«, antwortete ich. »Meine Klientin war auf dem Igel, als er deiner neuen Freundin in die Arme lief. Die anderen Flöhe hopsten rechtzeitig von Bord. Wir vermuten, dass sie ins Haus gekommen sind, also befinden sie sich wahrscheinlich oben auf der Katze. Ich bring die Kleine wieder mit ihren Freunden zusammen.«

Während ich sprach, blieb Netta dicht hinter mir versteckt. Ich konnte erkennen, dass die Nähe dieser Hausinsekten sie nervös machte. Kluges Kind.

Und natürlich war da immer noch die Skorpionin. Aller Wahrscheinlichkeit nach waren Nettas Erinnerungen beim Anblick dieses Geschöpfes wieder zu ihr zurückgeflutet. Ich kann mir nicht vorstellen, dass es besonders zärtliche Erinnerungen waren.

»Und weiter?«, fragte mich Slade.

»Im Garten kursieren eine Menge Gerüchte über Ungeheuer ... jetzt weiß ich, warum. Außerdem gibt es einen Haufen Insekten, die vermisst werden. Könnte das ebenfalls mit deiner neuen Freundin zu tun haben?«

»Schon möglich.« Slade zuckte die Achseln, als wenn ihn das wirklich nichts anginge. »Ich glaube, Piet hat sie heute Morgen rausgelassen ... ich würde mal annehmen, jedes Insekt, das einen Blick von Juno erhascht, wird sich wohl ziemlich schnell nach einem anderen Garten umsehen, oder?«

»Anzunehmen wäre es.« Hier bot sich die Gelegenheit, auf mein eigentliches Anliegen zu kommen. »Aber was ist mit einer Grashüpferin namens Wilma? Sie würde nicht weglaufen, aber sie wird ebenfalls vermisst ...«

Der Kakerlak überhörte keine Hebung in meiner Stimme. »Kennst du sie? Ja, ja, sie war hier in der Gegend, früher am Tag. Vor ein, zwei Stunden, stimmt's, Rocky?«

Der Kakerlak, der Rocky genannt wurde, antwortete mit einem messerscharfen »Hä?«.

»Vergiss es«, fauchte Slade. »Ich möchte nicht, dass dir das Hirn wegschmilzt. – Ja ... ich bin sicher, es war am Ende des Vormittags. Sie sagte nichts von vermissten Krabblern, aber sie wollte wirklich wissen, was mit diesem Igel passiert war.«

»Was hast du ihr erzählt?«

Slade öffnete weit die Fühler. »He, ich hab nichts zu verbergen. Ich hab ihr alles erzählt, was ich dir erzählt hab. Sie konnte sich Juno genau ansehen, sie stellte noch ein paar Fragen, dann hopste sie davon. Du hast sie im Garten nicht wieder gesehen?«

»Nein.« Ich versuchte, die zeitlichen Koordinaten im Kopf zu berechnen. Ich schätze, es war möglich, dass Wilma und ich uns knapp verpasst hatten. Vielleicht war sie in diesem Augenblick wieder bei Dixie und gab die Story an den Ausschuss für den Ersten Mai weiter. Es gab nur eine andere Erklärung, die ich mir vorstellen konnte, aber es war wirklich nicht die feine Art, sich zu erkundigen, ob Kreaturen wie Skorpione wohl gern Kreaturen wie Grashüpfer fressen. Sollte die Antwort Ja sein, war ich nicht unbedingt in der Lage, etwas dagegen zu unternehmen. Alles, was ich tun konnte, war Netta wieder mit ihren Mannschaftskameraden zusammenzubringen.

Nach der Art und Weise zu urteilen, wie Netta sich gegen mich drängte, war die Kleine dazu mehr als bereit.
»Na, wir sollten uns lieber auf den Weg machen«, sagte ich so beiläufig wie möglich.
Der Kakerlak nickte langsam. »Das wäre ausgezeichnet, Wanze.«
Ich fragte nicht wirklich um Erlaubnis, aber dies war nicht der Zeitpunkt, um spitzfindig zu sein.
»Die Katze ist wahrscheinlich oben«, sagte Slade. »Im Augenblick sind keine Menschen da, du hast also freie Bahn.«
Tatsächlich? »Ich bin nicht misstrauisch Slade, aber was ist mit all den Geräuschen von oben? Es hört sich wirklich so an, als ob Menschen in der Nähe sind.«
Der Kakerlak schüttelte über meine Dummheit traurig den Kopf. »Wanze, Wanze, Wanze ... du weißt nichts vom Leben in einem Haus, stimmt's? Da sind dauernd Geräusche – Wasserrohre und so 'n Zeug. Es bedeutet nicht, dass jemand da ist. Wenn du aus dem Keller kommst, hältst du dich einfach rechts, dann gehst du geradeaus die andere Treppe rauf. Du kannst dich nicht verlaufen. Vertrau mir.«
Normalerweise würde ich Slade ungefähr in dem

Ausmaß vertrauen, wie ich einer Tarantel vertrauen würde, aber im Augenblick konnte ich nicht viel machen.

»Komm, Netta«, sagte ich zu dem Floh. Ungeduldig sprang die Kleine auf meinen Rücken.

»War nett«, sagte Slade, der immer noch den liebenswürdigen Verbrecherbaron spielte. »Schau in Zukunft mal öfter rein.«

Wir machten uns auf den Weg zur Treppe, die aus dem Keller nach oben führte, als Elch schwerfällig ankam. Der große Hirschkäfer schien nervös, als er sich an Slade wandte.

»Boss, ich könnte sie die Treppe raufbegleiten ... Weißt du, sie im Auge behalten oder so?« Ich nehme an, Elch versuchte mir auf seine Art zu danken, dass ich ihm im Club das Leben gerettet hatte. Es war irgendwie rührend.

Aber bevor Slade überhaupt antworten konnte, schrie der Glatte Piet: »He, Elch, schalt das Hirn ein, bevor du die Kiefer in Betrieb setzt, kapiert? Am besten, du lässt mich die Denkarbeit für dich übernehmen. Im Augenblick bleib einfach, wo du bist. Wanze ist kein Baby. Er kann auf sich selber aufpassen.«

»Ja«, murmelte der Hirschkäfer. »Ich schätze schon, Piet.«

Als wir die Treppe erreichten, hatte sich Slade schon wichtigeren Dingen zugewandt. Er plante die nächste Stufe seines Feldzugs gegen die Ratten. Ich schaute ein letztes Mal zurück. Auf diese Entfernung war es schwierig, die kleineren Krabbler auszumachen, aber ich konnte die riesige Skorpionin gut erkennen. Ohne ein Wort zu verstehen, saß sie schweigend da, während ringsherum Insekten die zahlreichen Möglichkeiten erörterten, wie sie den Mord für sie begehen könnte.

13

Netta und ich krochen durch den Spalt unter der Kellertür hindurch. Plötzlich waren wir in einer Welt voller Sonnenlicht, obgleich wir immer noch im Haus waren.

Ich wusste, Netta hatte eine Menge auf dem Herzen. Ich schätzte, es waren Gedanken an die Skorpionin, aber es stellte sich heraus, dass der Floh taffer war, als ich gedacht hatte. Als Netta endlich sprach, klang sie eher wütend als ängstlich.

»Ich glaube nicht, dass ich Ihre Freunde besonders mag«, sagte sie.

Ich lachte. »Nicht jeder kann einen Charakter so gut beurteilen«, sagte ich ihr. »Du wirst es weit bringen, Kleine.«

Ich schaute mich um, wobei ich versuchte, mich in der seltsamen Umgebung zu orientieren. Menschenmöbel türmten sich über uns auf wie ein alptraumhafter Wald. Ich hatte dem Keller mal einen Besuch abgestattet – vor langer Zeit –, aber dies war das erste Mal, dass ich in dem höher gelegenen Teil des Hauses war. Vielleicht hätte ich mir die Sehenswürdigkeiten reinziehen sollen, aber es war nicht die Zeit für Tourismus. Ich wollte bloß diesen Job endgültig hinter mich bringen und dann hier die verflixte Biege machen.

»Slade sagte, wir sollten uns rechts halten, oder?« Ich wandte mich in diese Richtung. Ich war nicht weit gekommen, als ich bemerkte, dass Netta auf den Boden gehopst war.

»Was ist los?«

Netta rührte sich nicht. »Das ist der falsche Weg«, sagte sie. »Hundertprozentig.« Ihre Stimme zitterte, aber sie war eisern. In ihren Augen sah ich jene Entschlossenheit, die ich früher schon auf dem Rosenbusch bemerkt hatte.

»Warum?«

»Zur Katze geht's hier entlang«, beharrte der Floh, in die entgegengesetzte Richtung zeigend. »Ich kann sie *riechen*.«

Ich erwog die Alternativen. Auf der einen Seite war ein hungriger Floh mit einer Spürnase für Blut. Auf der anderen Seite war der Ratschlag von Slade, einem Kakerlak, den ich von früher nur allzu gut kannte. Es war keine schwierige Wahl.

»Geh voraus«, sagte ich.

Wir brachen auf. Der Weg führte einen langen, engen Raum hinunter. Auf dem Betonboden im Keller zu laufen, war schlimm genug gewesen, aber dieses Zeug war das Schlimmste: Der ganze Gang war mit irgendeiner elastischen Kunstfaser bedeckt. Teppich nennen sie das. Darauf zu laufen, war schwieriger, als sich einen Weg durch das dickste Gras zu bahnen.

Aber Netta hatte Recht gehabt. Am Ende des schmalen Raums kamen wir zu einer Türschwelle und da lag sie, friedlich schlafend. Die Katze.

Als Netta sie erblickte, konnte sie nicht aufhören, vor Aufregung zu hüpfen. Jeder Nerv in ihrem Körper musste ihr zugeschrien haben, sich festzuklammern und mit der Mahlzeit zu beginnen. Ich wusste, die Kleine kam fast um vor Hunger, aber sie war höflich. Sie nahm sich die Zeit, sich mir zuzuwenden.

»Mensch, Wanze, ich weiß nicht, was ich ohne Sie getan hätte. Ich ...«

Das klang wie der Anfang einer Gefühlsduselei. Nicht mein Stil, also unterbrach ich sie schnell. »He, Kleine, ich streich ’nen Barscheck dafür ein, erinnerst du dich?« Ich nickte zu dem schlummernden Säugetier hinüber. »Mach schon, hol dir was zu Essen.«

Netta grinste ein breites altes Blutsaugergrinsen. Dann hüpfte sie direkt auf das schlafende Tier, indem sie ihren Körper in einer typischen Demonstration von Freiluft-Akrobatik herumwirbelte. Sie landete auf dem Hinterlauf der Katze und wenig später sah ich eine kleine Gruppe Flöhe in derselben Region auf dem Fell erscheinen. Ich konnte all die kleinen aufgeregten Hurra-Schreie hören, als Netta wieder mit ihren Freunden zusammentraf. Süß.

Das Leben ist normalerweise nicht so einfach und ich erlaubte es mir, den Moment kurz zu genießen. Aber dann wurde es Zeit, hier schleunigst die Biege zu machen. Ich sah mich eilig um und stellte fest, dass es von diesem Raum aus keinen Weg ins Freie gab. Ich würde den Weg zurückgehen müssen, den ich gerade gekommen war. Als ich die Türschwelle erreichte, schaute ich noch einmal zurück, gerade rechtzeitig, um zu sehen, wie die schlafende Katze den Schwanz hin und her sausen ließ. Ich wusste, Netta hatte ordentlich reingehauen. Gut gemacht! Eine Menge Insekten schauen auf Parasiten herab, aber ich meine, jeder muss irgendwie seinen Lebensunterhalt verdienen. Vielleicht war das für die Katze nicht ganz so prickelnd, aber andererseits, was machte ein weiterer Passagier schon aus?

Ich war jetzt in dem langen, engen Raum und rannte ziemlich schnell. Ich hatte die Nase gestrichen voll davon, in diesem Haus zu sein. Es machte mich nervös und wenn ich nervös werde, kann ich nicht mehr logisch denken. Es wurde Zeit, nach Hause zu gehen und die Dinge in meinem Kopf zu sortieren. Ich hatte dem Ausschuss für den Ersten Mai viel zu erzählen, aber ich wusste, ich hatte noch nicht alle Antworten beisammen. Irgendetwas beunruhigte mich noch, etwas, das sich im hinteren Teil meines Hirns versteckte und nur darauf wartete, dass ich es hervorlockte. Aber was?

Ich hatte Netta zu ihren Schiffskameraden zurückgebracht und ich hatte die Identität des Mörders im Regen herausgefunden. Meine Aufgabe schien erfüllt. Also, was stimmte nicht? Ich bekam es nicht ganz heraus. Vielleicht war es Slades Erklärung, warum all jene Insekten so plötzlich aus dem Garten verschwunden waren. Ergab es einen Sinn, dass so viele geflohen sein sollten, nachdem sie Juno gesehen hatten? So wie ich mir den Furcht erregenden Anblick der riesigen Skorpionin vor Augen rief, war das sicherlich eine Möglichkeit.

Und doch ... Vielleicht gab es noch eine andere Erklärung, aber darüber wollte ich nicht zu ausgiebig nachdenken. Skorpione müssen was essen, stimmt's? Vielleicht waren die vermissten Insekten Skorpionfutter geworden.

Und was war mit Wilma? *Sie* würde auf gar keinen Fall fliehen. Noch einmal: Slades Erklärung, dass wir uns einfach verpasst hatten, als Wilma aus dem Haus hinaus- und ich hineinging, war plausibel. Und doch ... und doch ...

Das waren die Fragen, die in meinem Kopf herumsummten, und das Summen wurde so laut, dass ich die üblichen Warnsignale um mich herum nicht hörte. Wie ein blöder Anfänger, der gerade die Metamorphose hinter sich hatte, marschierte ich schnurstracks in die Gefahr hinein. Mir schwante erst was, als ein furchtbarer Lärm die Luft zerriss.

Ich sah zu dem Menschen hinauf, der auf mich herabsah. Sein Mund war weit geöffnet und das seltsame Geräusch kam noch immer aus ihm hervor, so was wie: »IIIIIIIIH!« Das waren schlechte Neuigkeiten. Hier war ich im freien Gelände. Es gab kein Möbelstück, um darunter zu sausen. Es bestand keine Möglichkeit, sich in Sicherheit zu buddeln. Ich peste zur Fußleiste.

Zu spät. Die Frau, eine enorme verschwommene Gestalt, die über mir auftauchte, geriet in Bewegung. Plötzlich waren zwei riesige Füße vor mir und dann, genauso plötzlich, war da nur noch einer. Ich wusste, was jetzt kam.

Eine ganze Menge Insekten hatten eine Begegnung mit dem Fuß von oben, aber nicht viele haben überlebt, um ihren Larvenenkeln davon zu erzählen. Ein keilförmiges Stück Dunkelheit erschien über mir: die Schuhsohle der Frau. Die Form wurde größer und größer, bis ich nichts mehr sehen konnte.

Es war unnötig, weiterzurennen – man kann dem Schuh nicht entkommen. So schnell ich konnte, klemmte ich meine Beine unter den Panzer. Gerade noch rechtzeitig. Einen Augenblick später war alles dunkel und ein ungeheures Gewicht drückte auf mich herab. Ich war unter dem Schuh.

Der Druck war furchtbar, aber ich hatte Glück. Hätte ich auf Beton oder Holz oder selbst Gras gestanden, wäre ich zweifellos zerquetscht worden und platt wie ein Blatt gewesen. Was mich rettete, war dieses Teppichzeug. Es war so dick und elastisch und als der Schuh herunterkam, drückte er mich nur tiefer in den Teppich hinein. Ihr könnt über Menschen sagen, was ihr wollt, aber ich möchte kein schlechtes Wort über einen Teppich hören.

Mein Panzer hielt den Druck aus, aber das hieß nicht, dass ich da unten eine tolle Zeit hatte. Sollte ich hier jemals lebend wieder herauskommen, würde ich mörderische Kopfschmerzen haben.

Plötzlich war der Druck weg und ich konnte wieder sehen. Die Frau hatte ihren Schuh zurückgezogen. Ich wusste, ich musste genau den richtigen Zeitpunkt wählen. Ich blieb vollkommen bewegungslos und ließ sie den Schaden untersuchen. Nur noch einen Augenblick und dann ... JETZT. Ich war wieder auf den Beinen und rannte auf die Fußleiste zu.

Der Mensch stieß erneut einen von diesen Schreien aus. Ich versuchte, mich davon nicht aus dem Tritt bringen zu lassen. Ich gab ganz schön Gas – bodenlose Angst kann für deine Sprinterfähigkeiten Wunder wirken.

Ich schaffte es bis zur Fußleiste, aber die Frau war noch nicht fertig. Sie – es war das Weibchen der Spezies – stellte fest, dass sie mich jetzt nicht mehr zertreten konnte, weil die Wand im Weg war, aber

sie zog einen ihrer Schuhe aus. Sie packte ihn wie eine Waffe und begann damit nach mir zu schlagen.
Der Krach war ohrenbetäubend, als der Schuh die hölzerne Fußleiste traf, aber es war mehr Krach als Gefahr. Der Schuh war zu dick, um richtig in die Ecke zu gelangen, wo Boden und Wand sich trafen. Das war meine Schutzzone und dort blieb ich, während ich so schnell wie möglich die Wandkante entlangsauste.
Plötzlich dröhnte der Boden von dem Geräusch riesiger Schritte. Hatte der Mensch aufgegeben? War ich in Sicherheit?
Ja, prima … und alle Spinnen sind Fliegen liebende Vegetarier. Ich sah mich um. Die Frau stand an einer anderen Tür unten am entgegengesetzten Ende des langen, engen Raums. Sie zog etwas Großes heraus, etwas das sie zu mir hinzuzerren begann. An einem Ende hatte es eine Art Kasten und am anderen etwas, das wie eine riesengroße Metallschlange aussah. Die Frau setzte einen Fuß auf den Kasten und das Ding begann zu brüllen.
Ich hab mittlerweile erfahren, wie die Dinger heißen. Schon mal was von einem Staubsauger gehört?

14

Es war eine fürchterliche Waffe, ganz recht. Die Frau stampfte auf mich zu, das Schlangenstück vorwärts schiebend und das Mundteil gegen den Teppich haltend. Der Lärm war furchtbar. Und jetzt kommt's: Die Maschine saugte alles auf dem Teppich auf. Allen Schmutz, alle Krümel, alle Fusseln. Alles schoss direkt in die Schwärze des fürchterlichen Schlitzes hinauf.

Ich versuchte schneller zu rennen, aber ich lief schon mit Spitzengeschwindigkeit. Ich wusste, ich würde nicht in der Lage sein, mich festzuhalten, wenn diese Alptraummaschine mich erst mal erreicht hätte. Aber ich hatte Glück. Ich erreichte eine Stelle, wo der Teppich abgenutzt war. Dort war ein Loch, gerade groß genug, um sich einen Weg hindurchzubahnen.

Genau das machte ich und Augenblicke später war ich in völliger Dunkelheit. Ich blieb stehen und hielt den Atem an. Über mir der Teppich, unter mir die hölzernen Dielenbretter und überall um mich herum der Staubsaugerlärm. Ich begann mich vorwärts zu schieben. Das Gehen war mühsam und ich kam nicht besonders gut voran, aber ich ging weiter – hauptsächlich, weil es sonst nichts gab, was ich tun konnte.

Plötzlich verschwand die Dunkelheit, die mich umgab. Der Teppich war fort. Die Frau war über mir, beugte sich herab und faltete den Teppichsaum mit einer riesigen Hand zurück. In der anderen Hand hielt sie den Staubsauger. Wieder war ich in einer gefährlichen Lage. Die Frau musste erkannt haben, was ich getan hatte, und sie würde sich von einem Käfer nicht überlisten lassen.

Die Frau spielte jetzt mit dem Ende des Staubsaugers. Sie zog das breite Mundstück von dem Rohr herunter.

Das bedeutete, dass sie das Ding genau in die Ecke längs der Wand bekommen konnte.

Ich schaute über eine weite Fläche von Dielenbrettern, dorthin, wo der Teppich wieder begann.

Es gab keine Möglichkeit, es rechtzeitig zu schaffen.
Der Staubsaugermund schloss sich von oben um mich. Schon konnte ich seine unglaubliche Stärke fühlen, die mich beinahe abheben ließ. Ich versuchte, meinen Griff um das gemaserte Holz unter mir zu verstärken. Ich wusste, es würde mir nicht viel nützen. Es würde unmöglich sein, durchzuhalten, sich der Kraft dieses Düsenstrahls zu widersetzen.
Es sei denn …
Ich ließ los. Bevor die Metallröhre sich um mich schloss, hopste ich hoch in die Luft und fasste mein Ziel, die Maschine, direkt ins Auge. Gleichzeitig öffnete ich die Flügel. Als ich den Boden verlassen hatte, konnte ich die Kraft der Maschine fühlen. Ich flog ziemlich schnell. Jeden Augenblick würde ich jetzt in der Schwärze dieses Rohrs verschwinden.
Ich schlug mit den Flügeln, so fest ich konnte. Es war, wie wenn man gegen eine reißende Strömung anschwimmt. Die Luft, die um meine Flügel brauste, schmetterte sie beinahe wieder unter meinen Panzer zurück, aber ich brachte es fertig, sie lange genug geöffnet zu halten. Noch ein kräftiger Schlag, mehr war nicht nötig. Das Loch des

Staubsaugerrohrs war direkt vor mir, aber ich schaffte es, mich mit einem Ruck aus dem Luftstrom zu bewegen, der mich hochsaugte. Es war die Art Flugbewegung, die an das Hüpfen von Flöhen erinnert.

Den Rest des Wegs brauchte ich nicht mal zu fliegen. Die Physik erledigte die Arbeit für mich. Ich schnellte durch den Flur und landete auf der gegenüberliegenden Wand. Beinahe wäre ich direkt wieder abgeprallt, aber die Tapetenstruktur war uneben genug, dass ich festen Stand finden konnte.

Ich wusste nicht, ob die Frau bemerkt hatte, dass ich dem Staubsauger des Todes entkommen war, aber ich hatte nicht vor, ein Risiko einzugehen. Direkt über mir war ein Bilderrahmen. Ich sauste hinauf und schlüpfte dahinter.

Wieder umgab mich kühle Dunkelheit. Ich lauschte noch einige Minuten auf das wütende Geräusch des Staubsaugers, dann verstummte es. Das Geräusch von wegtrampelnden Schritten ertönte. War die Frau wirklich weggegangen oder führte sie mich hinters Licht? Ich konnte mir nicht vorstellen, dass Menschen klug genug waren, um den alten Trick anzuwenden, aber man kann nie wissen. Ich blieb sitzen. Ich war nicht blöd.

Das gab mir Zeit, noch etwas über die Dinge nachzudenken. Also ... Slade hatte Unrecht gehabt, dass keine Menschen hier oben waren. Meine erste Frage war: In welchem Ausmaß hatte er Unrecht gehabt? War die Frau allein oder gab es noch andere Menschen, denen ich in die Arme rennen konnte?

Die zweite Frage bereitete mir noch mehr Kopfzerbrechen: Warum hatte Slade Unrecht gehabt? Hatte er sich einfach geirrt oder hatte der Kakerlak gewusst, was Netta und mich oben erwartete?

Ich blieb noch ein paar Minuten sitzen. Als ich überzeugt war, dass die Frau, wirklich endgültig fort war, kroch ich hinter dem Bilderrahmen hervor. Ich nahm an, dass der Mensch immer noch irgendwo im Erdgeschoss war, deshalb ging ich weiter nach oben. Ich kletterte die Wand zum Obergeschoss des Hauses hinauf. Selbst am späten Nachmittag war es noch heiß und ich ging davon aus, dass oben ein offenes Fenster sein *musste*. Auf diese Weise würde ich mich aus dem Staub machen.

Als ich die Wand weit genug hochgekrabbelt war, wechselte ich aus der Vertikalen in die Horizontale und hopste zum Treppenabsatz hinüber. Es dauerte nicht lange, bis ich gefunden hatte, wonach ich suchte. An der ersten Türschwelle stieß ich auf eine Goldader. Ich fühlte, wie eine sanfte Brise zum Treppenabsatz wehte. Gewiss war das Fenster drinnen ein Stück geöffnet. Ein Ausweg! Ich konnte den Honigtau bei Dixie beinahe schon schmecken.

Und in diesem Augenblick gab mir das Schicksal noch eins auf die Rübe.

Ich würde euch gern erzählen, dass meine phänomenalen deduktiven Urteilskräfte es waren, die mich in das Zimmer des Jungen geführt hatten. Stimmt aber nicht. Oder ich würde euch gern erzählen, dass es meine verblüffende Intuition war, die ich in einer langen und abwechslungsreichen Laufbahn als Detektiv geschliffen und perfektioniert hatte. Stimmt aber auch nicht.

Es war ganz schlicht das blöde alte Glück, das mich ins Obergeschoss geführt hatte, und jetzt war es das blöde alte Glück, das mich kurz vor dem Abflug einen vertrauten hohen Ton hören ließ. Er kam irgendwo vom Treppenabsatz her. Der Ton war gedämpft, aber ich wusste, es war das Lied eines Grashüpfers. Es übermittelte das universelle Insekt-in-Not-Signal. Wilma!

Ich warf einen letzten Blick auf das geöffnete Fenster und das Grün des darunter liegenden Gartens.

Das Notruf-Signal ertönte erneut und als ich wieder auf dem Treppenabsatz war, wusste ich auch, aus welchem Zimmer es kam. Ich verlor keine Zeit. Ich stürmte hinein. Über mir türmte sich noch mehr von diesem Möbel-Zeug auf. Auf der Türschwelle hielt ich in der Erwartung inne, dass das Signal noch einmal ertönte. Als das geschah, konnte ich exakt bestimmen, woher es kam – von irgendwo hoch oben auf dem Tisch in der Ecke. Ich rannte tiefer ins Zimmer und in diesem Augenblick leistete mein detektivischer Spürsinn seinen Beitrag, besser spät als nie, schätze ich. Er sagte mir, dass an diesem Ort irgendetwas ganz und gar nicht stimmte. Ich konnte bloß nicht erkennen, was.

Das änderte sich, sobald ich das Tischbein hochkrabbelte. Als ich oben auf dem Tisch war, bemerkte ich etwas – ein Insektenbein. Es lag auf einer sauberen weißen Oberfläche. Ich konnte nicht sagen, zu welcher Art Insekt es gehörte. Das lag daran, dass das Bein nicht mehr mit einem Körper verbunden war. Es sah irgendwie traurig aus, wie es so dalag, ohne seine fünf Kollegen.

Ein Stückchen weiter entfernt lag ein Brustsegment. Auch dieses war säuberlich vom Rest des Körpers entfernt worden. Ausgezeichnet. Dann

entdeckte ich einen Bekannten. Es war die Sandlaufkäfer-Larve, die erst heute Morgen versucht hatte, Netta zu verspeisen. Natürlich hatte sich der Typ beträchtlich verändert. So was passiert mit einem Krabbler, dem der Kopf abgenommen wird.
»Du hattest Recht, Kumpel«, murmelte ich. »Du hast gesagt, wir würden uns wieder sehen.« Der Kopf ohne Körper sagte nichts.
Es lagen noch ein paar andere Stückchen und Teile herum, aber ich erspar euch eine anschauliche Beschreibung, für den Fall, dass ihr vorhabt, in den nächsten vierundzwanzig Stunden was zu essen.
Die Worte des absonderlichen Totenuhr-Käfers kamen mir wieder in den Sinn: »Das ist das Haus des Todes«, hatte er gesagt. Möglicherweise *war* es das. Möglicherweise war genau dieses hier das Schlafzimmer des Todes? Vielleicht sollte ich anfangen, meinen Kopf gegen den hölzernen Tisch zu schlagen?
Es wurde noch schlimmer, als ich den Tisch weiter entlanglief. Dort war ein flaches Tablett und darauf befanden sich mehrere Insekten. Sie bewegten sich nicht besonders viel, wenn ihr versteht, was ich meine. Jedes Einzelne wurde fein säuberlich von einer glänzenden Metallnadel an Ort und Stelle gehalten.

Mehr davon konnte ich nicht ertragen. Um einen Bücherstapel herumsausend, stürmte ich die Tischplatte entlang. Am anderen Ende waren mehrere Glasbehälter säuberlich in einer Reihe aufgestellt worden. In jedem befand sich ein Insekt. Diese waren ein bisschen munterer als die armen Dussel auf dem Tablett – das heißt, sie waren wenigstens lebendig –, aber sie machten nicht gerade Freudensprünge. Sie beäugten mich alle verdrießlich aus ihren Glasgefängnissen.

Ich war nicht sicher, aber ich dachte, dass ich die Schildwanze in dem Glas auf der linken Seite schon mal gesehen hatte. Es gab auch eine Schlammfliege und einen Laufkäfer, aber es war das Glas in der Mitte, zu dem ich hineilte.

Wilma hatte schon glücklicher ausgesehen. Man konnte es ihr wirklich nicht verdenken. Sie hatte jetzt aufgehört, ihre Flügel übereinander zu streichen, um den Notruf zu erzeugen. Als sie mich sah, sprang die Grashüpferin nach oben gegen die glatten Innenseiten des Behälters. Ihre Vorderbeine begannen wild gegen das Glas zu klopfen. Ich wusste, sie versuchte mir etwas mitzuteilen, aber was?

»Ich kann dich nicht verstehen!«, schrie ich, so laut ich konnte. »Was?«

Als ich mich dem Glas näherte, konnte ich Wilmas Stimme undeutlich hören, aber nicht, was sie schrie. Ich rannte weiter auf sie zu. Als ich bemerkte, dass der Luftzug im Zimmer die Richtung gewechselt hatte, war es zu spät. Es war ein Jammer – wisst ihr, der Luftzug hatte sich geändert, weil sich etwas im Zimmer bewegte. Etwas Großes. Es blieb mir keine Zeit, die Flügeldecke zu öffnen und wegzufliegen. Es blieb mir auch keine Zeit, um wegzusausen. Einen Augenblick stürmte ich noch Hals über Kopf auf Wilma zu. Im nächsten rannte ich frontal gegen eine unsichtbare Wand. WOMM!

Rein instinktiv wirbelte ich herum und stürzte in die andere Richtung. WOMM!

Dort war die Wand auch. Sie war überall. Ich war, genau wie Wilma, in einem durchsichtigen Gefängnis gefangen. Ein Trinkglas war verkehrt herum über mich gestülpt worden.

Ich konnte die massige Gestalt des Menschen im Zimmer sehen. Von dort, wo ich war, konnte ich sein riesiges, fleischiges Gesicht nicht wirklich ausmachen, aber irgendetwas sagte mir, dass dies nicht die Frau von unten war.

Alles passierte blitzschnell. Plötzlich schob sich ein Stück Papier unter das Trinkglas. Dann wurde das

Ganze – das Trinkglas, das Papier und euer ergebener Wanze Muldoon – in die Luft gehoben. Es gab eine Unterbrechung von wenigen Sekunden, dann wurde das Papier unter meinen Füßen mit einem Ruck weggerissen und ich stürzte blindlings in die Tiefe.

Ich war in Wilmas Marmeladenglas umgefüllt worden. Die Grashüpferin musste einen geschickten Seitenschritt machen, um zu vermeiden, dass ich auf ihrem Kopf landete. Ich kam mühsam auf die Beine und schaute auf, gerade rechtzeitig, um zu sehen, wie der Deckel des Glases mit einer drehenden Bewegung geschlossen wurde. Er war von mehreren Luftlöchern durchbohrt, die aber keineswegs groß genug waren, um sich hindurchzuquetschen.

Ich sah meine Freundin Wilma an. »Na, so 'ne Überraschung, dich hier zu treffen«, sagte ich. »Lass mich raten, was du mir gerade sagen wolltest.«

Wilma war nicht in der Stimmung für Ratespiele. »Ich sagte: Hinter dir.«

»Ah.«

15 Plötzlich schlangen sich fünf ungeheure rosa Finger um das Glas und wir wurden in die Luft gehoben. Ein gewaltiges Menschenauge kam mit uns auf gleiche Höhe. Ich hatte nicht gewusst, wie Furcht erregend es ist, von einem Augapfel beobachtet zu werden, der so groß ist wie man selbst.

»Es ist der Junge«, murmelte Wilma bitter.

Wilma gehört zu einer Grashüpferspezies, die eine besondere Art hat, sich zu verteidigen. Wenn sie angegriffen werden, können sie einen dunkelroten Schaum ausspucken. Er ist nicht sehr giftig, aber ätzend genug, um eine Menge Feinde zu vertreiben.

»Wenn du zimperlich bist«, sagte sie jetzt zu mir, »sieh weg.«
»Ich übersteh's schon.«
Ich beobachtete, wie Wilma begann, eine Absonderung zu produzieren. Sie spuckte das Zeug auf die Seite des Glases. Wenn die gläserne Wand nicht im Weg gewesen wäre, wäre das Zeug dem Jungen direkt ins Auge gespritzt. Es nützte uns nichts, aber ich wusste die Symbolik der Geste zu schätzen.
Der Junge wohl nicht. Die enormen Finger blieben weiterhin um das Glas geschlungen, aber der Augapfel war verschwunden. Der Deckel auf dem Glas begann sich langsam zu öffnen. Ich wusste nicht, was der Junge vorhatte, aber wahrscheinlich war es keine muntere Unterhaltung von Spezies zu Spezies. Ich dachte wieder an die armen toten Krabbler, die alle schnurgerade aufgereiht waren und von riesigen Nadeln an ihrem Platz gehalten wurden. Nennt mich einen Nonkonformisten, wenn ihr wollt, aber ich war nicht darauf erpicht, meinen Platz in der Anordnung einzunehmen. Wenn 's um Nadeln geht, bin ich irgendwie zimperlich, besonders, wenn ich daran denke, dass irgendein Mensch meinen leblosen Körper damit an einem Tablett befestigen will.

Aber dann entstand plötzlich Bewegung im Zimmer: Ein Streifen Orange erschien auf dem Boden unter uns. Ich konnte nicht viel erkennen. Die Kreatur, was für eine auch immer es sein mochte, war kleiner als ein Mensch – wenn auch viel, viel größer als jedes Insekt. Unser Deckel wurde wieder zugeschraubt und dann flogen wir durch die Luft. Der Junge hatte das Glas einfach weggeworfen! Gegeneinander stürzend erwarteten Wilma und ich den Aufprall.
Er blieb aus. Das Glas landete auf etwas Weichem. Ich stellte fest, dass wir auf diesem Ding waren, worauf Menschen gern schlafen, dem Bett. Das Nestmaterial für die Nacht – das Bettzeug – war zu einem Haufen aufgetürmt und unser Glas hatte sich in einer Falte niedergelassen, so dass wir beinahe senkrecht standen. Diese Position erlaubte uns einen besseren Überblick über das Zimmer. Jetzt konnten wir erkennen, was der Streifen Orange war: Eine Katze, dieselbe, zu der ich Netta gebracht hatte.
Der Junge sah wütend aus. Er beugte sich nach unten und schaufelte die Katze mit zwei Händen auf. Ich hatte keinen Schimmer, warum – muss wohl eine von diesen territorialen Sachen gewesen sein, bei denen sich Säugetiere so aufregen. Wie auch

immer, das kleinere Tier stieß ein ungehaltenes Miauen aus, das wir durch unser Glasgefängnis gut hören konnten.

Wir beobachteten, wie der Junge die protestierende Katze aus dem Zimmer führte. Dann hörten wir, wie sich die Tür hinter ihnen mit einem gewaltigen Fußtritt schloss. Wir behielten die Tür weiter im Auge, aber sie öffnete sich nicht mehr. Im Augenblick waren wir allein.

Ich schaute Wilma an und sie sah mir direkt in die Augen.

»Also ... wer blecht die Rechnung für diese kleine Rettungsexpedition, Wanze?«, fragte sie.

Das saß. »Das ist ein Gratisgeschenk«, sagte ich. »Ich schätze, ich war einfach neugierig.«

Wilma lachte. Sie hatte zu viel Klasse, um zu sagen, dass ich mir also doch Sorgen gemacht hatte oder sonst was Schmalziges. Aber mit diesem kurzen Lachen bekam ich den Eindruck, dass Wilma und ich unsere Freundschaft vertieft hatten. Es war einer von diesen bewegenden Momenten, von denen man manchmal hört, aber wie üblich blieb keine Zeit, um ihn zu genießen. Wir mussten zur Sache kommen.

»Okay, willst du mir deine Geschichte zuerst erzählen?«, sagte die Grashüpferin.

»Die ist lang«, sagte ich. »Wir sollten unsere Zeit besser nutzen und versuchen, von hier abzuhauen.« Während ich sprach, versuchte ich, die Glasseiten unseres Gefängnisses hinaufzuklettern. Das Glas stand nicht mehr ganz aufrecht und ich dachte, ich könnte es schaffen. Pustekuchen! Ich rutschte sofort aus.

Wilma beobachtete eine Weile, wie ich mich abkämpfte, dann sagte sie: »Ich hasse es, deine Seifenblase zum Platzen zu bringen, Wanze, aber wir werden nirgendwohin gehen. Glaub mir, ich hab es eine Ewigkeit versucht. Selbst wenn du es bis oben schaffen könntest – was nicht der Fall ist –, der Deckel ist fest zugeschraubt. Die Löcher sind zu klein. Wir können nicht raus. Nicht ohne Hilfe.«

Ich ließ mich fallen. Es stimmte. »Okay«, sagte ich. »Aber ich hasse es, die Überraschung zu verderben. Warum fängst du nicht an und erzählst mir zuerst, was dir passiert ist?«

Wilma ist eine professionelle Reporterin und sie verstand es hervorragend, die Geschichte kurz und präzise zu halten, ohne wesentliche Informationen auszulassen. Hier ist ihr Bericht:

Wilma war morgens wirklich als Erstes zum Haus gegangen. Nach kurzer Zeit war sie einem Kakerlak über den Weg gelaufen, einem Mitglied von

Slades Bande, und hatte ihm einen Haufen Fragen gestellt. Sie bekam nicht viele Antworten.

»Er hat nicht etwas namens Skorpion erwähnt?«, erkundigte ich mich.

»Ein was? Nein.«

»Muss ihm entfallen sein, schätze ich. Und du bist nicht mitgenommen worden, um einen Kakerlak namens Slade zu treffen? Ehrgeiziger Typ, grinst viel.«

»Nein. Warum?«

»Ich versuche nur herauszufinden, warum man mich vorhin belogen hat«, sagte ich.

Wilma fuhr fort. Sie war nicht besonders beeindruckt von den Antworten des Kakerlaks. Wie jeder brillante Reporter, hörte sie sofort heraus, wenn was vertuscht wurde. Sie war gerade dabei, einen Weg ins Haus zu suchen, um auf eigene Faust ein paar Erkundigungen einzuziehen, als der Junge aufkreuzte.

»Derjenige, über den du ein Feature schreiben wolltest?«

»Genau der.«

Nun, Wilma schenkte dem Kleinen nicht viel Beachtung. Sie hatte andere Dinge im Kopf. Wie sich herausstellte, war das ein schlimmer Fehler, denn wenig später hatte der Junge sie in einem

Glasbehälter gefangen. Ehe sie sich ’s versah, saß sie in dem Marmeladenglas in diesem Zimmer, zusammen mit all den anderen Insekten, die auf der Straße des Todes in die Falle gegangen waren.

»Niedlicher Name. Warum ›Straße des Todes‹?«, fragte ich.

Wilma schüttelte angewidert den Kopf. »Dieser Junge ... er ist anders als alle Menschen, die ich zuvor beobachtet habe. Er tötet nicht einfach Insekten, die ihm über den Weg laufen. Er verfährt *methodisch.* Es ist, als ob er die Krabbler, die er tötet, *studiert.* Du würdest nicht glauben, was er macht.«

»Ich hab oben auf dem Tisch ein paar Belege gesehen«, sagte ich grimmig. Ich hatte stets Gerüchte gehört, dass es einige Menschen geben sollte, die ein Insekt nur aus Jux und Tollerei töteten. Verrückte junge Menschen, die Spinnen die Beine abrissen und so. Ich hatte den Gerüchten nie geglaubt; ich meine, warum sollte sich irgendeine Spezies so verhalten? Welchem Zweck sollte es dienen? Nun, jetzt glaubte ich ihnen, und wie.

Ich dachte über alles nach, das Wilma mir erzählt hatte. Dann sah ich den erwartungsvollen Ausdruck auf dem Gesicht der Grashüpferin. Ich war an der Reihe zu erzählen. Ich versuchte, alles abzudecken: wie Netta und ich zum Professor gegangen waren, die Hypnose-Sitzung und unser ereignisreicher Spurt zurück in den Garten. Ich erläuterte den Zusammenstoß im Keller und ich gab mein Bestes, um die Skorpionin zu beschreiben. Ich gab alle Lügen weiter, die Slade erzählt hatte, der Wilma früher am Tag gesehen haben wollte.

»Worüber ich mir nicht im Klaren bin, ist, *warum* er gelogen hat«, fügte ich hinzu.

Wir sprachen noch ein wenig über den Fall, aber ziemlich bald sahen wir uns vor einer Mauer, die so undurchdringlich war wie diejenige, die uns gefangen hielt. Wir schwiegen immer häufiger.

Als sie wieder sprach, erwartete ich, dass Wilma mich mehr über Juno fragen würde, aber überraschenderweise konzentrierte sie sich auf etwas völlig anderes.

»Also, sag mal ... Was ist mit dir und diesem Slade?«, fragte die Grashüpferin. »Wie lange kennt ihr euch schon?«

Ich überlegte einen Augenblick. Ich quatsche nicht allzu viel über meine Vergangenheit. Um ehrlich zu sein, ich bin nicht besonders stolz darauf. Aber he!, ich hielt Wilma für eine gute Freundin und verflixt, was sollte es schon? So wie die Dinge standen, war dies vielleicht unsere letzte Unterhaltung.

Aber wo anfangen? »Nun ... ich war vermutlich eine ziemlich brave Larve. Zumindest nie in Schwierigkeiten. Doch nach der Metamorphose schloss ich mich irgendwie 'ner üblen Clique an. Nichts besonders Ernstes, am Anfang. Weißt du, wir waren einfach dumme junge Krabbler, die Unsinn im Kopf hatten. Aber dann tauchte Slade auf ...«

»Und die Dinge wurden ein bisschen ernster, stimmt's?«

Ich lächelte. »Sie haben's erfasst. Sind Sie Reporterin oder so? – Ja, er war ein Kakerlak mit großen Plänen und er war auch clever genug, um andere Krabbler zu finden, die ihm halfen.«

»Wie bitte? Selbst Sie, mein Herr, als unabhängiger Privatdetektiv?«

Ich gab Wilmas Lächeln nicht zurück. »Slade und ich waren ziemlich enge Kumpel ... Es war nicht so, als wenn nicht auch ich Pläne gehabt hätte.« Ich unterbrach mich und dachte an die alten Zeiten. Es gab ein oder zwei Geschichten, die ich Wilma hätte erzählen können, aber ich entschied, mich an das Wesentliche zu halten. »Nun, damals gab es einen großen Bienenstock, nicht allzu weit entfernt. Slade und ich machten die ganze Zeit Witze, wie viel der ganze Honig wert sein müsste und dass wir und ein paar von den Jungs einen Raubüberfall auf den Bienenstock machen sollten. Wir redeten und scherzten darüber, nur waren die Scherze bald vorbei und wir redeten noch immer. Die Sache nahm Form an. Wir wollten es tun.«

Wilma konnte ihre Verwunderung nicht verbergen. »Ihr habt einen Bienenstock-Überfall geplant?«

»Ja. Es war noch dazu eine Menge Arbeit. Slade verstand sich auf den großen Zusammenhang – er ist der Typ dafür –, aber er kümmerte sich nicht besonders um die Details. Das war mein Bereich. Weißt du, ich war der festen Überzeugung, dass wir alles bis ins kleinste Detail planen mussten. Ich war ein richtiger Pedant. Ich ging sicher, dass die ganze Bande meiner Ansicht war, selbst wenn die Typen nicht wirklich damit belästigt werden wollten.«

»Jetzt kann ich 's mir vorstellen«, sagte Wilma.

»Ja, damals bekam ich meinen Spitznamen.«

Wilma schien sich dafür mehr zu interessieren, als für alles, das ich bisher an diesem Nachmittag gesagt hatte. »Heißt das ...?«

Ich nickte. »Es lag daran, dass ich Slade und den anderen so viele Fragen stellte, und er mir sagte, ich solle ihm vom Leib bleiben und aufhören ihn anzuwanzen. Sagte, ich müsste ›Wanze‹ Muldoon heißen. Die anderen Typen stimmten zu und so hatte ich den Namen weg.«

Ich konnte sehen, wie eine Frage sich den Weg zu Wilmas Mund bahnte, aber ich erzählte die Geschichte weiter.

»Nun, der Tag des großen Bienenstock-Drehs kam früh genug. Ich will's nicht in allen Einzelheiten darlegen. Alles, was du wissen musst, ist, der Raubüberfall lief anfangs wie geschmiert. Wir hatten die Sache gut geplant und jeder leistete seinen Teil. Im Bienenstock war niemand so blöde, nur um einer Ladung Honig willen zum Held zu werden, und das bedeutete: Keine Biene wurde verletzt, was ich zur Bedingung gemacht hatte. Es sah so aus, als ob wir locker da raus und nach Hause kommen würden. Aber dann fängt der Typ, der für uns Schmiere steht, an zu schreien.«

»Wer hat Schmiere gestanden?«

»'n Silberfischchen, genannt der Glatte Piet.«

»Derselbe Krabbler, der das krumme Ding in der *Kampf-Nacht* bei Dixie gedreht hat?« Vor Wilma kann man nicht viel geheim halten.

Ich nickte. »Das ist der Schmierlapp. Also, der Glatte Piet, er fängt an zu schreien, er sehe eine Ameisenpatrouille kommen. Und dann ist der

Teufel los. Unsere ganze Bande stürzt nach draußen. Wir sehen, dass die Ameisen jeden Augenblick da sind. Es sind nicht mal Soldaten, es sind nur ein paar Hirten, die eine Herde von Grünen Blattläusen von der Weide treiben. Wenn wir den Kopf nicht verloren hätten, wären wir mit der Situation fertig geworden und es hätte keine Verletzten gegeben. Aber wir haben ihn verloren. Wir haben ihn einfach abgeschaltet und sind gerannt, und da traf ich die Grüne Blattlaus. Bin direkt in sie reingelaufen, hab sie platt gemacht, die Kleine.
Alle anderen Typen machten sich aus dem Staub, so schnell sie konnten. Slade vorneweg. Ich wusste, er hatte gesehen, dass die Grüne Blattlaus zu Boden gegangen war, aber er kümmerte sich nicht darum, ob sie verletzt war oder nicht. Nicht Slade. Er machte einfach schleunigst die Biege. Er dachte nur an sich selbst, wie üblich.«
»Aber du bist dageblieben, was, Wanze?«
»Ja. Ich blieb da, bis die Grüne Blattlaus wieder zu sich kam und fragte, was los sei. Zu diesem Zeitpunkt war ich von einem ganzen Haufen wütender Bienen umringt und ein ganzer Trupp Ameisensoldaten war unterwegs.« Ich schmunzelte bei dem Gedanken daran. Es war nicht besonders komisch, aber manchmal ist lächeln alles, was man gegen die

Fehler tun kann, die die eigene Vergangenheit vollmüllen. »Und damit war mein Verbrecherleben zu Ende. Ich saß meine Gefängniszeit drüben im Steingarten ab. Sie war nicht zum Lachen, aber ich hielt meine Fühler sauber und dachte eine Menge nach. Als ich den ersten Tag draußen war, beantragte ich eine Lizenz als Privatdetektiv.«

»Das ist aber eine rührende Geschichte«, sagte Wilma, wobei sie es ziemlich gut fertig brachte, nicht allzu gerührt zu klingen. »Aber eine Sache hast du nicht erwähnt. Wenn ›Wanze‹ nur dein Spitzname ist, wie heißt du dann richtig?«

Ich war knapp davor, es ihr zu erzählen, ich schwöre es. Ich meine, was ist schon ein Name? Welche Rolle würde es spielen, wenn Wilma der erste Krabbler seit Ewigkeiten wäre, der meinen richtigen Namen erführe? Aber plötzlich gab es wichtigere Gesprächsthemen. Ich erspähte etwas, das am offenen Fenster vorbeisauste. Genauer gesagt: *jemanden*. Er drehte und sauste wieder vorüber. Das Flugmuster kam mir irgendwie bekannt vor.

»Was ist das?«, fragte Wilma.

»Eine Stubenfliege und ich bin mir ziemlich sicher, dass ich weiß, welche. Jake!«

16

Auf seiner beständigen Suche nach einem Schuss Zucker kam Zucker-Jake oft in die Nähe des Hauses, obgleich er sich nicht mehr hineinwagte. Eine scheußliche Erfahrung mit einer zusammengerollten Zeitung hatte ihn davon kuriert. Ich schätzte, dass er dieses Mal in einem anderen Auftrag unterwegs war. Bestimmt suchte die Fliege nach Netta. Ich wusste, es tat Jake schrecklich Leid, mich so im Stich gelassen zu haben.

Ich versuchte, so laut ich konnte, unserem Freund etwas zuzurufen. Es hatte keinen Zweck. Die in den Deckel des Glases gestanzten Löcher waren zu klein. Es gab keine Möglichkeit, mich jenseits des Fensters zu hören.

Aber Wilma hatte darüber nachgedacht. »Geh zurück«, sagte sie zu mir. »Das ist *mein* Gebiet. Jetzt, wo das Glas näher am Fenster steht, müsste ich eigentlich mehr Glück haben.«

Als sie genug Platz hatte, öffnete die Grashüpferin ihre Flügel. Sie begann wieder, mit dem einen Flügel wie mit einem Geigenbogen über den anderen zu streichen. Der hohe Ton war im Inneren des Glases ohrenbetäubend. Gespannt beobachtete ich das Fenster. Wenn er ihn hören konnte, würde Jake Wilmas Notruf erkennen. Die Frage war nur: Konnte er ihn hören?

Sekunden schlichen vorüber. Wilma kratzte weiter und nichts flog durchs Fenster. Er konnte uns nicht gehört haben. Enttäuschung spross in meinem Herzen wie ein Zweiglein giftigen Efeus.

Aber dann sauste plötzlich ein heldenmütiger schwarzer Schatten ins Blickfeld. Jake! Er zögerte am Fenster, flog dann im Zickzack durchs Zimmer, während er sich orientierte. Er machte uns ausfindig, steuerte auf uns zu und landete direkt neben dem Glas auf dem Bett.

Er musste unmittelbar an das Glas herankommen, damit wir ihn hören konnten, und selbst dann musste er noch so laut brüllen, wie er konnte. »W-W-Wilma? Wanze!« Zucker-Jake schien das

Zittern jetzt nicht so schlimm zu haben. Ich erinnerte mich, das Netta gesagt hatte, er habe eine gekochte Süßigkeit gefunden.

»Ich h-hab den F-F-Floh gesucht. Die Kleine ist a-abgehauen, Wanze. Tut m-m-m-m...«

»Entschuldigung angenommen!«, brüllte ich. »Netta geht's gut. Wir haben jetzt andere Probleme ...«

Jake starrte auf unser Glasgefängnis. »Was ist l-los?«

»Wir machen Ferien«, schrie ich zurück. »Das Wetter ist schön, aber der Zimmerservice ist miserabel. Wir wollen hier raus.«

»Ich glaube nicht, dass ich v-v-v-viel helfen k-kann«, sagte die Stubenfliege. »Das Glas ist zu g-g-groß.«

Wilma schaltete sich ein. »Flieg einfach los und hol draußen Hilfe, Jake.«

»So viele Krabbler, wie du finden kannst«, fügte ich hinzu. »Dieser Kleine ist ein Irrer.«

Ein alter Regenwurm sagt immer: *Wenn man die Elster nennt, kommt sie gerennt.* Gemeint ist, man soll lernen, seine großen fetten Mundwerkzeuge geschlossen zu halten. Ich wünschte, ich hätte es getan, denn gleich darauf ertönte das Gepolter von Fußschritten. Die schwere Tür ging auf und der Junge trat wieder ins Zimmer.

»Hau ab, Jake! Sofort!«, brüllte ich.
Genau wie jede Stubenfliege in derselben Lage es getan hätte, schwang sich Jake in die Luft. Wenn er direkt aufs offene Fenster zugeflogen wäre, hätte er es auch geschafft. Das Problem war, Zucker-Jake wusste nicht, womit wir es hier zu tun hatten. Dies war nicht unser gewöhnlicher Menschentyp. Okay, es ist nicht so, als ob nicht eine Menge Menschen auf ein, zwei Krabbler getreten wären, selbst auf ein-, zweitausend. Aber nicht viele von ihnen weichen vom Weg ab, um Insekten zu fangen, mit nach Hause zu nehmen und sich *dann* daran zu machen, sie umzubringen.
Es war nicht aus Selbstverteidigung. Auch nicht aus Hunger. Soweit ich erkennen konnte, war es einfach wegen des Kicks, nichts weiter.
Nach meinem Dafürhalten ist das seltsam.
Aber es gab noch etwas Sonderbares an dem Jungen. Anders als die schwerfälligen Trampel seiner Spezies, war dieser Kleine schnell. Schnell und leise schlüpfte er ins Zimmer. Die Tür schloss sich hinter ihm. Während Jake sich in eine Linkskurve legte und ständig kreuzend eine Schleife um die Peripherie des Zimmers zog, ging der Junge mit großen Schritten über den Boden und schob schnell das Fenster zu; jetzt gab es keinen Ausweg

mehr. Dann schnappte er sich etwas von der Tischplatte.
Ich sah augenblicklich, dass das, was er in der Hand hielt, eine tödliche Waffe war. Ich weiß jetzt, wie man diese Waffe nennt: »Comic«. Schon der Name reicht, um jedem geflügelten Insekt einen Schauer über den Rücken zu jagen. Der Junge hielt die Waffe hoch erhoben neben seinem riesigen, fleischigen Menschenkopf und pflanzte sich stocksteif in die Mitte des Zimmers. Er schlug nicht wild mit den Armen oder rannte herum und schrie, wie viele Menschen es getan hätten. Er stand einfach da. Nur die Augen bewegten sich. Sie folgten Jakes Flugweg durchs Zimmer.
Wilma und ich konnten nichts tun, außer zuzusehen. Jake behielt sein übliches Zickzackmuster bei. Er war gut, aber ich wusste nicht, ob er gut genug war. In dem Augenblick, als er über die Tischplatte flog, machte Jake seinen ersten Fehler. Er kreuzte niedrig und flog genau über das Tablett mit den aufgespießten toten Insekten. Ich wusste, was für einen Schock der Anblick dieses Dings bei einem Krabbler auslösen konnte, und prompt geriet Jakes Flug aus dem Takt. Seine Flügelschläge wurden unregelmäßig und ich konnte die Verwirrung und Panik der Fliege spüren.

Der Junge ließ sich die günstige Gelegenheit nicht durch die Lappen gehen. Er sprang nach vorn, sein massiger Arm sauste durch die Luft. Solch plötzliche Bewegung aus völliger Regungslosigkeit heraus ließ mich an eine Gottesanbeterin denken. Es war kein schöner Gedanke.

Der Comic landete keinen sauberen Schlag, aber er gab Jake doch einen flüchtigen Hieb. Das Summen der Fliege geriet ins Stottern und Jake flog in einer Spirallinie zu Boden. Wurde Zucker-Jake ausgezählt? Nein! Im letzten Moment zog er sich aus dem Trudeln hoch.

»Flieg höher!«, brüllte Wilma. Ich weiß nicht, ob Jake sie hörte, vielleicht fand er es selbst heraus. Wie auch immer, die Stubenfliege flog tatsächlich hoch und aus der tödlichen Reichweite des Jungen heraus. Jake landete an der Decke und saß für einen Augenblick verkehrt herum da. Ich wusste, er überlegte, was er als Nächstes tun sollte.

Nur gab der Junge ihm keine Zeit zum Überlegen. Er ließ nicht von ihm ab. Jetzt griff er nach etwas anderem, hielt es in einer Hand und schüttelte es heftig. Er hob den Arm, so hoch er konnte, und richtete den Gegenstand auf Jake. Das sah übel aus. Der Junge drückte einen Knopf oben auf dem Ding in seiner Hand. FFFSSSCCCHHHHTT! Ein

Strahl von irgendeinem Zeug schoss mit einem Zischen heraus, das sich anhörte wie eine Gartenschlange in Angriffshaltung.

Jake war wieder in der Luft, leider nicht schnell genug. Das Spray erwischte ihn frontal. Sein Summen geriet erneut ins Stottern und dieses Mal stotterte es immer weiter. Zucker-Jake war taffer als eine Menge Krabbler vielleicht vermutet hätten. Ich weiß nicht, wie er es anstellte, aber er stürzte nicht ab. Für wenige Augenblicke hielt Jake noch eine Art langsames, holpriges Flugmuster aufrecht und dann war Schluss.

Er taumelte zum Fenster. Es hatte keinen Zweck, sich zu fragen, warum er das tat, er dachte nicht logisch. Was auch immer in diesem Spray war, es hatte ihn wirklich schwer erwischt. Niemand könnte eine so grobe Behandlung ertragen. Die Fliege flog, PÄNG!, direkt gegen die Scheibe.

Schließlich fiel Jake zu Boden. Mit allen sechs Beinen wie verrückt strampelnd, landete er auf dem Rücken. Damals, als ich noch eine Larve war, hatten wir immer über diese Position gelacht und ihr Namen wie »Totentanz« und »Der letzte große Walzer« gegeben. Dieses Mal lachte ich nicht.

Ich sah zu unserem übergroßen Feind hin. In mir fühlte ich eine Woge des Hasses und ich wusste, dass ich machtlos war, ihr zu folgen. Die Muskeln im Gesicht des Jungen zogen sich zurück, so dass man seine ungeheuren weißen Zähne sehen konnte. Ich habe gehört, so was spielt sich bei einigen Säugetieren ab, wenn sie lächeln.

Der Mensch brauchte nur ein paar gewaltige Schritte, um das Zimmer zu durchqueren und zum Tisch zu gelangen. Mit seiner riesigen fünffingerigen Hand hob er etwas auf und wandte sich wieder dem Fenster zu. Als sich der Mensch auf die getroffene Fliege zubewegte, schimmerte das Sonnenlicht auf dem Gegenstand in seiner Hand.

Es war ein Messer.

17 Das Einzige, was Jake jetzt noch retten konnte, war ein Wunder, und in meiner Gegend gibt's davon nicht viele. Aber zuweilen spendiert einem das Glück ein Gratisessen. Der Junge war beinahe über Jake, als ein Geräusch von unten aus dem Haus ertönte. Es war etwas, das Telefon genannt wird. (Ich glaube, es ist ungefähr so was wie das Kommunikationssystem der Ameisen mit Hilfe von chemischen Botenstoffen – nur natürlich nicht so ausgeklügelt. Ich schätze, ihr müsst euch mit dem Professor unterhalten, wenn ihr mehr darüber wissen wollt.)

Der Junge zögerte und wir alle horchten auf den schwachen Klang der Frauenstimme unten im

Haus. Aber dann wandte unser Feind seine Aufmerksamkeit wieder dem Fenstersims zu, wo Jakes Beine immer noch unablässig zuckten. Das war's, das Geräusch von unten hatte unserem Freund nur ein paar extra Sekunden gebracht und jetzt ...

Plötzlich wurde die Stimme der Frau lauter. Nach der Reaktion des Jungen zu urteilen, rief sie ihn. Zumindest öffnete der Junge den Mund und rief irgendwas als Antwort. Dann legte er das Messer wieder hin und stampfte aus dem Zimmer.

»Lass dir ruhig Zeit mit dem Zurückkommen«, murmelte ich.

»Mach dir nichts vor«, sagte Wilma grimmig. »Der kommt zurück.«

Auf dem Fenstersims war das hektische Treten von Jakes Beinen langsamer geworden, dann hatte es aufgehört. War es das? Hatte unser Freund Zucker-Jake wirklich den letzten großen Walzer getanzt?

Wie auch immer, es gab nichts, was wir dagegen hätten tun können. Der Junge würde früh genug zurückkommen – er hatte zu viel unerledigte Arbeit hier oben – und was würde Wilma und mich dann noch davon abhalten, uns in diesem unwürdigen Totentanz zu Jake zu gesellen?

Doch da lieferte das Glück den Nachtisch zu unserem Gratisessen. Diesmal hatte der Junge die Tür nicht ganz hinter sich geschlossen und Sekunden später streckte ein anderes Säugetier den Kopf um die Ecke. Wir hatten das Gesicht schon einmal gesehen. Es war die Katze. Sie wollte es noch mal probieren. Das musste man dieser Katze lassen: In Beharrlichkeit kam sie auf Platz eins!

Ich weiß nicht viel über Katzen, außer, dass sie blöd sind und dass sie vollkommen eingenommen sind von der Suche nach persönlichem Wohlbefinden. Diese hier musste wohl nach einem besonders behaglichen Fleckchen Ausschau halten. Jetzt, wo der Junge aus dem Weg war, stürmte die Katze ins Zimmer, genau auf das Bett zu. Als sie näher kam, verschwand sie für einen Moment aus dem Blickfeld, aber dann sprang sie plötzlich direkt aufs Bett. Sie wählte sich ein Fleckchen am anderen Ende und begann sich bei dem Versuch, eine behagliche Lage zu finden, im Kreis zu drehen.

Ich beobachtete die Katze und versuchte zu erraten, was in den Nischen ihres kleinen Säugetierhirns vor sich ging. Soweit ich erkennen konnte, nichts außer einem alles beherrschenden inneren Drang, es sich so gemütlich wie möglich zu machen. Schließlich schien sie eine zufrieden stellende Lage zu finden. In Kürze waren ihre Augen nur

noch Schlitze und ihr Atem wurde langsamer. Nur der Schwanz schlug träge hin und her.
»Wozu starrst du diese Kreatur an?«, fragte Wilma. »Ich glaube nicht, dass wir da viel Hilfe kriegen. Wie mir zu Ohren gekommen ist, sind Katzen noch blöder als Menschen.«
Aber ich starrte nicht die Katze an. Ich starrte etwas *auf* der Katze an. Auf einem ihrer Ohren, um präzise zu sein, dort, wo das Fell des Geschöpfes viel kürzer war. Ich konnte gerade einen winzigen schwarzen Punkt ausmachen. Vielleicht war es Wunschdenken, aber ich glaubte, den kleinen schwarzen Punkt zu kennen.
Netta!
Wilmas Freude hielt sich in Grenzen. »Okay«, sagte die Grashüpferin, »der Floh ist also auf der Katze. Ich versteh's nicht. Was kann uns ein Parasit schon nützen?«
Ich war mir selbst nicht sicher. Ich kannte Netta noch nicht lange, aber ich wusste, dass sie mehr drauf hatte, als sie selbst begriff. Sie hatte wirklich Mut. Außerdem hatte sie Grips. Ich hatte es auf dem Rosenbusch gesehen, als sie diesen Raubfliegen gegenüberstand. Ich hatte es auch außerhalb des Hauses gesehen. Wenn Netta nur tief graben und diese Fähigkeiten in sich wieder entdecken

könnte! Ich ertappte mich dabei, dass ich es mit aller Kraft herbeiwünschte, so als ob das tatsächlich dazu führen könnte. (Wenn man verzweifelt genug ist, fängt man vermutlich an, sich wie eine kleine Larve zu benehmen.)

Aber dann setzte sich die Katze plötzlich auf. Ihr Hinterlauf begann wie wild an einem Ohr zu kratzen. Ich hatte gerade noch Zeit, flüchtig zu sehen, wie ein schwarzer Pulk von Flöhen vor den Krallen seines Schiffs in Sicherheit sprang. Dann drehte sich die Katze herum und ließ sich wieder in ihrer bevorzugten Dös-Stellung nieder.

Die Sekunden krochen dahin wie Raupen, die sich überfressen haben. »Okay, okay, Netta, es wird Zeit, mach schon«, flüsterte ich.

Natürlich, das Muster von winzigen Punkten erschien wieder auf dem Katzenohr. Sekunden später stieß die Katze ein ärgerliches Miauen aus und fuhr, den Kopf schüttelnd, wieder auf. Wieder versuchte sie sich mit einem Hinterlauf zu kratzen, aber sie schien nicht besonders viel Glück damit zu haben.

Sie rollte sich auf den Rücken und rieb den Kopf am Bettzeug. Die Bewegung brachte sie dem Bettende, wo wir uns befanden, ein kleines Stückchen näher. Ein winziger Hoffnungskeim pflanzte sich mir in den Sinn und ich betete, dass die winterliche Kälte der Wirklichkeit ihn nicht erfrieren ließ.

Ich fühlte einen leichten Schlag an meiner Seite. Es war Wilma. »Was ist los?«, flüsterte sie. Wilma ist wirklich ein kluges Insekt, aber selbst die Grashüpferin konnte sich nicht zusammenreimen, was da passierte.

»Ich bin mir darüber nicht ganz im Klaren«, antwortete ich, »aber ich *hoffe*, dass Netta Folgendes macht. Weißt du, für gewöhnlich gehen Flöhe einfach dahin, wo ihr Wirtstier sie hinbringt, stimmt's? Keine Eigenverantwortung. Nun, ich *glaube*, Netta und ihre Freunde versuchen, das alles zu ändern. Sie sind dabei, eine Methode auszuarbeiten, um das Schiff zu steuern.«

»Und wie soll ein Haufen Flöhe *das* fertig bringen?«

Ich ließ die Katze nicht aus den Augen. Sekunden, nachdem sie sich wieder niedergelassen hatte, stieß sie ein weiteres wütendes Miauen aus. Dann rollte sie sich den Weg zurück, den sie gekommen war, aber das schien die Sache nur schlimmer zu machen. Sie wand sich noch etwas, wobei sie sich wieder näher an unser Glas rollte, dann hielt sie an.

»Es ist das grundlegende System von Belohnung und Strafe«, sagte ich, in der Hoffnung, dass ich

Recht hatte. »Sie beißen ein wenig, um das Schiff in Bewegung zu setzen. Immer dann, wenn die Katze sich in die falsche Richtung bewegt, bekommt sie einen Haufen stärker juckender Bisse. Wenn sie sich aber in die richtige Richtung bewegt, wird sie zur Belohnung nicht gebissen. Selbst jemand, der so begriffsstutzig ist wie eine Katze, sollte herausfinden, was er tun muss.«

»Aber wird das klappen?«

»Schwer zu sagen. Sie können das Schiff nicht exakt steuern, aber vielleicht können sie es einfach nah genug an unser Glas heranbringen.«

Auch während ich sprach, bewegte sich die Katze wieder. Den Kopf gegen das Bettzeug reibend, schob sie sich langsam näher. Wilma und ich sahen schweigend zu. Jedes Mal, wenn die Katze eine Bewegung in die falsche Richtung machte, konnten wir eine rege Betriebsamkeit der Flöhe erkennen, und dann war die Katze wieder auf Kurs. Es klappte, aber es dauerte sehr, sehr lange. Das einzige Problem war: Die Zeit stand nicht auf unserer Seite. Wie lange hatten wir noch, bis der Menschenjunge zurückkehren würde?

Ich versuchte, derartige Sorgen aus meinem Kopf zu verdrängen. Ich richtete meine ganze Aufmerksamkeit auf die ungleichmäßige Vorwärtsbewegung

des Schiffes bettabwärts. Die Minuten zogen sich in die Länge wie die Schatten der Dämmerung um uns herum, aber nach und nach kam die Katze immer näher.
Unser Glas war erfüllt vom Klang eines inständigen Gesangs: »Mach schon, mach schon, mach schon.« Ich stellte fest, dass er von mir stammte.
Die Katze war jetzt so nahe, dass jedes Mal, wenn sie sich bewegte, unser Glas beinahe in die Vertiefung rollte, die das schwere Säugetier im Bettzeug hinterließ. Beinahe, aber nicht ganz. Wilma und ich versuchten beide, gegen das Glas zu drücken, um zu sehen, ob das was nützte. Es nützte nichts.
Aber Netta gab nicht auf. Die unfreiwillige Vorwärtsbewegung des Schiffes bettabwärts ging weiter und schließlich war der Körper der Katze direkt neben dem Glas, in dem wir gefangen saßen. Sie war so nah, dass wir die Haut unter dem dichten Urwald ihres Fells ausmachen konnten.
»Was jetzt?«, fragte Wilma. »Der letzte Akt?«
»Vermutlich.«
Bevor es dazu kam, sah ich, wie sich etwas durch das Fell des Säugetiers bewegte. Die Katze war so nah, dass ich das Etwas erkennen konnte. Es war Netta, aber irgendetwas war jetzt anders an dem jungen Floh. Zuerst bekam ich es nicht raus, aber

dann wusste ich Bescheid. Das war nicht mehr der verwirrte Floh, den ich zurück zu seinen Freunden und seiner Mannschaft geleitet hatte. Netta hatte die Lage im Griff. Sie hatte Verantwortung übernommen und steuerte tatsächlich das Wirtstier. Netta war erwachsen geworden.

Sie grinste kurz in unsere Richtung. Das war das Letzte, was ich von ihr sah. Dann schob sie sich tiefer in den Untergrund von Haaren und verschwunden war sie.

»Mach dich bereit«, sagte ich zu Wilma. »Gleich geht's los.«

Alle Flöhe aus der Mannschaft mussten gleichzeitig zugebissen haben, denn die Katze sprang in die Höhe. Das Timing war perfekt und das Glück stand uns bei. Endlich rollte das Glas in die Vertiefung, welche die Katze im Bettzeug hinterlassen hatte. Das Säugetier landete wieder auf dem Bett und stieß ein fürchterliches Jaulen aus. Eines der Beine des Geschöpfes stieß gegen das Glas und wieder flogen wir durch die Luft. Dieses Mal geradewegs vom Bett auf den Boden. Für einen Augenblick gab es nur den atemberaubenden freien Fall, dann bestand die ganze Welt einzig und allein aus dem Lärm zersplitternden Glases. Unser Gefängnis war zerbrochen.

Wir waren frei! Wilma sah unverletzt aus und ich fühlte mich in Anbetracht der Umstände okay. Ein letztes Jaulen zerriss die Luft. Ich sah den Schwanz der Katze durch einen Türspalt verschwinden. Vielleicht war die Katze doch nicht so blöd? Ich war nicht so dumm, dazubleiben und den Kopf für diesen Unfall hinzuhalten, wenn der Junge zurückkam. Es tat mir nur Leid, dass keine Zeit gewesen war, mich bei Netta zu bedanken.

Doch das war in Ordnung. Wir hatten anderes im Kopf. Höchstwahrscheinlich hatten die Menschen das Geräusch von zerbrechendem Glas gehört. Wir mussten schnell machen, bevor einer von ihnen hier aufkreuzte.

»Wir müssen Jake holen«, sagte Wilma.

Die Grashüpferin hätte es gleich in die Tat umgesetzt, aber ich spürte, dass wir jetzt clever sein mussten. »Keine Zeit. Der Junge wird jede Sekunde hier sein. Wir müssen mit Verstärkung zurückkommen.«

Das Poltern von Fußschritten außerhalb des Zimmers half Wilma, sich zu entscheiden. Bevor der Junge wieder hereinplatzte, sprinteten wir beide zu der riesigen Tür.

Als sie aufging, flitzten wir durch den Spalt hinaus auf den Treppenabsatz. Die Quadratlatschen des

Jungen verfehlten uns nur knapp, als er ins Zimmer jagte.
»Hier entlang ist ein offenes Fenster«, sagte ich. Mit Höchstgeschwindigkeit rannten und hüpften wir wieder den Treppenabsatz entlang.
Als wir die Türschwelle des Zimmers, in dem sich das offene Fenster befand, erreichten, drehte ich mich zu der Grashüpferin um. »Du gehst!«, sagte ich. »Geh und hol den Professor. Bring ihn so schnell du kannst zum Haus.«
»Wo wirst du sein, Wanze?«
»Im Keller.«
Die Grashüpferin wusste, dass ich eine Erklärung abgegeben hätte, wenn dazu Zeit gewesen wäre. War aber nicht. Wilma hüpfte, halb flog sie zum Fenstersims hinauf. Sie schaute sich noch einmal nach mir um.
»Hau rein«, schrie ich, »aber sei vorsichtig, Wilma, es gibt Raubfliegen im Wald.«
Da – ich hatte es gesagt. Wilma durchbohrte mich mit ihrem Blick. Sie sagte nichts, aber ich verstand die Botschaft auch so. Wilma war eine taffe Grashüpferin.
»Okay, okay«, sagte ich. »Aber sei nachsichtig mit ihnen.«
Ich versuchte, zuversichtlich zu klingen, aber mich

ergriff eine plötzliche Angst: Würden wir in der Lage sein, das hinzukriegen? War uns die Sache diesmal über den Kopf gewachsen? Vielleicht sagte ich deshalb die folgenden Worte.

»Noch etwas«, schrie ich. »Mein wirklicher Name ... er lautet Herbert.«

Ein Lächeln blitzte über Wilmas Gesicht wie Mondsilber in einer wolkigen Nacht. Dann hüpfte sie aus dem offenen Fenster.

18

Ich fand Slade und seine Bande unter einem Regal im Keller. Soweit ich erkennen konnte, arbeiteten sie immer noch an Slades Generalplan, die Herrschaft über das Haus, den Garten und über die ganze »bekannte« Welt an sich zu reißen. Der Kakerlak war der Einzige, der redete. Die ganze Bande war da, wenn auch Juno abseits der Gruppe für sich allein saß. Mir fiel auf, dass der Glatte Piet sich jetzt im inneren Kreis befand und direkt neben dem Boss saß. Das kleine Silberfischchen wirkte nicht allzu betroffen über die Trennung von Elch, der in der Rangskala weiter hinten geblieben war. Der große Hirschkäfer tat sein Bestes, um der Unterhaltung zu folgen.

Die meisten Typen sahen irgendwie überrascht aus, mich auf sie zukrabbeln zu sehen. Slade nicht. Er sah in erster Linie belustigt aus. Das Grinsen war wieder auf seinem festen Platz.

»He, Wanze«, begann er. »Ich weiß, ich hab gesagt, du solltest mal öfter reinschauen, aber ich meinte nicht ...«

Ich ersparte mir das Ende des Satzes. »Warum hast du das getan, Slade?«

»Äh ... du wirst dich schon ein bisschen genauer ausdrücken müssen, Wanze.«

»Ganz wie du willst. Warum hast du mir über Wilma was vorgelogen? Warum hast du mich und die Kleine nach oben geschickt, obwohl du wusstest, dass Menschen im Haus waren? Obwohl du wusstest, dass der Junge, dieser Spinner, in der Nähe war?«

Das Grinsen schien das Gesicht des Kakerlaken nie mehr verlassen zu wollen. Dieses Grinsen begann mich zu ärgern. »Jetzt erinnere ich mich, warum wir dich ›Wanze‹ genannt haben«, höhnte Slade. In seinen Augen tanzte der Irrsinn. »Was meinst du, wie ich so weit gekommen bin, Muldoon?«

»Das sind keine Manieren, eine Frage mit einer Frage zu beantworten, Slade. Aber, da du dich erkundigst ... Soweit ich sehe, hast du in der Gosse losgelegt. Jetzt stöberst du in einem Keller nach Krümeln. Ja, du bist eindeutig vorangekommen in der Welt.«

Ich schätze, ich traf damit einen empfindlichen Punkt. Slade begann irgendwie aufgeregt zu werden, wenn ich auch zu seiner Ehre erwähnen muss, dass das Grinsen nicht abnahm. »Also tauge ich nichts, stimmt's?«, fauchte er. »Und wenn schon? Worauf ich aus bin, ist nicht schlechter als das, was jeder will. Ich bin bloß besser darin, es zu erreichen, und zwar, weil ich mir selber nichts vormache in Bezug auf Loyalität und Freundschaft und Gefühle und diesen ganzen Müll. Das ist dein Problem, Muldoon. Du bist ein ziemlich kluger Kopf, aber du hast dich an diesen ganzen Schwachsinn verkauft.

Ich sag dir, warum ich dir über deine teure Grashüpferin was vorgelogen hab und warum ich dich nach oben geschickt hab. Ja, wir wussten, was der Junge vorhatte, wir wussten, dass er die Grashüpferin gefangen hielt. Nun, der Junge ist ein Psychopath. Er braucht alle Arten von Insekten, um sich eine Welt zu erschaffen. Ich hab dir gesagt, du sollst Kurs nach oben nehmen, weil das, was ich hier unten mache, zu groß und zu wichtig ist, um es durch einen Schnüffler wie dich verpfuschen zu lassen.«

»Also hast du angenommen, dass der Junge sich um mich kümmern würde, so wie er sich um Wilma gekümmert hat, was? Aber warum hast du nicht einfach schon früher deine Skorpionin auf mich angesetzt?«, fragte ich. »Sie hätte den Job blitzschnell erledigt. Warum sich aufs Glück verlassen?«
»Ich verlasse mich auf nichts und niemanden!«, knurrte der Kakerlak. Er warf dem Glatten Piet einen finsteren Blick zu. »Die Skorpionin machen zu lassen, was wir wollen, hat sich als nicht ganz so einfach herausgestellt, wie wir dachten. Sie will nach wie vor die Gründe für jede Kleinigkeit wissen.«
Der Kakerlak zwang sich, einen tiefen Atemzug zu nehmen. Schließlich (sagte er wahrscheinlich zu sich selbst) stellte ein Käfer wie ich keine Bedrohung für ihn und seine großartigen Pläne dar. »Um ehrlich zu sein, Wanze«, fuhr er jetzt ruhiger fort, »ein Schmalspurler wie du war einfach nicht wichtig genug, um das Risiko einzugehen. Aber ich wollte nicht, dass du schnurstracks in deinen Garten schießt und alles ausplauderst, was du weißt.«
Grins, grins.
»Also, was jetzt, Strahlemann?«
Slade grinste bloß weiter, aber ich sah die Leere in seinen Augen. War diese Leere immer schon da

gewesen, selbst in den alten Zeiten, und ich hatte sie bloß nie bemerkt? Einer von uns hatte sich verändert, das stand fest.

»Nun, willst du erst die gute oder die schlechte Nachricht?«, fragte er.

»Ich nehm die gute.« So bin ich, immer optimistisch.

»Du bist gerade eine Liga aufgestiegen, Wanze. Es sieht so aus, als ob ich dich nicht länger als Schmalspurler abtun kann. Herzlichen Glückwunsch.«

»Danke. Ich bin überwältigt. Und die schlechte Nachricht?«

»Die schlechte Nachricht ist, jetzt *lohnt es sich*, Juno auf dich anzusetzen.«

»Du hast Recht, Slade. Ich hab schon bessere Nachrichten gehört.« Mir gefiel das Spannungsfeld dieses Schwätzchens nicht besonders, aber ich musste Zeit schinden. Deshalb plauderte ich weiter. »Also, Slade ... du willst mich kaltblütig umbringen, stimmt's?«

Der Kakerlak zuckte die Achseln. »Du kannst dich auch aufwärmen, wenn du willst. Mir ist es egal und ich bin sicher, Juno wird es auch egal sein.« Er nickte dem Glatten Piet zu. Das schleimige kleine Silberfischchen lächelte süß, so als ob der Kerl sein ganzes Leben auf diesen Augenblick gewartet hätte.

Er begann, Juno die Botschaft zu überbringen. Die Schwanzfühler des kleinen Schmierlapps erhoben und drehten sich aufgeregt, während er in der altertümlichen Sprache erklärte, wieso ich ein gefährlicher Feind sei, mit dem man sich befassen musste, wenn Juno jemals wieder nach Hause kommen wollte.

Slade musterte mich ein letztes Mal und als er sprach, klang es sehr nach einem Abschied. Ich hatte schon süßere Worte gehört. »Du hättest 'ne große Nummer sein können, Wanze«, sagte er traurig, »aber deine Gefühle waren dir im Weg. Zeig mir einen Typ mit Gefühlen und ich zeig dir einen Trottel. Und jeder weiß, was hier mit Trotteln passiert ...«

»Lass mich raten«, sagte ich. »Sie bekommen einen dankbaren Klaps auf den Rücken und dann werden sie auf die Fahrt ins Glück geschickt, nicht wahr?«

Ich gab mein Bestes, so derbe Witze wie möglich zu reißen, aber die Wahrheit ist, es fiel mir schwer. Der Grund dafür bewegte sich bereits in meine Richtung. Die Skorpionin. Also *das* passierte hier mit Trotteln ...

»Tschüs, Wanze«, sagte der Kakerlak, den ich einst als meinen Freund betrachtet hatte.

Ich drehte mich herum, um meinem Schicksal entgegenzusehen. Ich mochte seinen Anblick nicht besonders. Hier ist der Grund: Ich kenne die Angst. Im Verlauf der Jahre habe ich mich mit Spinnen und Kröten, Vögeln und Fischen, Wespen und Raubfliegen angelegt. Ich hatte mich jedes einzelne Mal gefürchtet, aber man lernt, seine Furcht zu kontrollieren. Das gehört nun mal zum Job. Aber ich sag euch, ich habe nie zuvor eine solche Angst kennen gelernt, wie in dem Moment, als die Skorpionin sich vorwärts schob. Ihre Augen hefteten sich ohne Gemütsbewegung auf mich und plötzlich wusste ich: Das war's. Dieses Mal konnte ich mich nicht aus der Gefahr herausmogeln. Ich konnte mich nicht verstecken, nicht wegrennen. Ich konnte gar nichts.

Ich hatte die längste Zeit gelebt.

19 Plötzlich tauchte ein großer Schatten an unserer Seite auf.
»Jetzt wart mal einen Augenblick«, sagte langsam eine tiefe Stimme. Sie klang unsicher, entschuldigend. »Ich ... ich glaub einfach nicht, dass das richtig ist. Du weißt doch, Wanze hat seine Sache bei uns immer gut gemacht.«
Es war Elch! Der große, prächtige Hirschkäfer setzte sich für mich ein! Er hatte sich schwerfällig auf uns zu bewegt und platzierte sich zwischen mich und Juno. Alles in allem hätte ich lieber etwas anderes zwischen mir und dieser Skorpionin gehabt, vielleicht einen Wald oder ein kleines Land, aber als das Nächstbeste war Elch nicht schlecht.

Natürlich hatte Slade keine Zeit für solche Freundschaftsbeweise. »Geh aus dem Weg, du übergroßer Schwachkopf«, schrie der Kakerlak.

Elch blieb stehen.

Der Glatte Piet schaltete sich ein. »Fang jetzt nicht damit an, das Denken zu versuchen!«, brüllte das Silberfischchen den Hirschkäfer an. »Setz dich einfach in Bewegung!«

Aber Elch bewegte sich auch nicht für den Glatten Piet. Der Hirschkäfer sah irgendwie bekümmert aus, diesen ganzen Ärger zu verursachen, aber er rührte sich nicht vom Fleck. Nicht als das kleine Silberfischchen versuchte, vernünftig mit ihm zu reden, und auch nicht, als das kleine Silberfischchen erneut begann, ihn anzubrüllen.

Slade war in null Komma nichts am Ende seiner Geduld. »Sag Juno, sie soll ihn aus dem Weg schaffen!«, bellte er. Der Glatte Piet verschwendete keinen Gedanken an seinen alten Partner beim Kampfspiel. Postwendend übersetzte er der Skorpionin den Befehl.

Juno flitzte vorwärts, aber nicht zu schnell. Ihr Gesicht war ausdruckslos – ein Rätsel – aber irgendwie merkte ich Unsicherheit auf ihrer Seite. Wenn ich nur mit ihr sprechen könnte, mich ihr verständlich machen könnte! Sie zeigte allerdings nicht genug

Unsicherheit, als dass sie aufgehört hätte, sich weiter vorwärts zu bewegen. Die Schwierigkeiten waren da und das dicke Ende war auch schon in Sicht. Elch gab nicht nach und als die Skorpionin ihn erreichte, bäumte er sich auf, so hoch er konnte. Der Kampf kam in Fahrt, als Elch seine Kauwerkzeuge genau unter dem Giftstachel der Feindin fixierte. Ich wusste, dass die Skorpionin unglaublich stark war, aber Elch war auch keine Null in der Muskelabteilung. Es kostete ihn viel Kraft, aber er hielt sich den Giftstachel vom Leib. Die Kämpfer bewegten sich wie zwei müde Tänzer hin und her, nur dass dieser Tanz einen tödlichen Ausgang haben würde.

Unterdessen hatte Slade sein Theater als lächelnder Verbrecherboss komplett beendet. Er war jetzt der Nicht-länger-nette-Herr-Kakerlak. »Ich dachte, du hättest gesagt, dass du das Schwergewicht unter Kontrolle hast!«, schrie er den Glatten Piet an. »Hättest ihn unter deiner Fuchtel, hast du gesagt! Also, ruf den Idioten zurück!«

Das kleine Silberfischchen sprang ängstlich herum. »Mach schon, Elch, hört auf mit dem Quatsch, okay? Der Boss hat was zu tun, du bist hier bloß im Weg ...«

Piet redete noch weiter solches Zeug, aber es war

ziemlich klar, dass der riesige Hirschkäfer ihm nicht viel Aufmerksamkeit schenkte. Logisch. Wenn ich an seiner Stelle gewesen wäre, hätte ich mich nur auf eine einzige Sache konzentriert: den ungeheuren Giftstachel, der über meinem Kopf baumelte. Elch hielt ihn in Schach, aber so war er ohne Deckung gegen die Scheren der Skorpionin, die ihn in einem schraubstockartigen Griff hielten.
Es sah nicht so aus, als ob Elch noch lange durchhalten würde, aber irgendwie schaffte es der große Hirschkäfer zu sprechen. »Tut mir Leid, Piet ...«, keuchte er, »das ... ist ein ... Kampf ... ich werde nicht ... vorsätzlich verlieren!«
Es war eine Marter, daneben zu stehen und zuzuschauen. Jeder Teil meines Außenskeletts brannte darauf, loszuziehen und dem großen Käfer aus der Klemme zu helfen, aber ich wusste, dass ich nichts tun konnte. Nicht, solange ich von Slades Gorillas umgeben war.
Die Wut ihres Bosses schraubte sich immer höher. »Das ist doch lächerlich! Sag ihr, sie soll endlich Schluss machen!«, schrie er den Glatten Piet an. »Er ist bloß ein blöder Käfer!«
Ich hatte gedacht, dass Elch fast am Ende sei, aber irgendwie, so unglaublich es war, schien der große Käfer aus Slades Beschimpfungen Kraft zu schöp-

fen. Obgleich er fest in dem peinigendem Griff der Skorpionin gehalten wurde, schaffte er es immer noch, den Giftstachel vom Stechen abzuhalten. Ehrfürchtig sah ich zu. Das musste man dem großen Hirschkäfer lassen. Wer hätte nach all diesen manipulierten Wettkämpfen, in denen Elch vorsätzlich verloren hatte, gedacht, dass der Junge Mut hatte? Aber es gibt eine traurige Wahrheit über das Kampfspiel: Der Mut bringt einen nur ein Stück weit und dann kommt alles auf die überlegene Kampfkraft an. Es bestand kein Zweifel daran, wer die überlegene Kraft in diesem Kampf besaß. Es war die riesige Skorpionin, mit Abstand. Die Frage war nicht, *wer* würde gewinnen, sondern, *wann* würde Juno gewinnen?
Ich schloss die Augen. Ich wusste, wie es ausgehen würde, und ich mochte das Drehbuch nicht besonders. Es war nichts, was ich sehen musste. Der Kampf dauerte fort. Ein paar Sekunden hörte ich nur Grunzen. Es klang nicht gut für Elch.
Und dann tönte eine klare, feste Stimme durch die nasskalte Kellerluft.
»Aufhören! Auf der Stelle!«
Man musste diese Wilma ins Herz schließen! Ich öffnete rechtzeitig die Augen, um die Grashüpferin aus dem zerbrochenen Kellerfenster herunter-

hüpfen zu sehen. Ein Insekt, das ich gut kannte, folgte ihr auf dem Schritt. Der Professor! Die Augen der Bücherlaus waren weit geöffnet. Ich wusste nicht, ob es Angst oder Aufregung war oder eine wilde Mischung aus beidem.

Jeder Krabbler im Keller erstarrte angesichts dieser unerwarteten Entwicklung; selbst Elch und die Skorpionin unterbrachen ihren Zweikampf, wenn sie auch ihre Kampfgriffe nicht lockerten.

Der Professor blinzelte, während er die merkwürdige Ansammlung von Unterwelt-Insekten betrachtete, die ihn anstarrten. Dann wandte er seine Aufmerksamkeit allein der Skorpionin zu und begann zu sprechen. Was er sagte, kann ich euch nicht verraten. Ich verstand nämlich kein einziges Wort. Aber jemand verstand ihn und dieser Jemand war Juno. Das war's, worauf ich gesetzt hatte: dass die Sprache für jemanden, der so klug war wie der Professor, kein Problem sein würde. Das riskante Unternehmen zahlte sich aus. Der Professor sprach weitaus fließender als das Silberfischchen. Nun kam es darauf an, wie die Skorpionin auf die Worte der Bücherlaus reagieren würde. Während sie zuhörte, lockerte Juno langsam ihren Griff um Elch. Allmählich entrollte sich ihr Hinterteil. Erstaunlicher aber als das, waren die

Gefühle, die hinter ihren nadelstichfeinen Augen aufwallten.
Es wurde interessant. Slade wusste natürlich, dass er die Lage wieder unter Kontrolle bekommen musste. »Was sagt er?«, schrie er.
Der Glatte Piet, das Silberfischchen, erklärte schnell, dass der Professor etwas darüber sagte, dass die Skorpionin reingelegt worden war, dass sie gelogen hatten, um sie dazu zu bringen, ihre Schmutzarbeit für sie zu verrichten, dass sie nicht die Absicht hätten, ihr zu helfen, nach Hause zu kommen, und so weiter. Die Dumpfbacken um mich herum rutschten unruhig hin und her.
»Tu was!«, kreischte Slade das Silberfischchen an. »Sag ihr, er lügt! Sag ihr, sie soll ihn zum Schweigen bringen!«
Piet tat sein Bestes. Er begann, der Skorpionin etwas zuzubrabbeln, aber in seiner Angst kam er mir ein wenig zu nahe. Ich schlug zu, bevor die Insekten um mich herum was tun konnten. Ich verpasste dem schleimigen kleinen Silberfisch ein gutes, altmodisches Ding auf den Kopf. POPP! Es war ein süßes Gefühl und es erfüllte seine Aufgabe. Der Glatte Piet konnte jemandem einen vom Pferd erzählen, aber er konnte keinen Punch wegstecken. Das Silberfischchen ging aus wie ein Licht.

Ein paar Kakerlaken ergriffen mich, aber das war mir völlig schnuppe. Jetzt war es zu spät. Der Professor sprach wieder und in den Augen der Skorpionin lesend, konnte ich dem Kern seiner Worte folgen. Ich beobachtete, wie sich die Verwirrung dort in Verstehen wandelte und dann in Sorge.

Und zuletzt in Wut. Als der Professor geendet hatte, fegte das Hinterteil der Skorpionin in seinen tödlichen Bogen nach oben. Das war etwas, das jeder laut und deutlich verstehen konnte: die universelle Sprache äußerster Gefahr. Slades Jungs waren nicht die Gescheitesten, aber selbst sie fanden heraus, dass jetzt vielleicht ein guter Zeitpunkt war, die Biege zu machen – solange sie es noch konnten. Plötzlich schwirrten Insekten in alle Himmelsrichtungen davon. Die Einzigen, die dablieben, waren Wilma, der Professor und Elch.

Ein Insekt hatte vor allen anderen begonnen, die Beine in die Hand zu nehmen. Slade war nicht dumm. Juno ignorierte die anderen, die in Sicherheit flitzten. Slade war es, hinter dem sie her war. Sie rannte, aber der Kakerlak hatte einen guten Vorsprung und er war so schnell wie immer. Slade sauste mit einem Affenzahn über den Kellerboden.

»Wohin will er?«, fragte Wilma, die jetzt neben mir stand.

»Ich bin nicht sicher«, sagte ich, »aber eins weiß ich. Das Loch, auf das er zusteuert ... dort haben wir vor nicht allzu langer Zeit ein paar Ratten gesehen.«

Slade stürmte Hals über Kopf in die Schwärze des Lochs. Juno sauste immer noch quer über den Boden hinter ihm her, aber die Skorpionin hatte nicht Slades Tempo. Sie musste wohl eingesehen haben, dass sie keine Chance hatte, ihn zu erwischen, und begann langsamer zu werden.

Ich konnte nicht umhin, mich zu wundern: Wusste Slade, was er tat? Er war schnell und er war schlau, und es hätte mich nicht besonders überrascht, herauszufinden, dass er sich längst einen Fluchtweg ausgearbeitet hatte. Oder war er einfach in Panik geraten und hatte die Beine in die Hand genommen, ohne darüber nachzudenken, wohin er rannte?

Als wollten sie meine Frage beantworten, hörte ich von unterhalb der gegenüberliegenden Wand das plötzliche Quieken der Ratten. Was bedeutete das? War Slade seinem Feind schnurstracks in den Rachen gerannt? Oder brachten die Ratten nur ihre Enttäuschung zum Ausdruck, dass ihnen der Kakerlak entkommen war? Es war unmöglich, das mit Sicherheit zu sagen.

Aber dann ertönte plötzlich ein anderes schwaches Geräusch in der Ferne. Sein einsamer Klang klapperte durch den Keller.

»Was ist das?«, fragte Wilma.

Ich horchte noch ein paar Sekunden auf das wilde *KLOPF, KLOPF, KLOPF* des Totenuhr-Käfers und ich fragte mich, ob er wohl gerade über Slade sprach.

»Der Tod ist im Haus«, sagte ich.

20

Es war keine Zeit für ausführliche Erklärungen. Sekunden zählten. Ich rief Wilma zu, was ich vorhatte, und dann öffnete ich meine Flügeldecke.

Dies war nicht der Augenblick, um wegen des Fliegens neurotisch zu werden. Okay, ich hatte einige schlechte Erfahrungen gemacht. Mein Flügel war ganz schön zerfetzt worden und er schmerzte beim Fliegen noch immer. Ich wackelte sehr in der Luft. Na und? Das alles musste ich jetzt vergessen. Ich musste so schnell ich konnte zurück in das Zimmer des Jungen, und Fliegen war die schnellste Möglichkeit. Ich begann, mit den Flügeln zu schlagen, als wenn mein Leben davon abhinge. Wahr-

scheinlich war es so und Jakes Leben hing *mit Gewissheit* davon ab.
Ich flog die Treppe hinauf, die aus dem Keller nach oben führte. Die Tür war immer noch verschlossen, aber ich quetschte mich unter ihr durch.
Dann umfing mich wieder das Licht des Hauses. Ich schwang mich noch einmal in die Luft, wobei ich ein wachsames Auge auf unerwartete Überraschungen hielt, die in dieser fremden Landschaft lauern mochten. Ich wollte nicht noch mehr unwillkommene Begegnungen mit Staubsaugern oder zusammengerollten Zeitungen oder so was haben. Ich hatte das sichere Gefühl, dass das Summen meiner Flügel die Aufmerksamkeit eines Menschen erregen würde, aber keiner kreuzte auf. Ich flog den nächsten Treppenlauf hinauf und weiter zum Zimmer des Jungen. Die Tür war angelehnt, und als ich mich ihr näherte, musste ich die Angst niederkämpfen, die in mir aufstieg. Wie jeder wirklich verfluchte Ort, verströmte das Zimmer des Jungen eine Welle der Hoffnungslosigkeit und Gewalt nach der anderen. Ich flog schnurstracks hinein.
Schlechte Neuigkeiten. Der Junge war immer noch da. Er hatte die Scherben unseres Gefängnisses weggeräumt. Die große Frage war: Was hatte der

Mensch sonst noch vor? War es zu viel, zu hoffen, dass er Jake einfach vergessen hatte?

Ich schätze schon. Er begann, zur anderen Seite des Zimmers zu gehen, zurück zum Fenster, wo Jake hingefallen war. Aber war es nicht ohnehin zu spät? Die Fliege lag immer noch, alle Sechse von sich gestreckt, auf dem Fenstersims. Sie bewegte sich nicht. Hatte Zucker-Jake seine letzte süße Dröhnung erlebt?

Es blieb keine Zeit, es herauszufinden. Ich wusste nicht, was in diesem kranken Säugetierhirn vor sich ging, aber ich wusste, es waren keine Gedanken von universeller Liebe für jedes Lebewesen. Ich musste etwas tun. *Sofort.*

Doch was kann man machen, wenn man sich mit jemandem anlegt, der mehrere hundert Mal größer ist als man selbst? Jemand, der einen mit einem beiläufigen Schlag der Hand zertrümmern konnte.

Ich tat das Einzige, was mir durch den Kopf schoss. Um zu beschleunigen, zog ich eine Kurve durchs Zimmer, und dann flog ich direkt in das große fleischige Gesicht des Jungen hinein. Seine Augen öffneten sich weit vor Überraschung, aber ich bewegte mich schnell. Bevor er irgendwas tun konnte, traf ich mein Ziel, die große Knollennase. Ich biss zu, so fest ich konnte, dann schwang ich mich

wieder in die Luft, bevor die Hand des Jungen mich erwischte.
Jetzt war nicht gerade die Zeit zum Feiern. Ich täuschte links an, dann zog ich rechts eine scharfe Kurve. Ein stechender Schmerz ging durch meinen schlimmen Flügel, aber ich konnte mir den Luxus nicht leisten, darauf einzugehen. Ich musste meine ganze Aufmerksamkeit darauf richten, besser zu fliegen, als jemals zuvor.
Ich wusste, der Junge würde nicht damit rechnen, dass ich versuchte, denselben Trick noch einmal anzuwenden, also tat ich genau das. Ich flog schnell und niedrig ein und traf seine Nase frontal. Die Reaktionen des Jungen waren jetzt schneller, aber meinen Zangen blieb noch Zeit, ins Fleisch zu zwicken. Und dann war ich schon wieder weg, unter der riesigen Hand hersausend, die auf mich zuschwang.
Ich konnte es nicht riskieren, die Nummer ein drittes Mal abzuziehen. Ich flüchtete mich in höhere Lagen und flog in die Nähe der Decke. Mein eingerissener Flügel schmerzte so heftig, dass ich das Gefühl hatte, er würde gleich abfallen. Ich war nicht so dumm, ihn sich ausruhen zu lassen. Ich dachte daran, was Jake passiert war, als *er* unter der Decke eine Verschnaufpause eingelegt hatte.

Unter mir war der Junge jetzt zu den Schubladen beim Bett gerannt. Er fand schnell, wonach er suchte. Seine hässliche Fratze nahm einen anderen Ausdruck an und ich sah all diese weißen Zähne funkeln. Ich konnte verstehen, warum. In einer Hand hielt er den zusammengefalteten Comic. In der anderen Hand hielt er das Sprayding, das er benutzt hatte, um Jake herunterzuholen.

Wisst ihr noch, was ich in punkto überlegene Kampfkraft gesagt habe? Jetzt war ich an Feuerkraft unterlegen wie ein Schmetterling mit hauchdünnen Flügeln, der es mit einer Kolonie Ameisensoldaten aufnimmt. Meine einzige Chance war weiterzufliegen, um den Vorsprung vor dem mörderischen Spray aus Chemikalien zu behalten und dem tödlichen Schlag des Comics auszuweichen.

Eine Zeit lang lief alles prima, aber der Kleine war gut. Nach wenigen Versuchen gelang es ihm, mich mit dem Schuss eines Sprühnebels zu erwischen. Es war kein voller Schlag, aber er reichte. Ich fühlte mich ziemlich groggy. Es war eine eigenartige Sorte Müdigkeit, eine, die mir das Gefühl gab, jeder Teil meines Körpers sei schwer wie Stein. Nur mal eben für eine nette kleine Ruhepause zu landen, erschien mir paradiesisch.

Flieg weiter! Ich brüllte durch den Nebel, der auf

mein Hirn heruntersank. Plötzlich ließ ich mich fallen und sauste unter das Kinderbett. Vielleicht gab es dort was, worunter man sich verstecken konnte? Pech gehabt. Der Kleine war ein Sauberkeitsfanatiker; dort war nichts. Hier unten würde ich ein leichtes Ziel für das Insektenspray des Menschen sein.

Ich tat mein Bestes, um einzuschätzen, wo der Junge gerade sein konnte, und ich flog vom gegenüberliegenden Ende des Bettes ab. Wie ich schon sagte, der Junge war gut. Er sah den Schritt voraus und erwartete mich. Als ich wieder ins Freie sauste, erwischte er mich voll mit einem ausgiebigen Sprühstoß. *FFSSSSSSCCCCCHHHHTT*!

Die Steine in meinen Gliedern wurden zu Felsbrocken. Einfach in der Luft zu bleiben, war das Schwerste, was ich je getan hatte. Selbst mein gesunder Flügel litt Todesqualen. Mein kranker Flügel protestierte brüllend.

Ich wusste selbst nicht, wie, aber ich blieb noch einen Augenblick in der Luft. Es brachte mir nichts. Ich dachte nicht logisch, und selbst *wenn* ich es getan hätte, bezweifle ich, dass mein Körper in der Lage gewesen wäre, den Anweisungen meines Hirns Folge zu leisten.

Ich war mir schwach bewusst, dass der Arm des

Jungen auszuholen begann, und ich wusste auch, dass ich nichts tun konnte, um ihn aufzuhalten. Es war beinahe eine Erlösung, als mich der Comic traf. KRACH-BUMM!

Beinahe, aber nicht ganz. Plötzlich bestand die Welt nur noch aus Dunkelheit und Schmerz und ich fiel auf den Teppich.

Ich landete auf dem Rücken und begann mich an den letzten großen Walzer zu machen, genau wie Jake es früher am Tag getan hatte. Selbst die Augen aufzumachen, war anstrengend, aber ich öffnete sie gewaltsam.

Der riesige Junge stand über mir, den Comic hochhaltend. Jede Sekunde würde er jetzt auf mich runterkrachen und dann war's aus. Doch nichts passierte. Es passierte nichts, weil der Junge erstarrt war. Hoffnungsvoll schaute ich auf. Ich habe nicht gerade die Kommunikationssignale von Säugetieren studiert, aber Angst kann ich erkennen, wenn ich sie sehe. Der Kleine hatte einen Schrecken bekommen. Die Angst ging in Wellen von ihm aus.

Das Einzige, was sich an ihm bewegte, waren die Augen. In Panik weit geöffnet, sahen sie auf die Kreatur herunter, die unaufhaltsam das Bein des Jungen hinaufkrabbelte.

Es war Juno! Die Skorpionin hatte das Knie des

Jungen erreicht und krabbelte weiter. Ihr Hinterteil beschrieb einen Bogen, um den tödlichen Giftstachel möglichst eindrucksvoll zur Schau zu stellen. Darauf hatte ich gewartet. Darum hatte ich versucht, Zeit zu gewinnen – genug Zeit, damit Wilma und der Professor Juno die Sachlage erklären und die Skorpionin anschließend hinauf in das Zimmer des Jungen führen konnten.

Der Mensch murmelte jetzt was. Ich kann euch nicht sagen, was er sagte, aber es klang nicht besonders fröhlich. Kleine Wassertropfen – ich schätze, sie nennen es Schweiß – erschienen auf seiner Stirn. Sie begannen, sein Gesicht herunterzulaufen, aber er wagte es nicht, eine Hand zu heben, um sie wegzuwischen.

Wahrscheinlich, weil die Skorpionin die Schulter des Jungen erreicht hatte. Juno bog das Hinterteil immer weiter, bis die Spitze des Giftstachels nur noch Millimeter von dem zitternden Ohr des Jungen entfernt war. Ich bekam den festen Eindruck, dass der Kleine in diesem speziellen Moment überall lieber gewesen wäre als hier. Der Junge hatte einen Hau, aber dumm war er nicht. Sein Verstand musste etliche Runden um solch reizende Gedanken wie Schmerz und Lähmung gedreht haben und natürlich um das große T selbst. Man konnte es ihm nicht verdenken. Der Anblick der Skorpionin entfesselte noch immer eine tief sitzende, in mir fest verankerte Angst. Doch als ich die beiden anschaute, die Skorpionin und den Menschen, kam mir ein neuer Gedanke. Ich hatte keinen Zweifel daran, wer das Ungeheuer war. Es stand auf zwei Beinen.

Ein hoher kratzender Ton zog unsere Aufmerksamkeit zur anderen Seite des Zimmers. Das Insekt, welches das Geräusch gemacht hatte, war oben auf dem Tisch, in der Nähe einer weißen Wandfläche. Wilma. Der Professor kauerte neben ihr und hinter ihnen war noch ein Insekt, ein großes. Ich war froh, dass Elch den Entschluss gefasst hatte, sich der Gesellschaft anzuschließen.

Okay, es war Zeit für die Vorstellung. Keiner von uns wusste, ob es klappen würde oder nicht, aber wir mussten es versuchen. Die Grashüpferin begann wieder einmal, ihren Verteidigungsschaum auszuspucken. Seine rostrote Farbe stach deutlich von den weißen Wänden ab. Als genug Schaum da war, um damit zu arbeiten, reckte sich Wilma und begann ihn zu Buchstaben an der Wand zu formen.

Die Bücherlaus rief ihr Anweisungen zu, während Wilma achtsam diese komischen, schnörkeligen

Gestalten an der Wand fabrizierte. Jede von ihnen war beinahe so groß wie die Grashüpferin selbst. Ich schätze, es ist etwas, das die Menschen »schreiben« nennen – jeder Schnörkel stellt einen Ton dar oder so was Ähnliches und wenn man sie zusammenfügt, bildet man ein Wort. Mir erschien es ein unnötig kompliziertes System, aber ich meckerte nicht. Ich beobachtete, wie die Schnörkellinie länger wurde.

Später erfuhr ich, dass der Professor in Wirklichkeit ein Zitat von irgendeinem Menschen darbieten wollte. Er hatte das Gefühl, dass es genau einfing, was wir sagen mussten. Aber Wilma, die nur einen begrenzten Vorrat an Spucke hatte, sagte ihm, er sollte es kurz und wohlklingend halten. Und das erschien in herabtröpfelndem Rot auf der Wand:

HALT

Der Junge zitterte jetzt wie verrückt. Ich hatte kein Mitleid. Der Kleine hatte mit Vergnügen Angst und Leid ausgeteilt. Es wurde Zeit, dass er eine wichtige Lektion lernte: Wie man in den Wald hineinruft, so schallt es auch heraus.

Die Skorpionin zog ihren Giftstachel ein wenig zurück, um dem Jungen die Gelegenheit zu geben, mit dem Kopf zu nicken. Krampfhaft tat er das. Dann zeigten seine Augen ein eigenartiges kleines Flattern und der Junge fiel zu Boden. Der Professor erklärte später, dass dies ein Selbstverteidigungsmechanismus ist, der Ohnmacht genannt wird. Erscheint mir nicht unbedingt als ein Mittel, sich zu verteidigen, aber da seht ihr 's mal.

Als der Junge zu einem zerknitterten Haufen zusammensank, hüpfte die Skorpionin von ihm herunter und landete sauber oben auf dem Tisch. Sie war sehr viel flinker, als ich erwartet hatte. Sie und Elch verloren keine Zeit. Sie begannen die restlichen Gläser umzukippen, um die anderen Gefangenen auf der Straße des Todes zu befreien. Das Zimmer war erfüllt mit dem Geräusch von klirrendem Glas.

Die Wirkung der Chemikalien fiel langsam von mir ab. Das oder die Ereignisse der letzen paar Minuten hatten das Wunder bewirkt, mich aufzupeppen. Ich war wieder auf den Beinen und bewegte mich auf das Fenstersims zu, um Zucker-Jake unter die Lupe zu nehmen. Die Stubenfliege lag immer noch flach auf dem Rücken. War Jake ein weiteres Opfer des Insektenmörders, der da auf dem Boden lag? Wenn Jake tot war, dann war unser Sieg bedeutungslos.

Als ich näher kam, glaubte ich, ein schwaches *KLOPF*, *KLOPF*, *KLOPF* zu hören. Die Panik erdrückte mich wie die Scheren eines Skorpions. Nicht auch Jake! Die Fliege konnte nicht to...

Was ich hörte, war nicht das Trommeln des Totenuhr-Käfers. Es war Zucker-Jake, der hungrig mit der Mundröhre schmatzte. Unsere Facettenaugen begegneten sich.

»He, W-Wanze«, sagte die Fliege schwach. »Hast du Z-Z-Z-Zucker?«

21 Wilma verlor keine Zeit. Dies war eine große Story und sie würde eine Exklusivmeldung bringen. Ein paar Tage, nachdem all das passiert war, feilte die Grashüpferin hektisch an ihrem Bericht, bevor sie ihn durch den Garten sendete. An einer Stelle hielt sie inne und fragte mich, woher ich wusste, dass der Plan gelingen würde.
»Ich hab's nicht gewusst«, sagte ich ihr.
»Du meinst, du hast alles für eine Vermutung riskiert?«
»Es war so eine Art wohl begründete Vermutung. Weißt du, jedes Mal, wenn das Silberfischchen mit der Skorpionin redete, bemerkte ich, dass sich sein Schwanz wie verrückt drehte. So bin ich darauf

gekommen, dass sie sie angelogen haben. Ich hab einfach vermutet, wenn wir nur eine Möglichkeit finden könnten, um ihr die Wahrheit zu sagen ...«

»Aber du hast nicht gewusst, wie Juno reagieren würde?«

»Wer weiß schon, wie jemand auf die Wahrheit reagiert?«, antwortete ich. »Instinktives Gefühl. Manchmal ist das alles, was man hat, um weiterzumachen.«

Wilma schüttelte den Kopf in amüsiertem Staunen. »Ganz schön raffiniert«, sagte sie.

»Manchmal bin ich gar nicht so übel.«

Ich ging, damit sie ihren Ablieferungstermin einhalten konnte. Ich hatte drüben beim Haus eine Verabredung. Auf dem Weg ging mir eine Menge durch den Kopf. Ich habe in meinem Leben schon vielen Insekten adieu gesagt, aber ich kann mich nie daran gewöhnen, mich von Freunden zu verabschieden. Das ist vertrackt, denn da stand ich wieder mal und feilte an meinen Abschiedsworten.

Der Professor wartete in der Nähe der Hausecke. Es war das erste Mal seit der Geschichte mit dem Jungen, dass ich hierher zurückkam. Es war ein eigenartiges Gefühl, aber ich wusste, es drohte keine Gefahr mehr. Nach unserer kleinen Warnung hatte der Junge keinem weiteren Insekt etwas zuleide getan. Tatsächlich war er bis zum nächsten Tag auf seinem Zimmer geblieben. Dann waren er und die Frau – die mit dem tödlichen Staubsauger – abgereist. Es sah nicht so aus, als ob sie zurückkommen würden. Der Besuch war zu Ende. Das Ungeheuer war fort. Es hatte geregnet, als sie abgereist waren – irgendwie erschien das passend. Der wirkliche Mörder im Regen war verschwunden.

Der Professor war echt erfreut, dass ich aufkreuzte, um ihn zu verabschieden.

»Ich wusste, Sie würden uns nicht fortlassen, ohne *glückliche Reise* zu wünschen, Wanze, mein Junge«, begann er. Der Professor war nervös und aufgeregt. Er hatte allen Grund dazu; er übernahm einen ziemlich großen Job. Er reiste mit Juno, um ihr zu helfen, wieder nach Hause zu kommen.

Zuerst war ich schockiert gewesen, aber der Prof. erklärte es folgendermaßen: Er hatte eine Menge gelesen und er hatte eine Menge nachgedacht. Jetzt war es an der Zeit, hinaus in die Welt zu gehen und zu sehen, welche Antworten sich dort verbargen. Er hatte auch noch über die Suche nach Wissen und Wahrheit und dergleichen geredet. Ich bin sicher, er glaubte auch, was er sagte. Ich, für meinen Teil, denke, das war nicht die ganze Wahrheit. Tief im Innersten hatte er angefangen, sich unter seinem Baumstamm ganz schön zu langweilen. Das Unternehmen im Keller hatte ihm einen Vorgeschmack von etwas gegeben, das er nie zuvor erlebt hatte: ein bisschen Aufregung und Abenteuer. Ich vermutete, dass ein Teil von ihm nach mehr davon suchte.

»Wilma konnte nicht kommen, um Sie zu verabschieden«, erklärte ich. »Sie lässt ausrichten, es tue ihr Leid.«

»Ja, ja, natürlich«, sagte der Professor. Ich schätze, er war ein wenig betrübt, aber er versteckte es gut. »Und Jake?«

»Erholt sich noch. Er ist zu seinem Cousin gereist und macht Ferien auf dem Bauernhof. Gerade eben sitzt er vermutlich auf einem Kuhfladen und genießt die Sonne.«

»Gut, gut«, sagte die Bücherlaus. »Großartig. Für eine gewöhnliche Stubenfliege ist er in der Tat ganz ungewöhnlich.«

Als sie unsere Stimmen hörte, kroch Juno langsam aus ihrem Versteck hinter der Mülltonne hervor. Ich nickte ihr zu. Die riesige Skorpionin nickte zurück. Die Unterhaltung reichte nicht weit, aber es war besser als nichts. Es war sehr viel besser, als sich mit ihrem Giftstachel zu unterhalten.

Die Nervosität ließ den Professor noch mehr zusammenhangloses Zeug reden als üblich. »Nun bleibt also nur noch, dass unser Reisegefährte auftaucht und dann werden wir uns munter auf den Weg machen, glaube ich.«

Das war neu für mich. »Reisegefährte? Wer begleitet euch denn?«

Die Antwort kam aus meinem Rücken. Ich würde diese tiefe, langsame und breite Sprechweise überall erkennen.

»Für mich war es Zeit, die Laufbahn zu wechseln«, sagte Elch. Der große Hirschkäfer gesellte sich zu uns. »Du weißt schon … wo Slade weg ist … und der Glatte Piet abgehauen …«

»Hat jemand gehört, wo er hin ist?«, fragte ich. Elch schüttelte den Kopf. Ich verschwendete eine halbe Sekunde, mich zu fragen, was mit dem widerlichen kleinen Silberfischchen wohl passiert war. Solche Typen finden immer wieder einen neuen Winkel, um in die Welt des Verbrechens einzutreten, das wusste ich. Krabbler wie er scheinen immer auf sechs Füßen zu landen.

Der Hirschkäfer fuhr fort. »Ich hab eingesehen, dass ich bei dem Kampfspiel sowieso nicht mit dem Herzen dabei war. Ein Ortswechsel schien mir das Richtige. Als der Professor mich dann gebeten hat, mitzukommen, hab ich Ja gesagt.«

»Da wir gerade davon sprechen, wir müssen jetzt wirklich los«, sagte der Professor. »Wenn einer um den halben Planeten reist, sollte er wirklich nicht gleich am Anfang Zeit vertrödeln, nicht wahr, mein Junge?«

Er fuhr fort, über den Planeten und so zu schwatzen, und ich wusste in etwa, was er meinte. Es gibt einige Insekten, die sagen, dass wir alle auf diesem riesigen Erdball leben, der größer ist als alles, was man sich vorstellen kann. Groß genug für eine Million Gärten.

Wer wusste, ob das wahr war? Eins aber ist sicher: Die Welt da draußen ist riesig. Ob sie ihr Ziel erreichten oder nicht, ich wusste, dass wir die drei nicht wieder sehen würden.

Plötzlich sprach Juno. Ihre Stimme war überraschend freundlich. Zum ersten Mal ertappte ich mich dabei, dass ich mich fragte, wen und was sie zu Hause verlassen hatte, wo auch immer dieses Zuhause sein mochte. Was war mit Freunden? Familie? Während sie sprach, hielt die Skorpionin die Augen auf mich gerichtet, dann wandte sie sich der Bücherlaus zu, um für die Übersetzung zu sorgen.

»Was hat sie gesagt?«, fragte ich den Professor.

»Sie sagt, sie würde Sie zum Abschied gern fest in den Arm nehmen.«

Ich warf einen Blick auf die riesigen tödlichen Scheren. Sie konnten mich innerhalb einer Sekunde zerquetschen. Meine Gedanken mussten mir direkt im Gesicht gestanden haben. »Nun, ich ... ich ...«, begann ich.

Die Skorpionin ließ ein kurzes Lachen hören und fügte etwas hinzu.

»Sie sagt, es war ein Scherz«, übersetzte der Professor.

Ich spielte mit und setzte ein Lächeln auf. Man kann immer davon ausgehen, dass mörderische tropische Spinnentiere Sinn für Humor haben. Um das Thema zu wechseln, fragte ich den Professor etwas, das mir durch den Kopf gegangen war.

»Sie haben gesagt, dass Sie eigentlich ein Zitat auf die Wand des Jungen schreiben wollten, stimmt's? Ich hab mich gefragt, was für eins.«

»Ja, ja«, sagte der Professor. »Sie würden überrascht sein, wozu die menschliche Spezies fähig ist.« Ich dachte daran, was der Prof. mir über den Zweck des mit Insekten gefüllten Tabletts des Jungen erzählt hatte – hatte die Bücherlaus Recht, wenn sie glaubte, dass der Mensch nichts anderes als Wissen verfolgte? Es war eine schwierige Entscheidung. Ich bin nicht sicher, ob der Junge selbst es hätte sagen können.

»Also, das Zitat?«, drängte ich.
»Ah, Blake, mein Junge«, verkündete der Professor, was für mich nicht viel Sinn ergab. »Ja, ja … was ich im Sinn hatte, war …« Er räusperte sich, um die Zeilen mit gebührendem Respekt aufzusagen:

»Lass Mott' und Schmetterling ihr Leben
Soll dich nicht ew'ge Nacht umgeben.«

Ich wusste nicht genau, was es bedeutete, aber den Kern verstand ich. Es reichte.
»Und Sie sagen, das hat ein Mensch geschrieben?«
Der Professor nickte lebhaft.
»Dann, schätze ich, sind sie vielleicht nicht alle so schlecht«, sagte ich.
Da, wo ich herkomme, war das ziemlich hochtrabendes Zeug, und Elch hatte zu einer Unterhaltung über Literatur und artenübergreifende Ethik nicht besonders viel beizusteuern. Aber er brannte darauf, sich ebenfalls zu verabschieden.
»Tschüs, Wanze«, sagte der riesige Hirschkäfer in seiner breiten Sprechweise.
»Tschüs, Kumpel.«
»Ja, ja, auf Wiedersehen, Wanze, mein Junge, und danke für al…«

Berufliche Bescheidenheit zwang mich, die Bücherlaus zu unterbrechen. »Ja, ja, arbeiten Sie nur weiter an den großen Fragen, was Prof.?«
Und dann brachen sie auf. Ich schaute ihnen nach, wie sie langsam neben dem Fahrweg herliefen. Bevor sie um die Ecke bogen, blickten sie zurück und winkten noch ein letztes Mal. Ich wollte nicht völlig sentimental werden, also machte ich es kurz. »Viel Glück«, rief ich. Und dann waren die drei für immer verschwunden.

Nachwort

In einem Garten wie diesem kann der Tod eine Menge Gestalten annehmen und nicht viele davon werden einen Beliebtheitswettbewerb gewinnen. Aber heute war alles anders. An *einem* Tag im langen, harten Jahr, hatte niemand was dagegen, dass der Tod vorbeischaute. Nur dieses eine Mal hießen wir ihn willkommen. Am Ersten Mai war der Tod ein Fest.

Am Ersten Mai galten im Garten bestimmte Regeln. Der Vormittag war eine Zeit des Wartens. Es schien, als ob ein jeder im Garten begierige Blicke über den Teich warf, wo sich die Nymphen der

Eintagsfliegen dem Ende ihres langen Wasseraufenthalts näherten. Die Sonne schien eine Ewigkeit zu brauchen, um zu ihrem Zenit hinaufzukriechen.

Am frühen Nachmittag hatte die Party begonnen. Die Nymphen der Eintagsfliegen waren keine Nymphen mehr. Auf der Wasseroberfläche zerrissen ihre Hüllen und geflügelte Insekten kamen hervor. Jedes Einzelne ruhte sich eine Weile im Gras aus, bevor es durch die letzte Daseinsform hindurchging.

Dann war es Zeit für die Eintagsfliegen, sich in die Luft zu schwingen. Bald war sie von ihnen erfüllt. Sie waren überall, Tausende von ihnen, großartige, wirbelnde schwarze Wolken von Eintagsfliegen. Sie tanzten und sangen, stießen herab und feierten überall im ganzen Garten. Sie tanzten und flogen, als ob es kein Morgen gäbe.

Klar. Für die Eintagsfliegen *gab* es kein Morgen. Für sie war's das. Für die Larven unter Wasser hatte ein Monat nach dem anderen zu diesem einen heißen Tag hingeführt, und nur zu diesem einen Tag. Der Erste Mai war der einzige Tag, an dem sie als erwachsene Eintagsfliegen leben würden. Und das könnt ihr mir glauben, sie hatten ihn bis zum Bersten gefüllt.

Als Erwachsene hatten sie nicht einmal einen Mund, um zu essen. Keinen Magen, um Nahrung zu verdauen. Wozu auch? Es war nur Zeit, um sich einem herrlichen Flug hinzugeben. Nur Zeit für den großen Kick, für ein erstes und letztes Feuerwerk auf einer Party in der Luft; also sollte sie möglichst gut sein.

Sie war gut.

Die Partystimmung überrollte den ganzen Garten. Am Ersten Mai nahm jeder eine Auszeit. Morgen würde wieder eine Menge Zeit sein für den alltäglichen Versuch zu fressen und nicht gefressen zu werden. Nun aber entspannten sich alle und genossen das Fest.

Dixie hatte seine Jungs angewiesen, das Dach aus Rhabarberblättern zurückzuziehen, das über der Bar hing. Auf diese Weise konnten die Stammgäste sitzen und die Party in der Luft verfolgen, während sie etwas von Dixies Extra-Vorrat an Honigtau schlürften – das gute Zeug, das er in der Regel im Hintergrund hält. Zu Ehren des Tages gab es alle Getränke zum halben Preis. (Ich hatte Dixie vorgeschlagen, dass die Getränke auf Kosten des Hauses gehen sollten. Der fette Nacktschneck hatte nur gelacht. Der Erste Mai ist der Erste Mai, aber Geschäft ist Geschäft.)

Uns war es egal. Wir lehnten uns einfach zurück und genossen das Schauspiel. Ich wandte mich um und schenkte Wilma mein charmantestes Lächeln, oder was ich dafür hielt. Dieses Lächeln lässt mich selten im Stich, aber Wilma ist eine harte Nuss.
»Was ist mit dir?«, sagte die Grashüpferin.
Was sollte ich sagen? Wie Tausende von Krabblern, die über uns durch den Himmel schwirrten, schwirrten mir die Gedanken durch den Kopf. Ich wunderte mich, wie anders als die Eintagsfliegen ein jeder von uns im Garten war. Wie der Totenuhr-Käfer schon sagte, am Ende steuerten wir alle auf denselben Ort zu. Wie lange hatten wir, um in der Sonne zu spielen, bis wir zerkaut und zerquetscht wurden oder zerquetscht und *dann* zerkaut? Ich wusste, nicht mal das ganze tiefsinnige Denken des Professors unter dem dunklen Baumstamm konnte darauf eine Antwort geben.
Was ist der Sinn von allem? Ich bin kein Philosoph, aber hier ist meine Ansicht zu der ganzen Sache: Das Leben im Garten ist irgendwie so wie dieser alte Witz über das Essen, den man von Zeit zu Zeit in Dixies Bar hört. Ihr wisst schon: »Wie ist das Essen?«, lautet die Frage. Die Antwort ist: »Fürchterlich, aber das Schlimmste kommt noch. Es ist genug davon da.«

Auch das Leben im Garten konnte fürchterlich sein, aber es konnte nie genug davon geben. Man musste für jede Minute dieses Lebens kämpfen, während man die ganze Zeit wusste, es konnte jeden Augenblick zu Ende sein. Aber, anders als die Eintagsfliegen, wusste keiner von uns genau, wann oder wie das geschehen würde. Nicht Jake, der immer auf der Suche nach dem nächsten Zuckerbrocken war. Nicht Netta, die wieder mit ihrer Mannschaft vereint war und auf einem neuen Schiff voller Blut lebte. Nicht Elch oder der Professor oder Juno, die zu der längsten Reise ihres Lebens aufgebrochen waren und von denen jeder etwas anderes suchte. Nicht einmal meine gute Freundin Wilma.

Und auch ich nicht – euer ergebener Wanze Muldoon.

Dies waren nicht gerade die angenehmsten Gedanken – nicht die Sorte, die man auf jeden Fall als Party-Plauderei am Ersten Mai anbringen will. Aber das Komische daran war, sie deprimierten mich nicht oder so. Tatsächlich erschienen mir die Dinge diesmal ziemlich klar. Ich vermute, man muss einfach herausfinden, was für einen im Leben wichtig ist, und dem dann treu bleiben. Das war der Trick. Die Welt war ein rücksichtsloser Ort, kein Zweifel, aber das bedeutete, es war umso wichtiger, seinen Freunden treu zu bleiben.

Das ist alles gut und schön, aber wie sollte man das in Worte kleiden, ohne wie ein Schwachkopf dazustehen? Ich versuchte es gar nicht erst. Ich sagte nur: »Fröhlichen Ersten Mai, Wilma.«

Die Grashüpferin prustete vor Lachen, als ob sie wüsste, worüber ich nachgedacht hatte. Zuzutrauen wäre es ihr. »Ja, richtig. Fröhlichen Ersten Mai ... Herbert.«

Ihre Facettenaugen blitzten und über unseren Köpfen tanzten die Eintagsfliegen wie eine Million Sternschnuppen.

Daniela Larcher
Die Zahl
Kriminalroman
Band 18241

Die Ruhe in dem kleinen österreichischen Dorf Landau findet am 12. Dezember ein jähes Ende, als hinter der Kirche eine grausam verunstaltete Leiche gefunden wird. Der Tote hängt kopfüber an einem Baugerüst, in seine Stirn wurde die Zahl Zwölf geritzt. Chefinspektor Otto Morell, der sich eigens von Wien nach Landau hat versetzen lassen, um keine Gewaltverbrechen mehr bearbeiten zu müssen, steht vor einem Rätsel. Ein Mörder unter der Landauer Bevölkerung? Undenkbar. Hilfe bekommt Morell von der jungen Gerichtsmedizinerin Nina Capelli und von Leander Lorentz, einem Freund des Toten. Gemeinsam versuchen sie das Rätsel um die mysteriöse Zahl Zwölf zu lösen. Doch noch bevor sie etwas in Erfahrung bringen können, hat der Mörder erneut zugeschlagen. Und wieder hat er die Zahl Zwölf groß in den Körper des Toten geritzt.

Fischer Taschenbuch Verlag

fi 18241 / 1

Mark T. Sullivan

LIMIT

Reich – Gewissenlos – Tot

Thriller

Aus dem Amerikanischen von Irmengard Gabler

Band 66098

Wie gewissenlos muss man sein, um ein Milliarden-Vermögen anzuhäufen?

Im exklusiven Jefferson Club in Montana machen die sieben reichsten Männer der Welt an Silvester die Erfahrung, dass man mit Geld nicht alles kaufen kann. Denn die »Dritte Front«, eine militante Organisation, will Gerechtigkeit für Alle. Sie haben den Club überfallen und sämtliche Gäste als Geiseln genommen. Die Reichen sollen büßen für ihre Habgier.

Für Mickey Hennessy, den Sicherheitschef des Clubs, beginnt ein Wettlauf mit dem Tod, denn seine drei Kinder befinden sich ebenfalls in der Gewalt der brutalen Killer.

Fischer Taschenbuch Verlag

fi 66098 / 1

Scott Smith

Dickicht

Thriller

Aus dem Amerikanischen von Christine Strüh

Band 17616

»Das, was ›Der weiße Hai‹ für die Küsten
von Neu England war, das ist dieses Buch
für Mexiko-Urlauber.«
Stephen King

Mexiko: Sonne, Strand, Meer, Sex und ... Tequila. Nichts anderes haben sich Jeff und Amy, Eric und Stacy für ihren Urlaub erträumt. Die vier Amerikaner faulenzen am Strand von Cancun, als sich ein junger Deutscher zu ihnen gesellt. Dessen Bruder ist einer Archäologin zu einer Ausgrabungsstätte in den Dschungel gefolgt, hat aber seitdem nichts mehr von sich hören lassen. Die Gruppe beschließt spontan, Matthias in den Urwald zu begleiten.

Doch dieser Ausflug wird für die jungen Leute ein Weg in die Hölle ...

Fischer Taschenbuch Verlag

fi 17616 / 1

Jenny Siler

Portugiesische Eröffnung

Thriller

Aus dem Amerikanischen

von Susanne Goga-Klinkenberg

Band 17715

Nicole Blake streift durch Lissabon, vom Bairro Alto bis zum Gassengewirr der Alfama. Sie muss ihn finden, Rahim Ali, ihren früheren Geliebten. Der Auftrag kommt direkt vom US-Verteidigungsministerium: Ihr arabischer Exfreund steht unter Terrorverdacht.

»Eine der spannendsten jüngeren amerikanischen Autorinnen, eine der wenigen Frauen, die in der bisher eher männlich dominierten Spionageliteratur ihren Kollegen mit einer eigenen lakonischen Sprache Paroli bietet. Geheimdienstoperationen und Privatvendetta. Überleben im Weltbürgerkrieg: davon erzählt Siler. Einsame Klasse.«

KrimiWelt - Die Bestenliste von WELT, ARTE und NordwestRadio

»Trickreich und in einer von allen Emotionen skelettierten Sprache verwickelt Siler die Spannungsmomente. Mit traumhafter Lakonie schreibt sie Amblers Tradition fort.«

Tobias Gohlis, Die Zeit

Fischer Taschenbuch Verlag

fi 17715 / 1

Yrsa Sigurðardóttir
Das gefrorene Licht
Island-Krimi
Übersetzt von Tina Flecken
Band 17599

Kein Geheimnis ist dunkler als die Vergangenheit …

Sommer 2006, im Westen von Island. Auf der Halbinsel Snæfellsnes wird die Architektin eines Wellness-Hotels tot am Strand aufgefunden. Sie wurde vergewaltigt und brutal erschlagen, in ihren Fußsohlen stecken Nadeln. Rechtsanwältin Dóra Guðmundsdóttir findet heraus, dass die Ermordete sich sehr für die Geschichte der verlassenen Gegend interessiert hat. Vor vielen Jahrzehnten standen auf dem Hotelgrundstück die Höfe zweier Brüder. Offenbar ist sie auf ein unaussprechliches Familiengeheimnis gestoßen …

»Yrsa Sigurðardóttir schreibt überaus spannende, vielschichtige und klug entwickelte Thriller, die selbst verwöhnte Krimifans überzeugen werden.«
dpa

Fischer Taschenbuch Verlag

fi 17599 / 1